KB215053

사랑에 대한
네 가지 질문

사랑에 대한 네 가지 질문

바이런 케이티 지음 · 마이클 카츠 엮음

박인재 · 김윤 옮김

침묵의 향기

아담 루이스에게,

사랑과 감사를 전하며.

차례

들어가는 글 • 25

사랑은 경이롭습니다. 우리가 사랑을 찾아다니거나,

사랑을 붙들려고 하거나, 사랑을 알아보지 못할 때 말고는……

매일의 시간들이 사람과의 관계에 대한 힘들고 고통스러운 생각들로

채워집니다. 이 책은 일반적인 방식보다 훨씬 쉽고 효과적으로 사람들과

관계하는 법을 소개합니다. 여기에 실린 안내와 연습을 통해

사랑으로 살아가는 방법을 배우고,

자신의 행복을 책임질 수 있는 방법을 발견하게 될 것입니다.

1. 생각을 믿나요?

당신의 가장 친밀한 관계는 자신의 생각과 맺고 있는 관계입니다.
자신의 생각과 관계하는 방식이 삶의 모든 것, 특히 다른 사람과
관계하는 방식을 결정합니다. 자신에게 스트레스를 주는 생각을 믿으면,
당신의 삶은 스트레스로 가득 차게 됩니다. 하지만 자신의 생각에 질문을 하면,
자신의 삶을 사랑하게 되고, 만나는 모든 사람을 사랑하게 됩니다.

2. 사랑에 대한 생각에 질문하기

자신의 생각을 이해하기 전에는 자신이나 다른 사람들과 진정으로
관계하고 있는 것이 아닙니다. 당신이 관계하고 있는 대상은 실제로는
이제껏 한 번도 질문해 보지 않은 개념들입니다. 이것은 고통스럽고 외로운 일입니다.
여기에서는 '작업(The Work)'을 시작할 수 있도록 안내합니다.
작업은 당신의 생각이 자신에게 진실한지, 그리고 그 생각들이
당신의 삶에 정확히 어떤 영향을 미치고 있는지를 스스로 발견하도록
탐구하는 과정입니다. 작업은 진실하지 않은 생각들이 없을 때
자신이 진정 누구인지를 경험하게 해 줍니다. 책 전반에 걸쳐
우리가 관계에 대해 보편적으로 믿고 있는 몇몇 고통스러운 생각들을 탐구하고,
그 생각들이 정말로 진실한지 알아볼 것입니다.

이 장은 관계에 관한 가장 고통스러운 생각 가운데 하나를 다룹니다.
다른 사람들에게 사랑과 인정을 받아야 한다는 생각이 바로 그것입니다.
이 생각을 탐구하기 위해 먼저 사랑과 인정을 구할 때
어떤 삶을 살게 되는지 알아봅니다. 여기에 제시된 여러 연습들은
당신을 놀라운 발견으로 안내합니다. 사람들이 당신을 좋아하고 사랑하고
존중해야 한다는 보편적인 믿음들이 실제로는 진실이 아니며,
그런 믿음들은 스트레스를 주는 거짓된 삶으로 이끈다는 것을 알게 될 것입니다.
다른 사람의 인정을 구하지 않으면서도 그들과 친밀하고 편안하게 지내도록 돕는
연습들이 포함되어 있습니다.

사랑에 빠지면 왜 그렇게 기분이 좋을까요?
당신은 왜 상대방 때문에 사랑을 경험한다고 생각하는 걸까요?
당신은 왜 사랑을 잃어버리는 것일까요?
이 장에 있는 연습은 사랑의 경험이 실제로는 무엇인지를 발견하게 합니다.
사랑은 당신의 바깥에 있는 어떤 것이나 어떤 사람에게
의존하지 않으며 사라지지도 않는 것입니다.

이 장에서는 사랑을 오해하며 진실하지 않은 모습으로 연애를 할 때는
어떤 일들이 일어나는지를 보여 줍니다. 또한, 사랑이란 자신이 원하는 것을 얻고
필요를 충족시키는 것이라는 보편적인 믿음에 대해서도 점검합니다.
아울러 욕구와 사랑의 차이를 분명히 볼 수 있게 해 주는 연습들도 포함되어 있습니다.

서문

바이런 케이티에 관해 흥미로운 점은 그녀가 발견한 탐구와 사랑에 관한 가르침이다. 탐구는 비범한 것이며, 이 책은 어떻게 하면 되는지 그 방법을 보여 줄 것이다. 이 책을 한 번 읽어 보면 탐구가 어떤 것인지 이해할 수 있으며, 직접 실천해 보면 삶이 변화될 것이다. 나 역시 효과를 보고 있다. 케이티가 다른 사람들과 다른 특별한 면이 있어서 당신이 할 수 없는 것을 했다고는 생각하지 않기를 바란다. 과거에 그녀가 어떻게 살았는지 들어 보면 그녀의 가르침이 다른 사람들에게, 특히 당신에게 효과가 있으리라는 것을 알게 될 것이다. 그녀의 삶은 우리 대부분의 삶이 그렇듯이 때로는 힘들고 때로는 성공적이며, 때로는 잘못된 판단을 내리고 때로는 현명했던 그런 평범한 삶이었다.

옛날이야기들을 보면, 현자들은 사막에 머물다 돌아올 때 긴 머리에 길고 헐거운 옷을 입은 채 그들이 발견한 것을 전해 주고자 했다. 미국에서는 그런 현자들이 더 평범한 모습을 하고 있을지도 모른다. 긴 머리에 긴 손톱을 한 부동산 중개업자일 수도 있는 것이다. 부동산 중개업자였던 바이런 캐슬린 미첼(사람들은 그녀를 케이티라고 부른다)은 이제 머리도 길지 않고 단순한 디자인의 옷을 입지만, 그녀 역시 자신이 발견한 것을 알려주고 싶어 한다.

케이티는 실제로 사막에 있는 마을인 바스토우 출신이다. 그녀의 발견에 대해 소개하려면 먼저 이곳에 대해 얘기해야 한다. 바스토우는 캘리포니아 남쪽에 있는 모하비 사막에 있는데, 그곳은 애리조나로 들어가는 긴 여정이 시작되기 전의 마지막 정거장이다. 그곳에는 철도의 측선들이 있고 공군 기지가 있으며, 근처에는 기지에서 일하는 사람들의 주택이 잘 정돈된 모습으로 늘어서 있는데, 집집마다 사막이 보이는 앞마당에 꽃을 키운다. 모하비 사막은 일반적인 사막보다 황량한 곳이다. 기묘하게 생긴 커다란 선인장은 없지만, 주의를 기울여 자세히 살펴보면 이 사막은 참으로 아름답다. 석양이 질 때 케이티와 함께 그곳을 산책하면, 따뜻한 바람은 애무처럼 느껴지고, 바위들은 미묘하게 누르스름하거나 거무스름한 색조 혹은 갈색과 붉은 색조를 띠고 있으며 그늘은 푸르스름하다. 그녀를 따라 협곡 위로 올라가서, 바위 밑을 흐르던 물이 똑똑 떨어지는 곳으로 가 보면, 사막이 다정해 보이기 시작할 것이며, 사막이 그녀의 스승이었다고 말하는 케이티의 말을 믿게 될 것이다.

케이티의 생애는 그녀의 이야기이지만 모든 사람의 이야기이기도 하다. 케이티는 그녀를 사랑하는 남편과 세 자녀, 직업에 만족하며 행복하게 살고 있었다. 그러다가 언젠가부터 불행해지기 시작했다. 처음에는 불행이 서서히 찾아왔지만, 나중에는 한꺼번에 밀려들었다. 그녀는 체중이 늘었고 술을 마시기 시작했다. 사소한 일에도 화를 내고 두려워했으며 베개 밑에 권총을 두고 잠을 잤다. 샌프란시스코에서 그렇듯이 바스토우에서도 베개 밑에 권총을 두는 것이 드문 일은 아니지만, 이런 행동은 그녀의 가족을 불안하게 만들었다. 케이티는 부동산 중개 일을 계속하기는 했지만, 일을 하지 않을 때는 대부분 무력감에 빠져 지냈으며 가슴 깊이 자신이 아무런 가치도 없는 사람이라고 느꼈다. 여기까지는 별 다를 것이 없는 이야기다. 심하기는 하지만 보통 사람들도 겪는 고통이다. 대체로 우리들도 살면서 방황한다. 우연히 어떤 것과 마주쳐 관심을 기울이기 전까지는.

이야기의 재미있는 부분은 대개 나귀의 등에서 떨어지는 순간(신약성서에서 사울이 다마스쿠스로 가다가 나귀에서 떨어진 일을 가리킴—옮긴이)에 시작되는데, 케이티의 경우도 마찬가지다. 그녀의 위기는 깊었고 저절로 해결될 기미가 보이지 않았다. 그것은 그녀의 존재 전체의 위기였다. 가족들의 눈에 그녀는 미쳐 가는 것처럼 보였다. 마침내 케이티는 스스로 섭식장애 센터를 찾아가서 입원했다. 그녀가 의료보험 혜택을 받을 수 있는 항목은 섭식장애뿐이었기 때문이다. 이 우스운 아이디어의 결과는 좋았다. 케이티는 잠시 모든 일을 멈추었다. 그러나 도움이 된 것은 어떤 요법이나 치료가 아니었다. 어느 날 아침 그녀가 잠에서 깨었을 때, 세상이 뒤집혔고 그녀의 가슴도 함께 뒤집혔다. 다마스쿠스로 가던 그녀가 나귀의 등에서 떨어진 것이다. 그리고 그녀의 인생은 이전과는 완전히 달라졌다. 이때가 1986년이었다.

그것은 동양에서 깨달음이라고 부르는 것, 아무런 이유 없이 일어나는 갑작스럽고 강렬하며 완전히 탈바꿈시키는 경험이었다. 돌연 모든 것이 뒤바뀌었다. 전에는 두려움과 절망을 느끼던 자리에서, 이제 그녀는 매 순간 사랑과 친절을 느꼈다. 모든 사람이 놀랐지만 특히 그녀의 아이들은 더 많이 놀랐다. 케이티의 자녀들은 그 차이가 밤과 낮 같았다고 말한다. 아이들은 이제 더 이상 두려워할 필요가 없다는 것을 알게 되었다. 갑자기 그녀는 사랑하고 있었고, 그들의 말에 귀를 기울이고 있었으며, 화도 내지 않았고, 아이들의 생활에 대해 만족하고 있었다. 그러자 아이들도 점차 평화로워졌다.

하지만 무엇이 변화한 것일까? 케이티는 정말 단순한 것을 발견한 것이다. 그녀는 그때까지 자신의 생각을 믿었고, 그 생각들로 인해 두려움에 빠져 자신을 거의 죽음 직전까지 몰아갔다는 것을 알게 되었다. 그녀는 그 생각들을 더 이상 믿지 않게 되었다. 그러자 세상도 동시에 멈추었다. 내면의 대립과 두려움이 사라졌다. 곧 그녀는 다른 사람들도 똑같은 어려움을 겪고 있다는 것을 가슴 깊이 느끼게 되었고, 그녀가 알게 된 것을 그들과 나누고 싶었다. 이 사랑이 다른 사람들을 돕는 일의 시작이었다. 그녀는 말한다.

나는 모든 것이 내가 믿었던 것과는 거꾸로였고 정반대였다는 것을 분명히 알게 되었습니다. 내 생각은 모든 것의 진실과 대립했고, 그것이 어떠어떠해야 한다고 생각하는 '이야기'들에 따라 반응했습니다. "남편은 더 정직해야 해", "아이들은 나를 더 존중해야 해." 실제로 일어나고 있는 일을 있는 그대로 보는 대신, 나는 실제로 일어나고 있는 일에 대해 어떤 조건들을 주문하고 있었습니다. 마치 내게 현실을 결정할 능력이 있는 것처럼.

진실은 그런 생각들과는 정반대라는 것이 분명해졌습니다. 남편은 더 정직하지 않아야 합니다. 왜냐하면 그는 그렇지 않기 때문입니다. 아이들은 나를 더 존중하지 않아야 합니다. 왜냐하면 그들은 그러지 않기 때문입니다. 나는 현실을 사랑하는 사람이 되었습니다. 그리고 이것이 훨씬 자연스럽고 평화롭게 느껴진다는 것을 알게 되었습니다.

행복할 때 당신은 어떻게 살아가는가? 아마도 많은 변화가 일어날 것이다. 그녀의 체중은 줄었고 분노와 슬픔이 사라졌다. 바깥의 일들은 그다지 특별해 보이지 않는다. 그녀는 다시 결혼했으며 자녀들과 가깝게 지낸다. 그녀의 자녀들은 평범하게 살다가도, 자식들이 으레 그렇듯이 부모를 깜짝 놀라게 만드는 일들을 벌이기도 한다. 이제 그녀의 딸은 두 아이를 키우고 있으며, 케이티는 손주들이 태어날 때의 일화를 들려준다. 한 아들은 로스앤젤레스에 살면서 오토바이 경주를 즐기고 흥미로운 록 음악을 제작한다. 다른 아들은 세 아이의 아빠이며 전기 기사로 일하고 있다. 평범한 가정의 모습이다.

완전히 변화한 부분은 케이티의 직장 생활이었다. 그녀의 세상이 멈춘 뒤, 그녀는 누구를 만나든지 더없이 신선하고 진실하게 맞이했다. 그래서 바스토우 사람들은 내면의 빛을 발하는 여성에 대해 이야기하기 시작했다. 사람들은 고통스러운 문제들을 케이티에게 털어놓기 시작했다. 케이티는 그들을 집으로 데려와 소파로 안내한 뒤, 음식과 차를 대접했다. 그리고 자신을 괴롭히는 생각들을 적어 보게 한 뒤, 그 생각들에 질문하는 방법을 알려주었다. 질문은 "그게 진실인가요?"로 시작한다. 그녀는 사람들에게 어떻게 하라거나 무엇을 믿으라고 이야기하지 않았다. 그들은 그녀의 질문에 스스로 대답했다. 그러자 그들의 삶이 바뀌었다. 어떤 사람의 삶은 빨리, 어떤 사람의 삶은 천천히 바뀌었다.

이렇게 시작된 그녀의 가르침은 캘리포니아의 다른 지역들에서, 나중에는 전 세계에서 초청을 받을 정도로 퍼져 나갔다. 그녀는 오사카에서부터 예루살렘과 샌쿠엔틴 교도소를 거쳐 케이프타운까지 어디든지 가리지 않고 다니며 작업을 전했다. 수십만 명의 사람들이 그녀의 워크숍에 참여했다. 그들은 자기가 배운 것을 친구들에게 전해 주었으며, 이런 식으로 그녀의 작업이 계속해서 퍼져 나갔다. 이제 케이티에게 요리할 시간은 별로 없지만, 그녀의 방법은 거의 변하지 않았다. 그녀는 여전히 사람들을 "허니" 혹은 "스윗하트"라고 부르며, 이 말들을 가벼운 축복처럼 편안하게 사용한다. 그녀가 하는 일은 누군가와 함께 앉아서, 그 사람의 마음을 괴롭히는 생각을 적어 보게 하는 것이다. 다음에는 그녀가 질문을 한다. 케이티는 먼저 한 사람이 다른 사람에 대해 갖는 생각들을 다룬다. 그것들은 사랑이나 인정, 존중, 칭찬에 관한 생각들이며, 가정이나 직장에서 서로에 대해 갖는 뒤얽힌 감정들이다. 사람들의 가슴속에서 일어나는 일은 그녀의 지혜가 펼쳐지는 영역이며, 그녀가 친절함과 명료함을 가져오는 자리다. 만일 당신이 깨달음에 관심이 있다면, 케이티는 당신이 수도원이나 사막으로 가지 않고도 깨어날 수 있도록 도와 줄 것이다. 그녀의 질문들은 우리가 두려움과 분노에 휩싸이지 않을 때 우리 모두에게 있는 자연스러운 지혜가 드러나도록 돕는다.

케이티는 자신의 발견을 다음과 같이 묘사한다.

　내 삶은 이 우화와 같았습니다. 어느 멋진 날, 나는 일에 대해 생각하며 모하비 사막으로 걸어 들어갔습니다. 그런데 갑자기, 놀랍게도 모하비 사막의 커다란 녹색 방울뱀과 마주쳤습니다. 하마터면 그 뱀을 밟을 뻔했지요. 주위에는 아무도 없었고, 뱀에게 물리면 고통스러워하며 서서히 죽어갈 것이라는 생각에 심장이 쿵쾅거리기 시작했어요. 이마에서는 땀이 비 오듯 쏟아졌고 나는 두려움으로 마비되었습니다.

그런데 그때, 어떻게 해서 그렇게 되었는지는 모르겠지만, 내 눈의 초점이 맞추어지기 시작했습니다. 나는 용기를 내어 다시 뱀에게 눈길을 돌렸습니다. 그리고 놀랍게도, 저는 보았습니다. 그것은 밧줄이었습니다. 그 뱀은 밧줄이었어요! 저는 바닥에 주저앉아 웃다가 울었습니다. 그리고 그것을 한참 바라보았고, 심지어 쿡쿡 찔러보기도 했습니다.

무슨 일이 일어났던 것일까요? 나는 한 가지 사실을 알게 되었습니다. 나는 안전하다. 그 밧줄 옆에 천 년을 서 있다고 해도 다시는 놀라지 않으리라는 점을 알았습니다. 깊은 감사와 편안함을 느꼈습니다. 온 세상이 이 뱀처럼 다가올 수 있습니다. 그러면 우리는 비명을 지르고, 도망치고, 심장이 쿵쾅거리며, 무서워 죽을 것만 같습니다. 나는 두려움 없이 여기에 서서 기쁜 소식을 전할 수 있습니다. 사람들이 그것을 정말 뱀이라고 보는 이유를 얘기하면, 나는 그 이야기를 듣고, 그들의 고통을 보고, 그들의 두려움을 이해할 것입니다. 하지만 나는 그 이야기들을 믿거나 그 밧줄을 두려워하지는 않을 것입니다. 단순한 진실을 알고 있으니까요. 그 뱀은 밧줄입니다.

케이티의 말에 따르면, 당신이 얼마나 불행한지는 중요하지 않다. 중요한 것은 당신의 불행 뒤에 있는 생각들에 대해 그것이 진실인지 질문하는 것이다. 실제로는 밧줄이지만 당신이 방울뱀이라고 여기고 있는 것들이 있다. 관계들에 관한 혼란들도 알고 보면 동일한 두려움이 수없이 다른 모습을 하고 있는 것에 불과하다. 누군가의 인정이나 사랑 없이는 당신이 살아갈 수도 없고 행복할 수도 없을 것이라는 두려움, 그리고 직장 상사나 배우자, 동료를 만족시키기 위해 하루 종일 노력하지 않으면 당신의 삶이 엉망이 되고 말 것이라는 두려움…….

케이티는 덜 힘들면서도 더 쉽게 사랑을 얻는 다른 길을 보여 준다.

　밧줄을 뱀이라고 생각하는 사람들을 내가 어떻게 도울 수 있을까요? 나는 도울 수 없습니다. 그들이 스스로 깨달아야만 합니다. 사람들은 내 말을 받아들일 수 있습니다. 내 말이 진실이기를 바라니까요. 하지만 그들이 스스로 진실을 알기 전에는, 언제나 가슴속에서, 그 밧줄이 맹독을 가진 뱀이며 생명을 앗아갈 만큼 위험하다고 믿을 것입니다.
　생각들은 이와 같습니다. 탐구는 마음속의 뱀들에 관한 것입니다. 우리를 사랑에서 멀어지게 하고, 우리가 사랑받고 있음을 알지 못하도록 방해하는 생각들이 바로 그런 뱀입니다. 마음속에서 일어나는, 사랑이 없고 스트레스를 주는 모든 생각은 사실 밧줄입니다. 탐구는 마음속의 모든 뱀이 실제로는 밧줄이라는 것을 스스로 발견하도록 돕기 위한 것입니다.

　자신의 생각들에 질문을 할 때, 세상은 당신이 상상한 것보다 훨씬 친절한 곳이라는 것을, 그리고 두려워하며 잠들거나, 걱정하며 깨어날 필요가 없다는 것을 발견하게 된다. 이것이 바로 케이티가 발견한 최고의 것이다. 당신이 진정으로 바라보기 시작할 때, 세상은 사랑으로 가득 차 있으며 어디든지 마음 놓고 돌아다닐 만한 곳이다.

2004년 12월,
캘리포니아 샌타로자에서
존 태런트,
《기쁨을 가져오는 공안들》의 저자

머리말

"상상할 수 있을까?" 바이런 케이 티를 처음 만났을 때 이런 생각이 들었다. 내가 만나고 있는 사람이 과연 누구인지 손에 잡히지가 않았다. 그녀는 진리를 가르치는 선사(禪師)와 행복을 전하는 유모 메리 포핀스를 합쳐 놓은 사람인가? 케이티는 활기차고 예리하고 다정하고 기민하며 쾌활한 여성이었다. 원래는 출판 일을 상의하러 간 것이지만, 우리가 너무 많이 웃는 바람에 그곳에 간 목적을 기억하고 있기는 쉽지 않았다. 한번은 우리를 초대한 사람이 너무 심하게 웃다가 실제로 긴 의자에서 떨어진 적도 있었다.

생각들에 질문하는 케이티의 방법을 오랫동안 접한 것은 아니지만, 내게는 그 방법이 모든 것을 변화시키는 것처럼 보였다. 만일 사람들이 자신이 믿는 생각에 질문을 한다면 정부나 교육 제도, 결혼 생활에 어떤 일이 일어날까 상상하며 우리는 함께 웃었다. 나는 책을 출판하는 일보다 이 대화가 더 흥미롭게 느껴졌다. 마침내 케이티의 책《네 가지 질문》이 출간되었다. 그리고 5년이 지났지만, 여전히 나는 그 책에 담긴 깊은 의미들을 발견하면서 충격을 받고 있으며, 여전히 케이티와 얘기를 나눌 때면 그녀를 방문한 목적을 기억하고 있기가 쉽지 않다.

케이티는 여기저기에서 다양한 워크숍을 진행하며 대부분의 시간을 보내는데, 대화를 진행할 때 그녀는 많은 설명을 하지 않는다. 사람들에게 그녀의 질문들을 신뢰하라고 말한 뒤, 어떻게 작업을 하는지 시범을 보인다. 그리고 사람들에게 나타나는 모든 생각, 괴롭게 하거나 화나게 하거나 슬프게 하는 모든 생각에 똑같은 호기심을 가지고 다정하게 묻는다. "그게 진실인가요?" 그녀의 따뜻함과 수용이 나머지 일을 한다. 사람들은 그녀가 긴 설명 없이 기민하게 안내하도록 허용한다. 그녀는 힘 있게 얘기한다.

케이티가 이 책을 쓰도록 도와 달라고 요청했을 때, 내가 주로 할 일은 차근차근 내용을 확인해 가면서 보완하고 글을 매끄럽게 연결시키는 일이라고 생각했다. 여기저기에 설명을 덧붙이고 연습할 내용을 더했다. 케이티가 평소에 직접 얘기하지는 않지만 내가 꼭 넣고 싶어서 추가한 부분도 있다. 예를 들어, 나의 일 가운데 하나는 인기 있는 자기계발 서적의 동향을 파악하는 것이다. 그런데 나 자신의 삶에 케이티의 탐구를 적용시키면서 배운 결과에 따르면, 가장 좋은 길은 자기계발 서적들이 조언하는 것과 정반대로 보이는 경우가 적지 않았다. 케이티는 이 이야기를 듣고서 배꼽을 잡고 웃었다. 그녀가 자기계발 서적을 읽었을 것 같지는 않지만…….

내가 덧붙이고 끼워 넣은 부분 가운데는 케이티가 직접 쓰지 않은 구절들도 있다. 하지만 케이티는 그 구절들을 읽고서 흥미로워 했으며, 자신의 설명과 생각들을 추가하였다. 우리는 이메일로 원고 내용을 주고받았으며 자주 만나기도 했다. 그 결과, 이 책의 일부는 마치 모터를 장착한 자전거처럼 혼합된 형식을 띠게 되었다.

　내가 그랬던 것처럼 여러분도 이 자전거의 페달을 실제로 밟아 보기 바란다. 케이티의 질문들을 직접 자신에게 물어보라. 그렇게 할 때 어떤 일이 일어날 것인지는 말로 다 설명할 수가 없다.

마이클 카츠

나는 당신의 사랑이 필요해요
— 그게 진실인가요?

사랑이 경이롭다는 데는 모든 사람
이 동의합니다. 사랑이 끔찍할 때만 빼고 말이지요. 사람들은 사랑에
애를 태우며 평생을 보냅니다. 사랑을 찾으려 하고, 사랑을 붙들려 하
고, 혹은 실연의 상처를 극복하려 애쓰며 그렇게 지냅니다. 사랑의 바
로 뒤에 있는 것은 인정과 칭찬입니다. 이것들은 우리의 주요 관심사
입니다. 대부분의 사람들은 어린 시절부터 부단히 인정과 칭찬을 추구
하며 많은 에너지를 소모합니다. 다른 사람들에게 주목받고, 다른 사
람들을 만족시키고, 다른 사람들에게 좋은 인상을 주고, 다른 사람들
의 사랑을 얻기 위해 다양한 방법들을 사용하고 애쓰면서, 삶이란 원
래 그런 것이라고 생각합니다. 이러한 노력은 의심되지 않은 채 끊임
없이 계속되어 왔습니다. 그래서 이제 우리는 더 이상 우리가 그렇게
살고 있다는 것조차 알아차리지 못하고 있습니다.

이 책을 통해 우리는 사랑과 인정을 찾는 데 어떤 것이 효과가 있고

어떤 것이 효과가 없는지를 자세히 살펴볼 것입니다. 이 책은 우리가 사랑 안에서 더욱 행복하고, 모든 관계에서 어떤 식으로든 상대를 통제하거나 속이지 않으면서도 더욱 효과적으로 관계하는 길을 발견하도록 돕습니다. 여기에서 당신이 배우는 것은 연인과의 사랑, 이성과의 만남, 결혼, 자녀 양육, 일, 친구 관계를 포함한 온갖 종류의 관계에 충족을 가져올 것입니다.

이 책을 읽으면서 당신은 얼마나 많은 생각이 사랑과 인정을 추구하는 것과 관련되어 있는지 알게 될 것입니다. 그런데 대부분의 사람들은 이 사랑과 인정을 결코 발견하지 못합니다. 그렇다는 것을 알아차리기만 해도 자신의 생각들과 관계하는 완전히 새로운 방법을 배우게 됩니다. 그렇게 되면 자기 자신과의 관계, 그리고 배우자와 자녀, 부모, 직장 상사와 동료, 종업원, 친구 등 당신에게 중요한 사람과의 관계가 근본적으로 변화하게 됩니다. 이 책은 자신에게 진실하지 않거나 남들을 속이는 방식으로 자신을 포장하는 새로운 방법을 가르치지 않습니다. 하지만 당신은 여기에서 뭔가를 발견하고 기분 좋게 놀랄 것입니다. 즐거워질 것입니다.

만일 사랑과 인정을 찾으려다가 실패하여 지금 고통스러워하고 있다면, 이 책에 있는 연습들을 따라 해 보세요. 이런 연습들은 고통을 없애려는 바람을 잠시 제쳐 두고 진실을 알고 싶은 마음으로 해 볼 때 가장 효과적입니다. 만일 다른 사람이 아닌 자기 자신에게 정말로 진실한 것이 무엇인지를 발견할 수 있다면, 고통은 빠르게 사라집니다. 이 책은 조언을 위한 책이 아닙니다. 그보다는 지금까지 생각해 보지 않은 삶의 여러 부분들에 직면하게 하는 질문들을 던집니다. 이렇게 자신을 알아가는 것은 흥미로운 일이며, 기대하기 어려웠던 곳에서 자연스러운 빛과 행복이 나타날 것입니다. 당신이 할 일은 오로지 여기에 있는 질문들에 정직하게 대답하는 것뿐입니다. 만일 그런 질문들에 대해 가슴에서 나온 대답을 한다면, 자신이 언제나 원했던 것을 스스로 발견하게 되고, 그것을 얼마나 쉽게 얻을 수 있는지도 알게 됩니다. 많은 분들은 이 책을 읽는 것만으로도 그것을 얻을 것입니다.

이 책이 인도하는 곳이 어디인지를 이해하는 한 가지 방법이 있습니다. 미소를 생각해 보세요. 처음에는 일부러 짓는 미소, 사진을 찍을 때처럼 의도적으로 짓는 미소를 생각해 보세요. 그런 미소도 필요할 때가 있지만, 그것은 다른 사람들에게 친절하게 보이기 위해 의도된 것입니다.

이제 저절로 떠오르는 미소를 생각해 보세요. 이 미소는 일부러 지을 수도 없고, 가장하여 지을 수도 없으며, 그런 미소를 짓는 방법을 알려주는 책도 없습니다. 우리는 모두 자연스럽게 나오는 미소를 좋아합니다. 정말로 진실한 미소는 모든 문과 가슴을 열어 줍니다.

그런 미소를 지을 때가 드물기는 하지만, 이 미소는 당신의 내면 어딘가에서 솟아 나오기를 기다리고 있습니다. 그 미소는 자기 자신과 즐겁게 대화하는 가운데 나옵니다. 이 점을 이해하게 되면, 삶의 모든 것과 다른 사람들이 변하게 됩니다. 당신이 지금 읽으려는 이 책은 그런 대화들을 소개하고, 원한다면 그런 미소를 지을 수 있도록 돕기 위한 것입니다.

.

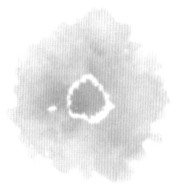

1
생각을 믿나요?

생각이 뭐라고 말하든 그것을 믿을 필요가 없습니다.
스스로 행복을 박탈하기 위해 사용하는 생각들을 그저 잘 알아차리세요.
자신에게 스트레스를 주는 생각들을 잘 알아차리게 되면,
자신이 필요로 하는 모든 것으로 돌아오는 길을 알게 될 것입니다.

더 열심히 구할수록 사랑이 멀어져 간다고 느낀 적이 있나요? 혹은 남에게 인정을 받으려 할 때 마음이 불안한가요? 그렇다면 거기에는 이유가 있습니다. 사랑과 인정을 받으려는 노력은 그 둘을 알아차리지 못하게 되는 확실한 길이기 때문입니다. 사랑을 알아차리지 못할 수는 있지만, 사랑 그 자체는 결코 잃어버릴 수 없습니다. 우리 자신이 바로 사랑이기 때문입니다. 만일 우리 자신이 바로 사랑이라면, 우리는 왜 그리도 열심히 사랑을 구하려 하며, 종종 그 결과는 왜 그리도 초라한 것일까요? 그것은 오로지 우리의 생각 때문입니다. 우리가 진실하지 않은 생각들을 믿기 때문입니다.

그 어떤 생각도 믿을 필요가 없습니다. 당신은 이 책을 읽으면서 그럴 필요가 없다는 것을 스스로 확인할 수 있습니다. 아니면, 책을 내려놓고 자신의 관계들에 대하여, 또는 다른 사람과의 관계에서 문제가 되는 점들에 대하여 네 가지 질문을 하고, 당신의 삶이 어떻게 변하는지를 보면서 스스로 확인할 수도 있습니다.

사랑과 인정, 칭찬을 추구할 때 우리는 무슨 생각을 할까요? 우리는 다른 사람들에게 사랑받고 인정받는 것이 천국으로 들어가는 열쇠이며, 이 세상의 모든 좋은 것을 얻는 열쇠라고 생각합니다. 우리는 연애를 통해 사랑과 성적인 상대, 오랫동안 곁에 있어 줄 사람, 결혼과 가족을 얻을 수 있다고 생각합니다. 그리고 우리의 삶에 명성과 부유함, 만족을 가져오는 가장 좋은 방법은 사람들에게 좋은 인상을 주고 찬사를 받으려 노력하는 것이라고 생각합니다.

그래서 그런 것들을 얻는 데 성공하면 목표를 이룰 것이라고 생각합니다. 안전하고 따스하며 존중받는 집에서 살게 될 것이라고 생각합니다. 그런데 만일 실패하면? 우리는 집을 잃고, 차가운 바깥에서, 군중 속에 묻혀, 아무런 주목도 받지 못한 채, 외로워하며, 사람들에게 잊혀질 것이라고 생각합니다. 만일 그렇게 생각한다면, 사랑과 인정을 추구하는 일이 몹시 두렵고 무척 절박하게 느껴지는 것은 이상한 일이 아닙니다. 한마디 칭찬으로 하루가 즐거워지고, 한마디 가혹한 말로 하루가 망쳐지는 것도 이상한 일이 아닙니다.

크고 근원적인 두려움은 좀처럼 표면으로 올라오지 않습니다. 자신이 금방이라도 사회의 균열된 틈 사이로 추락하여 사라질 것이라고 생각하며 사는 사람은 거의 없습니다. 대신, 근심스러운 생각들이 하루 종일 수없이 많이 나타납니다. "그가 나를 알아보았나?", "왜 그녀가 웃지 않았지?", "내가 좋은 인상을 주었을까?", "왜 그는 내 전화에 응답하지 않지?", "내 모습이 괜찮아 보이나?", "그 말을 해야 했을까?", "사람들이 이제 날 어떻게 생각할까?" 우리는 인정받기 경쟁에서 나아지고 있는지 퇴보하고 있는지를 이런 식으로 끊임없이 평가하고 있습니다. 우리는 그런 사소한 의심들을 거의 알아차리지 못하고 질문해 보지도 않지만, 이런 의심들은 호감과 칭찬을 받기 위해서 혹은 단지 사람들을 만족시키기 위해서 고안된 수백 가지 전략을 실행시키고 있습니다. 여기에는 사람들이 인정해 주지 않으면 자신은 아무런 가치가 없다는 믿음이 깔려 있습니다.

사랑과 인정을 받으려고 노력할수록 오히려 그것들을 경험하기가 더욱 어려워진다는 것은 아이러니입니다. 습관적으로 인정을 추구하는 사람들은 자신들이 그러한 노력 때문이 아니라, 그러한 노력에도 '불구하고' 사랑받고 도움받는다는 것을 깨닫지 못합니다. 더 열심히 구할수록 그것을 알아차리기가 더 어려워집니다.

어떻게 해서 우리가 이런 곤경에 빠지게 되었을까요? 다음 몇 쪽에 걸쳐 우리는 한 번도 의심해 보지 않은 생각들이 어떻게 우리를 힘들게 하는지 살펴볼 것입니다. 무의식적인 생각들이 어떻게 하여 '우리가 이미 가지고 있는 것'을 필요로 하고, 원하고, 갈망하고, 얻으려 애쓰게 만드는지 볼 것입니다. 우리는 새벽 세 시에 갑자기 근심에 휩싸이곤 합니다. 그 근심 뒤에 숨어 있는 생각들로 이야기를 시작해 보겠습니다.

새벽 세 시의 생각: 아무도 날 돕지 않아

한밤중에 갑자기 잠에서 깨어납니다. 시계를 흘긋 보고 다시 잠들려고 합니다. 그런데 생각 하나가 떠오릅니다. "앞으로 나에게 어떤 일이 일어날까? 세상은 차갑고 냉정해. 어떻게 해야 할지 모르겠어." 이런 생각들은 어젯밤에 본 펀드 광고 때문에 일어난 것이지만, 당신은 그 사실을 깨닫지 못합니다. 그리고 다음 생각들은 자기계발 서적을 읽으며 기억된 내용에서 나온 것들입니다. "세상에 확실히 보장된 것은 아무것도 없어. 뭔가를 얻으려면 내가 스스로 노력해야 해." 이 생각이 약간 격려가 되지만, 곧 그렇게 스스로를 의지해도 이제까지 별 효과가 없었다는 것을 기억하고는 기운이 빠져 버립니다. "난 필요한 게 많아. 하지만 그걸 얻을 방도가 없어. 안 그런 척 하지만 사실 나는 생존 능력이 약해. 나는 무력하고 외로워." 다음 생각은 조금 희망을 줍니다. "내가 가족과 친구들에게 더 많은 사랑을 받을 수만 있다면, 만일 한 사람만이라도 날 정말로 좋아해 준다면, 상사가 정말로 날 믿어 준다면 이렇게 불안하지는 않을 거야. 내가 도움을 받고 있다고 믿을 수 있을 거야."

"내가 노력하지 않으면 아무도 날 돕지 않을 거야"라는 생각은 사랑과 인정을 찾아 헤매게 만드는 의심되지 않은 믿음, 우리가 잘 의식하지 못하는 믿음들 가운데 하나일 뿐입니다. 잠시 쉬었다가 정반대의 경우를 살펴봅시다.

한낮의 현실 확인: 모든 것이 날 돕고 있어

당신은 지금 이 순간 당신이 살아갈 수 있도록 돕고 있는 것들이 무엇인지 알고 있나요?

조금 더 들여다보기 위해 가정을 해 보겠습니다. 당신은 지금 아침 식사를 끝내고, 좋아하는 의자에 앉아, 이 책을 집어 들었습니다. 목과 어깨는 당신의 머리를 받쳐 주고 있습니다. 가슴의 뼈와 근육들은 숨 쉬는 것을 돕고 있습니다. 의자는 당신의 몸을 받쳐 주고 있습니다. 방바닥은 당신이 앉아 있는 의자를 받쳐 주고 있습니다. 지구는 당신의 집을 받쳐 주고 있습니다. 수많은 별과 행성들은 지구가 궤도에서 벗어나지 않도록 붙들어 주고 있습니다. 창 밖에는 한 남자가 개를 데리고 거리를 걷고 있습니다. 그 남자가 당신을 전혀 돕고 있지 않다고 확신할 수 있나요? 그는 당신의 방에 불을 밝혀 주는 전기 회사의 직원일 수도 있습니다.

거리에서 보는 사람들, 보이지 않는 곳에서 일하는 수많은 손과 눈들, 당신은 그 중에 당신을 돕지 않는 사람이 있다고 확신할 수 있나요? 당신의 수많은 조상들에게도, 아침 식탁에 올라온 음식과 연관된 다양한 식물과 동물들에게도 똑같은 질문이 적용될 수 있습니다. 당신이 여기에 있기 위해서는 얼마나 많은 놀라운 우연의 일치들이 있어야 했던 것일까요!

잠시 주위를 둘러보세요. 그리고 당신을 조금도 돕고 있지 않다고 확실히 말할 수 있는 것이 있는지 보세요. 이제 새벽 세 시에 떠올랐던 "날 도와 주는 것은 아무것도 없어"라는 생각을 다시 살펴보세요. 지금 이 순간 "내가 노력하지 않아도 모든 것이 나를 돕고 있어"라고 말하는 것이 더 진실하지 않을까요? 지금 여기에 당신이 의자에 앉아서 아무것도 하지 않으면서도 완전한 도움을 받고 있다는 것이 그 증거입니다.

모든 것이 당신을 돕고 있습니다. 당신이 그것을 알아차리든 모르든, 그것에 대해 생각하든 생각하지 않든, 이해하든 이해하지 않든, 좋아하든 싫어하든, 행복하든 슬프든, 잠들어 있든 깨어 있든, 의욕이 있든 없든, 모든 것이 어떤 보답도 바라지 않고 당신을 돕고 있습니다.

지금 의자에 앉아서 숨을 쉴 때, 당신이 숨을 쉬는 것이 아니라 숨이 저절로 쉬어지고 있다는 것을 느껴 보세요. 그것을 알아차릴 필요도 없고, 심지어 숨 쉬기를 기억할 필요도 없습니다. 왜냐하면 당신은 숨 쉬는 일 역시 도움 받고 있기 때문입니다. 당신이 살아가기 위해 필요한 것은 복잡다단할지 모르지만, 그것들은 모두 채워지고 있습니다. 지금 이 순간 당신에게 필요한 것은 아무것도 없습니다. 당신이 해야 할 일도 없습니다. 이 생각을 받아들일 때 어떤 느낌이 드는지 보세요.

이제 당신이 가지고 있지 않은 어떤 것을 떠올려 보세요. 분명 어떤 것이 생각날 것입니다.

천국에서 멀어지는 생각들

당신을 천국에서 내쫓는 생각은 "베개가 있으면 좀 더 편안할 텐데"라는 생각일 수 있습니다. 아니면, "남편이 내 곁에 있으면 더 행복할 텐데"라는 생각일 수도 있습니다.

그 생각이 없다면 당신은 천국에 있습니다. 그냥 의자에 앉아서, 도움을 받으며, 숨이 쉬어지며……. 무언가가 부족하다는 생각을 믿을 때, 당신은 무엇을 경험하나요? 당장의 결과는 알아차리기 어려울지도 모릅니다. 부족해 보이는 어떤 것으로 관심이 옮겨갈 때 약간의 불안감을 느끼는 정도일 수 있습니다. 하지만 그처럼 관심이 옮겨갈 때, 당신은 의자에 앉아 있는 동안 누리던 평화를 잃어버리게 됩니다. 편안함을 구하면서 자신에게 불편함을 주고 있는 것입니다.

베개를 갖게 된다면 어떨까요? 더 나아질 수 있겠지요. 천국으로 다시 돌아올 수도 있습니다. 베개는 당신에게 필요했던 것일지도 모릅니다. 혹은 (배우자가 있다면) 전화를 걸어 배우자에게 함께 있자고 얘기할 수도 있고, 실제로 배우자가 오는지도 모릅니다. 그러면 당신은 더 행복해질 수도 있고, 그렇지 않을 수도 있습니다. 하지만 그러는 동안 당신의 평화는 지나가 버립니다.

당신을 천국에서 내쫓는 생각은 편안함이나 행복에 대한 생각만이 아닙니다. "만일 ……한다면 걱정이 없을 텐데" 혹은 "늘 이러면 좋겠는데"와 같은 생각, 혹은 단지 커피 한 잔에 대한 생각일 수도 있습니다. 대부분의 사람들은 더 나아지기 위해 너무 분주한 나머지, 자신들이 천국에서 멀어지고 있다는 것을 알아차리지 못합니다. 그런데 그들이 어디를 가든지 어떤 사람이나 어떤 물건은 늘 더 나아 보일 수 있습니다.

그러면 어떻게 다시 천국으로 돌아올 수 있을까요? 우선 자신을 천국에서 멀어지게 하는 생각들을 알아차리세요. 생각이 뭐라고 말하든 그것을 믿을 필요가 없습니다. 스스로 행복을 박탈하기 위해 사용하는 생각들을 그저 잘 알아차리세요. 이런 식으로 자신을 알아가는 것이 처음에는 낯설게 느껴질지 모릅니다. 하지만 자신에게 스트레스를 주는 생각들을 잘 알아차리게 되면, 자신이 필요로 하는 모든 것으로 돌아오는 길을 알게 될 것입니다.

자기 자신을 알아가기

생각들을 알아차리기 시작하면서 먼저 알게 되는 것들 가운데 하나는 당신이 결코 혼자가 아니라는 것입니다. 연인이나 다른 누군가와 함께 있을 때도 당신은 혼자가 아닙니다. 혼자 있을 때도 당신은 혼자가 아닙니다. 어디를 가든지 누구와 함께 있든지, 머릿속의 목소리는 당신과 함께 하면서 속삭이고, 잔소리하고, 유혹하고, 판단하고, 재잘

거리고, 부끄러워하게 만들고, 죄책감을 갖게 하거나 야단을 칩니다. 아침에 잠에서 깨어날 때 당신의 생각들도 함께 깨어납니다. 그 생각들은 당신을 침대 밖으로 떠밀어내고, 일터까지 따라옵니다. 사무실이나 가게에 있는 사람들을 평가합니다. 화장실에 따라오고, 차 안에도 들어오며, 다시 당신과 함께 집으로 돌아옵니다. 집에서 기다리는 사람이 있건 없건, 당신의 생각들은 집에서 당신을 기다리고 있을 것입니다.

만일 당신이 혼자 있는 것을 두려워한다면, 그것은 사실 자신의 생각들을 두려워한다는 뜻입니다. 만일 자신의 생각들을 사랑한다면, 당신은 혼자 어느 곳에 있든 그 생각들도 좋아할 것입니다. 차에 탈 때 라디오를 틀 필요가 없고, 집에 와서도 텔레비전을 켤 필요가 없습니다. 자신의 생각과 관계하는 방식은 다른 모든 관계에도 똑같이 적용됩니다. 여기에는 물론 자기 자신과의 관계도 포함됩니다.

잠깐만요!

당신은 이렇게 물을지도 모릅니다. "머릿속의 목소리는 나 자신이 아닌가요? 내가 그 생각들을 생각하는 것이 아닌가요?" 이 질문에 스스로 대답해 보세요. 만일 머릿속의 목소리가 당신이라면, 그것을 듣고 있는 사람은 누구인가요?

아침에 잠에서 깨어나면서 자신이 생각하고 있다는 것을 알아차릴 때쯤이면 이미 당신이 생각되어지고 있습니다. 생각들은 그냥 나타납니다. 당신이 생각을 하고 있는 것이 아닙니다. 가끔 당신은 생각들이 나타나기 전에 먼저 깨어날 수도 있습니다. 마음은 상황을 파악하기 위해 몇 초가량 돌아가고, 다음에는 당신의 생각 속에서 하나씩 세상이 다시 시작됩니다. "나는 이런 사람이야. 여기는 필라델피아야. 내 옆에 있는 사람은 남편이야. 오늘은 화요일이야. 일어나서 일하러 가야겠어." 당신이 깨어 있는 동안에는 이 과정이 계속해서 끊임없이 일어납니다. 생각들은 매 순간 당신의 세상과 당신의 정체성을 창조합니다.

당신의 생각들은 사랑에 대해 뭐라고 말하나요?

생각들에 귀를 기울이다 보면, 생각들은 사랑이 당신에게 무엇을 해줄 수 있는지 얘기하고 있다는 것을 알게 됩니다. 예를 들어, 사랑에 실망했을 때는 걸러지지 않은 채 거칠게 표출되는 감정들을 느낄 수 있습니다. 그럴 때 생각들은 아마 당신이 사랑을 박탈당했다고, 당신이 버림받았고, 쫓겨났고, 공허하고, 외롭고, 뭔가 부족하다고 말할 것입니다. 그리고 오직 사랑만이 당신을 다시 기분 좋게 해줄 수 있다고 말할 것입니다. 만일 당신이 두려워하면서 안전과 안정을 갈망한다면, 아마 생각들은 사랑이 당신을 구원할 수 있다고 말할 것입니다. 삶이 실망스럽거나 이해되지 않을 때도 많은 사람들은 그 문제에도 역시 사랑이 정답이라고 생각합니다. 그럴 때는 자신의 생각을 살펴보세요. 자신이 사랑에게 기대하고 바라는 것이 무엇인지 스스로 물어보세요. 그리고 사랑이 가져다줄 것이라고 생각하는 것을 다섯 가지만 적어 보세요.

많은 사람들은 사랑과 필요가 같은 말이라고 믿습니다. "널 사랑해, 네가 필요해"라는 말은 수많은 사랑 노래에 담긴 올가미입니다.

만일 당신이 삶에서 정말로 필요로 하는 것이 무엇인지를 스스로 물어본다면, 아마 방금 전에 사랑에 관해 적었던 것과 같은 목록을 만나게 될 것입니다. 사람들은 삶을 살아가면서 똑같은 것들을 요구합니다. 요구하는 방식이 좀 더 세련되어 갈 뿐입니다.

엄마~!
내꺼야!
내놔!
나는 ……을 원해.
나는 ……가 필요해.
……해 주시길 부탁드려요.
당신의 사랑이 필요해요.
당신은 내게 필요한 것을 채워 주지 못하고 있어요.
나는 당신이 ……해 줬으면 좋겠어요.
……가 없이는 살아갈 수가 없어.
내가 원하는 것들은……

당신이 원하고 필요로 하는 것들에 대한 생각은 폭군처럼 굴 수 있습니다. 만일 그 생각들을 믿는다면, 그 생각들이 시키는 대로 해야 한다고 느끼고, 다른 사람들의 사랑과 인정을 받아야 한다고 느끼게 됩니다. 생각에 대해 반응하는 또 하나의 방법이 있습니다. 그것은 바로 그 생각에 질문을 하는 것입니다. 당신이 원하고 필요로 하는 것들에 어떻게 질문할 수 있을까요? 어떻게 하면 생각을 믿지 않으면서 그 생각을 만날 수 있을까요?

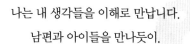

나는 내 생각들을 이해로 만납니다.
남편과 아이들을 만나듯이.

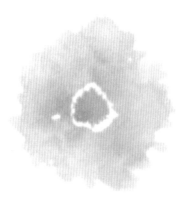

2
사랑에 대한 생각에
질문하기

가슴이 아프거나 우울할 때에는 종종 당신이 너무 오랫동안
너무 가까이 간직해 왔기에 있는지도 모르고 있는 생각들이 있습니다.
당신은 그런 생각들을 믿고 있지만, 그런지 알아보기 위해
잠시라도 멈추어 본 적이 없습니다.
잠시 멈추고 물어보면 어떻게 될까요?

사랑을 받으려 할 때 일어나는 생각과 감정들

격한 감정들이나 불행, 특히 사랑에 관련된 불행을 생각이라는 관점에서 살펴보는 것이 처음에는 이상해 보일 수도 있습니다. 하지만 가만히 잘 살펴보면, 스트레스를 주는 느낌들이 일어날 때는 언제나 그 느낌을 일으키는 어떤 생각이 있다는 것을 알게 됩니다. 사랑에 대해 걱정하는 것은 어린아이 같은 단순한 생각의 결과입니다. "나는 당신의 사랑이 필요해", "당신이 없이는 난 살아갈 수 없어"라는 이런 생각들은 모든 사람이, 심지어 아흔 살 먹은 사람들도 가지고 있는 생각입니다. 이런 조사되지 않은 생각들은 당신을 사랑으로 인도하는 척 가장하지만, 실제로는 사랑의 장애물입니다.

사람들은 때때로 왜 이렇게 괴로운지 모르겠다고 말합니다. 그들은 오로지 감정의 홍수만을 느낄 뿐입니다. 그렇지만 거기에 생각이 없는 것은 아닙니다. 예를 들어, 당신이 솔직하게 속마음을 털어놓고 얘기했는데 그가 대답도 하지 않은 채 일어나서 방을 나가 버립니다. 당신은 마치 세상이 끝나 버린 것처럼 느끼며 그 자리에 앉아 있습니다. 처음에는 "그는 나에게 관심이 없어"라는 생각이 일어날 수 있습니다. 나중에는 "무슨 상관이야? 어차피 내게 정말로 관심 있는 사람은 아무도 없는데"라는 생각으로 변합니다.

지금 당장 괴로움을 느끼지 않는다면, 과거에 많이 괴로웠던 상황을 떠올려 보세요. 고요히 있으면서 그 느낌이 저절로 다시 일어나도록 놓아두세요. 마음은 괴로운데도 그런 감정들 뒤에 숨어 있는 생각을 찾을 수 없다면, 이렇게 해 보세요. 잠시 시간을 내어, 그 감정이 가장 격렬했던 때로 내면의 여행을 떠납니다. 그 감정이 일으키는 신체적인 느낌들 속에 빠져 봅니다. 자신을 위하여 다시 한 번 온통 괴로워지도록 허용하면서, 이번에는 그 감정에게 목소리를 줘 보세요. 그 감정이 말을 할 수 있다면 뭐라고 말할까요, 누구에게 그 말을 할까요?

서두르지 마세요. 분명하게 해 보세요. 그렇게 하지 않으면 실제로 아픔을 주는 생각이 아니라, 현명하거나 온화해 보이는 어떤 생각, 당신이 바람직하다고 여기는 생각을 만나기 쉽습니다.

새로운 친구와 떠났던 일주일간의 여행에서 지금 막 돌아왔는데, 여행을 떠나기 전에 당신이 꿈꾼 것들이 온통 엉망이 되어 버렸다고 가정합시다. 여기에서 우리가 찾는 생각은 "내 기대가 너무 높았어"처럼 심리학적으로 온당한 생각이 아닙니다. 당신의 진짜 감정들은 "넌 날 실망시켰어", "넌 내게 상처를 주었어", "넌 날 속였어", "아닌 척 행세하기는……"이라고 말하고 있습니다. 당신의 실제 생각, 어린아이처럼 그 순간에 터져 나오는 생각, 그런 생각을 최대한 솔직하게 있는 그대로 적어 보세요. 지금 우리가 찾고 있는 생각은 그런 생각입니다.

가슴이 아프거나 우울할 때에는 종종 당신이 너무 오랫동안 너무 가까이 간직해 왔기에 있는지도 모르고 있는 생각들이 있습니다. 당신은 그런 생각들을 믿고 있지만, 정말 그런지 알아보기 위해 잠시라도 멈추어 본 적이 없습니다.

잠시 멈추고 물어보면 어떻게 될까요? 이렇게 당신을 가장 힘들게 만드는 생각들을 자신이 정말로 믿고 있는지 알아보는 방법이 있다면 어떻게 될까요? '작업(The Work)'이 바로 그 방법입니다. 이것은 탐구라고도 합니다. 일시적으로는 작업을 하나의 방법으로 볼 수도 있습니다. 하지만 작업을 어느 정도 계속 하다 보면, 작업이 자동적으로 이루어진다는 것을 알게 됩니다. 그것은 당신이 생각들과 자연스럽게 관계하는 방식입니다. 자신의 생각을 믿는 것은 점점 더 부자연스러우며 자신을 속이는 방법으로 보이게 됩니다. 작업이 당신을 지금 있는 현실로 되돌아오게 한다는 것은 점점 더 분명해집니다.

어떻게 하면 생각에 대해 작업할 수 있을까요?

사랑과 인정을 추구하는 생각에 대해 작업하기

생각에 대해 작업하는 방법을 소개하기 전에, 작업이 어떤 것인지 맛볼 수 있도록 그 과정을 잠시 소개하겠습니다.

그게 진실인가요?

먼저 자신을 불편하게 하는 생각을 발견합니다. 그리고 나서 첫 단계로 그것이 진실인지 물어봅니다. 이 질문은 당신을 불편하게 하는 생각이 자신에게 진실한 것인지를 확인해 보는 것입니다. 자신의 내면으로 들어가서 그 생각을 정말로 믿고 있는지 봅니다. 그 생각은 당신이 현실이라 알고 있는 것과 일치하나요? 대부분의 경우는 그렇지 않습니다.

생각들이 현실과 일치한다고 믿을 이유는 없습니다. 우리가 살아가는 동안, 생각들은 어둠 속에서 한 순간 번쩍하고 사라지는 섬광처럼 나타났다 사라집니다. 생각들은 사실 당신의 내면과 주위에서 어떤 일이 일어나고 있는지 알아보려는 모호한 시도에 지나지 않습니다. 사랑과 인정을 추구할 때 일어나는 많은 생각들은 당신이 관심을 갖는 사람들의 행동을 해독하고, 그 사람들의 마음속에 어떤 일이 일어나고 있는지를 짐작하려 합니다.

어떤 면에서 모든 생각은 의문을 던지는 것과 같고, "지금 이런 일이 일어나고 있는 것일까?" 하고 묻는 것과 비슷합니다. 우리가 인식하는 어떤 것에 대한 생각은, 만일 정확하게 표현된다면, 다음과 같을 것입니다. "그가 나를 무시한 것 같아—실제로 그런 일이 일어난 것일까?" 하지만 우리는 아이들처럼 경보를 알리는 부분, 즉 "그는 나를 무시했어"에만 초점을 맞춥니다. 그 생각을 붙잡고서 마치 그 생각이 사실인 양 반응합니다. "그가 나를 무시했어—실제로 일어난 일이 그거야?"라는, 그 생각에 담긴 의문에 대답하는 대신, 우리는 괴로워하거나 상대방을 공격합니다(당신의 다정한 인사에 그가 응답하지 않은 것은 안경을 끼지 않아서 당신을 알아보지 못했기 때문이라면 어떨까요?)

그 생각이 있을 때와 없을 때,
당신은 어떻게 살고 있나요?

불편함이나 스트레스를 느끼는 것은 당신이 진실하지 않은 생각을 믿고 있다는 것을 알려주는 신호입니다. 이 단계에서는 우선 자신의 생각을 믿을 때 어떤 일이 일어나는지 살펴봅니다. 그 생각이 감정과 신체에 어떤 영향을 주는지 자세히 알아봅니다. 예를 들어, 당신은 "그는 내게 관심이 없어"라고 생각합니다. 그 생각에 붙잡혀 있을 때 당신이 어떻게 살고 있는지 자세히 살펴보세요. 그 생각이 당신에게 어떤 영향을 미치나요? 그 생각을 믿을 때, 당신은 그를 비롯하여 다른 사람들과 자기 자신을 어떻게 대하나요? 자기를 불쌍히 여기나요? 아픔이나 화를 느끼나요? 피해자가 된 기분인가요? 그에게 말을 하지 않고 그를 노려보나요? 동료나 자녀에게 날카롭게 쏘아붙이나요? 편히 잠들지 못하나요?

다음에는 상상으로 도약을 해 봅니다. 그 생각이 없을 때 자신의 삶이 어떠할지 상상해 봅니다. 만일 그 생각을 믿지 않는다면, 만일 그 생각을 하는 것조차 불가능하다면, 당신의 삶은 어떠할까요? 이때는 그 생각이 진실인지 아닌지에 대해서도 관심 가질 필요가 없습니다. 핵심은 실험하는 것입니다. 그 생각을 믿지 않을 때 당신의 삶이 어떠할지를 보는 것입니다. 상상 속에서 그를 바라보세요. "그는 나에게 관심이 없어"라는 생각 없이 그를 바라보며 잠시 그 경험을 해 보세요.

이 단계는 생각을 믿을 때 어떤 결과가 일어나는지 알게 해 줍니다. 그 생각을 믿을 때의 삶에 완전히 빠져 본 뒤, 그 생각이 없을 때의 삶을 맛봅니다.

뒤바꾸기: 정반대가 더 진실해 보이나요?

이것은 생각을 탐구하는 작업의 마지막 단계입니다. 마음은 거울처럼 사물을 그대로 보여 주긴 하지만 '거꾸로' 보여 줍니다. 그래서 당신의 생각을 반대로 바꾸어 보는 것입니다. 최대한 많이 반대로 바꾸어 봅니다. 그리고 이렇게 바꾸어 본 내용들이 원래 생각만큼 진실해 보이는지 또는 더 진실해 보이는지 스스로 물어봅니다. 뒤바꾸기한 내용이 더 진실해 보일 때가 많습니다.

"그는 나를 무시했어"라는 이 생각을 뒤바꿔 봅시다. 처음에는 거꾸로 뒤바꿉니다. '그'와 '나'를 뒤바꿔 보세요. 다음에는 자기 자신으로 뒤바꿉니다. 앞의 문장에서 '그'를 '나'로 뒤바꿔 보세요. 마지막에는 반대로 뒤바꿉니다. 원래 생각을 반대말로 뒤바꿔 보세요.

나는 그를 무시했어. (그가 인사를 하지 않았을 때, 나는 사정을 알아보지도 않고 섣부른 결론을 내리고는 그를 가혹하게 판단했어.)

나는 나를 무시했어. (나는 대수롭지 않을 수 있는 행동을 무시하는 행동으로 여겨 버렸어. 내 마음속에서 무시를 만들어 낸 건 바로 나야. 그리고 나의 화난 생각들 때문에 내가 왜소하고 초라하게 느껴졌어.)

그는 나를 무시하지 않았어. (그는 나를 알아보지 못했을지도 몰라. 골똘히 생각에 잠겨 있었는지도 모르. 그가 왜 그랬는지는 확실히 알 수 없어.)

그 생각이 옳다는 것을 증명하려 애쓸수록, 오히려 마음은 마치 진흙탕에 빠져 헛바퀴 돌리는 자동차처럼 그 자리에 더 깊이 빠져 들어가게 됩니다. 뒤바꾸기를 해 보고 그 생각들이 진실할 수 있는지를 보는 것은 마치 자동차를 앞뒤로 움직여 진흙탕에서 빠져나오도록 하는 것과 같습니다.

예를 들어, 애인이 아주 먼 곳으로 직장을 옮기는 것은 분명히 끔찍한 일이라고 당신은 굳게 믿습니다. 이 생각을 믿으면 걱정으로 무력해집니다. 그 생각을 뒤바꿔 보면, 마음이 틀에 박혀 보지 못한 새로운 가능성을 보게 됩니다. 애인이 직장 때문에 멀리 이사 가는 것이 좋은 일이 될 가능성은 전혀 없는 것일까요? 당신의 마음은 그런 가능성을 아예 보려고도 하지 않을지 모릅니다. 그렇다면 완전히 진흙탕 속에 빠져 있는 것입니다.

하지만 반대되는 생각을 뒷받침해 줄 참된 이유를 하나만이라도 발견할 수 있다면 어떻게 될까요? 예를 들어, 당신의 애인은 새로운 직장에 더할 나위 없이 만족할 수 있고, 그 때문에 당신과의 관계가 더 좋아질 수도 있습니다. 이것이 진실일 수 있는 가능성을 조금이라도 볼 수 있다면 두려움은 줄어들 것입니다. 애인이 떠나 있으면 당신은 친구들과 더 많은 시간을 보낼 수 있고, 밖에 나가서 일을 시작할 수도 있으며, 예전부터 듣고 싶었던 강좌를 수강할 수도 있습니다. 어쩌면 그가 이사한 멋진 도시에서 그와 함께 시간을 보낼 수도 있고, 심지어 그곳으로 이사할 수도 있습니다. 누가 알겠어요? 이런 가능성들을 믿거나 그 믿음에 따라 행동할 필요는 없습니다. 단지 생각의 진흙탕에서 빠져나올 수 있는 이유를 하나라도 찾아보는 것입니다. 이제까지 끔찍할 것이라고 확신했던 일이 실제로는 그렇지 않을 수 있다는 가능성에 대해 마음의 문을 열 때, 그때 찾아오는 가벼움과 안도감을 느끼며 당신은 놀라워할지도 모릅니다.

이렇게 해 보는 일에 거부감이 들 수도 있습니다. 그렇게 하면 당신이 두려워하는 일이 실제로 일어날 수도 있다고 믿기 때문입니다. 앞의 예에서, 애인의 이사에 대해 잠시라도 마음을 열면, 이사를 반대하는 마음이 약해질 것이라고 생각할 수 있습니다. 하지만 그 생각을 정말로 잘 살펴본다면, 그 반대일 가능성이 더 높습니다. 사람들이 두려워하며 완고한 태도를 취할 때, 오히려 그들이 막으려고 하는 일이 일어나는 경우가 많습니다. 뒤바꾸기는 더 많은 여지를 열어 줍니다. 그리고 당신이 어떤 입장을 고수하면서 추측했던 것보다 더 평화로운 방식으로 일들이 풀려 나갈 수 있다는 것을 보게 합니다.

만일 뒤바꾸기를 뒷받침하는 하나의 이유를 발견하는 데 곤란을 겪는 사람이 있다면 ("애인과 떨어지는 건 분명히 심각한 문제야", "이게 좋은 결과를 가져올 수 있다고? 아니! 그런 건 생각조차 하기 싫어!"), 나는 종종 뒤바꾸기가 진실일 수 있는 세 가지 이유를 찾아보라고 제안합니다. 마음이 전혀 태도를 바꾸려 하지 않을 때는 세 가지 참된 이유를 찾아보세요. 처음에는 그런 이유들이 바보 같고 시시해 보일지 모르지만, 당신은 그런 이유들을 통해 진흙탕에서 빠져나와 흥미로운 가능성들로 향하는 길 위에 설 수 있습니다.

스스로 탐구하기

탐구에 대해 간략히 살펴보았습니다. 다음은 더 자세한 설명입니다.

1. 현재나 과거의 어떤 상황에 대해 불편하거나 화가 나거나 기분이 좋지 않다면, 자신의 마음속을 흐르는 생각들을 알아차려 보세요. 그

리고 지금 자신을 가장 불편하게 만드는 생각을 적어 보세요. 만일 생각이 아니라 어떤 느낌이 마음을 불편하게 한다고 여겨지면, 그 느낌에 목소리를 줘 보세요. 그 느낌이 하는 말을 짧고 간단한 문장으로 적어 보세요. 예를 들면, "그가 문을 닫고 나가 버렸어. 이건 나에게 관심이 없다는 뜻이야." 당신을 괴롭혀 온 생각을 적어 보는 것은 그 자체로 강력한 행위입니다. 이제 그 생각에 대해 질문할 수 있습니다.

2. 그것이 진실인지를 자신에게 물어보세요. "그는 나에게 관심이 없어." 그게 진실인가요? 그 생각이 이제까지 당신이 듣고 배워 온 것과 일치하는지를 묻는 것이 아닙니다. 삶이 어떠해야 한다는 식의 생각은 염두에 두지 마세요. (당신이 주방으로 들어왔는데도 그는 신문을 내려놓지 않았고, 늦는다고 전화하지도 않았고, 간다는 말도 없이 문을 닫고 나가 버렸습니다—하지만 이런 행위들이 그가 당신에게 관심이 없다는 것을 의미한다고 확신할 수 있나요?) 어떤 식으로 대답을 '해야 한다'고 생각하지 말고, 그냥 솔직히 답해 보세요. 이 질문을 다른 말로 바꾸어 보겠습니다. 그 생각은 당신이 내면에서 알고 있는 것과 일치하나요? 그 생각은 당신이 내면 가장 깊은 곳에서 현실이라고 느끼는 것과 공명하나요? 그가 당신에게 관심이 없다는 것이 진실인지 당신은 백퍼센트 확실히 알 수 있나요? (여기에서는 "예"나 "아니요"뿐 아니라 "모르겠다"도 좋은 대답입니다.)

3. 그 생각을 믿을 때 당신이 어떻게 살고 있는지 알아차려 보세요. 대체로 그 생각은 당신의 삶에 평화를 주나요, 아니면 스트레스를 주나요? 그 생각은 당신이 사랑하는 사람들과 더 가까워지게 하나요, 아

니면 멀어지게 하나요? "그는 나에게 관심이 없어"라는 생각을 믿을 때 당신은 어떻게 반응하나요? 그 생각을 믿을 때는 어떤 느낌이 드나요? 자기 자신과 남을 어떻게 대하나요? 그를 어떻게 대하나요? 서두르지 말고 천천히 이 과정을 해 보세요. 그 생각을 믿고 있는 자신을 마음속으로 그려 보세요. 당신은 슬픔으로 반응하나요? 우울함으로? 분노로? 그를 향한 관심을 거두어들이나요? 그에게 잘 보여 다시 관계를 회복하려 하나요? 자책하며 자신을 실패자로 여기나요? 담배에 불을 붙이거나 뭔가를 먹으려고 냉장고로 향하나요? 최대한 정확하고 세밀하게 알아차려 보세요.

4. 그 생각이 없다면 자신의 삶이 어떠할지 알아보세요. 그 생각이 없다면 자신이 어떠할지, 상상력을 이용하여 어렴풋이나마 한번 보는 것입니다. 고통스러운 생각을 대신할 더 나은 생각을 찾으려 하지 마세요. 예전의 생각들 없이 자신의 상황을 바라볼 때 활짝 열리는 공간에서 잠시 살아 보세요. 자신이 그 생각을 생각할 능력도 없는 것처럼 가장하세요. 그러면 어떠할까요? "그는 내게 관심이 없어"라는 생각 없이 마음의 눈으로 그를 바라보세요. 어쩌면 신문 읽기에 푹 빠져 있는, 아내를 사랑하지만 지금 당장은 아내에게 관심을 돌리고 싶지 않은 한 남자가 보일지도 모릅니다. "그는 내게 관심이 없어"라는 생각이 없다면, 아마 그가 즐기는 모습을 흐뭇하게 바라볼 수 있다는 것을 알게 될 것입니다.

5. 그 생각을 뒤바꿔 보세요. 그 생각을 거꾸로 혹은 반대로 바꿔 봅니다. 이렇게 뒤바꾼 말들 가운데 납득이 안 가는 말이 있다면, 신경

쓰지 말고 내버려두세요. 내면을 가장 깊이 꿰뚫는 뒤바꾸기를 찾을 때까지 원래의 진술을 어떤 식으로든 마음껏 뒤바꿔 보세요.

"남편은 나에게 관심이 없어"라는 생각을 뒤바꿔 봅니다.

나는 남편에게 관심이 없어. (상처를 받으면 나는 그에 대한 관심을 거두어들이거나 화를 낸다. 남편의 기분 따위에는 관심이 없다.)

나는 나에게 관심이 없어. (사랑하는 사람과 싸울 때 나는 나에게 관심이 없다. 내 마음의 평화를 뺏어 버린다. 적대적인 상황 속으로 나를 밀어 넣고, 나의 적을 만들며, 나에게 굉장한 스트레스와 슬픔을 준다. 그럴 때는 폭음이나 흡연, 과식 같은 습관적인 행동이 시작된다.)

그는 나에게 관심이 있어. (그는 나를 사랑하지만 무뚝뚝하게 말하는지도 모른다. 그는 나를 사랑하지만 지금은 잠시 떠나 있고 싶어 할 수도 있다.)

뒤바꾼 말들 가운데 어느 하나라도 원래의 진술만큼 진실하거나 혹은 더 진실해 보이는지 자신에게 물어보세요. 만일 그렇다면, 어째서 그것들이 진실한지 각각 세 가지 참된 이유를 찾아보세요. 뒤바꾸기는 어떤 생각으로부터 당신을 극적으로 자유롭게 해 줄 수 있습니다. 특히 앞의 단계들을 통해 그 생각에 대한 당신의 믿음이 느슨해졌다면 더욱 그렇습니다.

네 가지 질문과 뒤바꾸기를 위한 메모

스트레스를 주는 생각이 떠오를 때마다, 네 가지 질문과 뒤바꾸기는 탐구를 통해 당신을 안내할 것입니다.

그게 진실인가요?

당신은 그게 진실인지 확실히 알 수 있나요?

그 생각을 믿을 때 당신은 어떻게 반응하나요?

그 생각이 없다면, 당신은 누구일까요?

뒤바꿔 보세요. 그리고 각각의 뒤바꾸기가 원래의 진술만큼 진실하거나 더 진실한 세 가지 참된 사례를 찾아보세요.

이 작은 메모로 시작할 수 있습니다. 계속해서 당신을 불편하게 하는 생각과 마주친다면, 368쪽에 있는 '더 깊이 탐구하기'를 참고하세요.

당신의 가장 친밀한 관계는
자신의 생각과의 관계입니다.

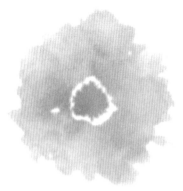

3
인정을 구하기

어린 시절을 떠난 뒤에도 우리들은 많은 사람에게
인정받기를 바라며 여전히 이런저런 공중제비를 돕니다.
인정을 구하는 것은 우리 삶의 일부가 되어 버려 자동적으로 이루어지지만,
우리는 자신이 그렇게 하고 있다는 것을 잘 알아차리지 못합니다.

한 소녀가 놀이터에서 혼자만의 놀이에 흠뻑 빠져 즐겁게 놀고 있습니다. 그러다가 돌연 소녀는 공중제비에 성공하여 자기도 깜짝 놀랍니다. 빙 둘러서 있던 아이들이 웃음을 터뜨리며 박수를 칩니다. 소녀는 주변에 아이들이 모여 있는지도 모르고 있었습니다. 소녀는 그 애들이 다시 박수를 치는지 보려고 공중제비를 돕니다. 놀이터 곳곳에서 아이들은 "날 좀 봐! 날 좀 봐!" 하면서, 자신이 원하는 반응이 나오면 행복해 하고, 그렇지 않으면 실망합니다. 소녀는 자기가 무엇을 발견했는지 잘 모르지만, 아이들의 반응에 흥분합니다. 그리고 아이들의 무리 속에 낄 수 있는 열쇠를 발견한 것 같다고 생각합니다. 소녀는 새로운 공중제비를 개발하려 노력합니다. 하지만 그 동기는 이전과 다릅니다. 이제는 스스로 즐기기 위해 하는 것이 아닙니다. 그렇게 하는 것은 시간 낭비처럼 여겨집니다. 소녀는 이제 다른 아이들에게 호의적인 반응을 받고 싶어 하게 되었고, 기대하는 반응을 얻지 못할까 봐 걱정하게 됩니다.

어린 시절을 떠난 뒤에도 우리들은 거의 모든 사람에게서 인정받기를 바라며 여전히 이런저런 종류의 공중제비를 돕니다. 그 사람은 배우자나 자녀, 부모, 직장 동료나 심지어 엘리베이터에서 만난 낯선 사람이 될 수도 있습니다. 인정을 구하는 것은 우리 삶의 일부가 되어 버려 자동적으로 이루어지지만, 우리는 자신이 그렇게 하고 있다는 것을 거의 알아차리지 못합니다. 그래서 친구와 동료들이 인정을 구할 때 어떻게 되는지를 알아보는 편이 더 쉽습니다. 어떤 여성은 당신과 함께 있을 때는 수다를 떨면서 즐거워하다가도 약혼자가 옆에 있으면 조용해집니다. 어떤 직장 동료는 상사에게 잘 보이려고 늘 아부하고 있습니다. 어떤 남자는 사람들의 관심이 자신에게 집중되지 않으면 견디질 못합니다. 어떤 요가 수강생은 선생님이 주위에 있으면 훨씬 더 차분한 태도로 조용히 미소를 짓고 있습니다. 어떤 사람은 자녀들이 아무리 심하게 굴어도 묵묵히 참기만 합니다.

당신이 이런 행동들에 관심을 갖게 되는 이유는 자신의 기대와는 다른 일이 일어나고 있기 때문입니다. 편안한 마음으로 친구들과 어울리며 서로를 알아가는 기회여야 할 디너파티는 경쟁적으로 잘난 체 하는 가혹한 시련의 무대가 되고 맙니다. 문제를 해결하기 위해 열린 회의는 임원에게 눈도장을 찍기 위한 기회가 되어 버립니다. 왜 그럴까요? 인정을 받는 것이 가장 중요한 일이 되었기 때문입니다.

만일 호기심이 느껴진다면, 이런 일들 뒤에 숨어 있는 생각을 스스로 짐작해 볼 수 있습니다. 친구들을 불안하게 만드는 생각들을 상상하는 것은 어려운 일이 아닙니다. 모두들 똑같은 생각들을 마음속 어딘가에서 하고 있거나 해 왔기 때문입니다. 그것들은 "나의 진짜 모습을 알게 되면 그는 나를 거부할 거야", "누군가가 나에게 주목해 주지 않으면 나는 행복할 수 없어"와 같은 생각들입니다. 당신은 이런 생각들에 따라 행동할 수도 있고 그러지 않을 수도 있지만, 내면을 잘 살펴본다면 역시 그런 생각들을 발견하게 될 것입니다.

앞 장에서 우리는 마음속을 지나가는 생각들을, 비록 그 생각들이 사실처럼 보인다 해도, 믿을 필요가 없다는 것을 알았습니다. 이 장에서는 일상적인 상호 작용이나 친구 관계, 직장에서의 인간관계 밑에 놓여 있는 숨은 믿음들을 찾아낼 것입니다. 그런 믿음들이 자신에게 진실한지를 볼 수 있는 기회가 될 것입니다. 그 다음에는 사랑에 빠지고 연인이 되고 결혼을 약속하는 것과 연애 관계들에 대해서도 그런 믿음들을 찾아볼 것입니다. 그런 믿음들을 조사하지 않은 채 허약한 기반 위에 관계가 세워질 때 어떤 일들이 일어나는지를 지켜보고, 그런 관계들이 왜 그리도 자주 깨어지는지 살펴본 뒤, 다른 길이 있는지 알아볼 것입니다.

이 부분은 소설처럼 읽어도 좋습니다. 다른 사람들이 두려워하거나 즐거워하면서 사랑과 인정을 추구하는 모습을 그저 지켜보세요. 하지만 이야기(story)들 뒤에 숨은 생각들이 자신의 생각처럼 느껴진다면, 잠시 멈추고 살펴보세요. 이런 생각들은 우리 자신을 알 수 있는 기회의 문입니다. 자신의 고통으로부터의 해방, 즉 자신의 자유는 '이런 생각들을 자기 삶의 어디에서 믿고 있는지'를 발견할 때 시작됩니다. 그런 생각들을 찾기 위해서는 가슴 아픈 일이 일어났던 과거로 돌아가서 살펴봐야 할 수도 있습니다. "왜 오랜 시간이 지났는데도 그를 용서하지 못하는 걸까?", "그에게 전화하고 싶지 않은데도 왜 자꾸 전화하게 되는 걸까?", "왜 그녀에게 그냥 사실을 얘기하지 못하는 걸까?" 이런 고통스럽거나 힘겨운 일들을 일으키는 생각을 찾아볼 수 있다면, 집으로 돌아가는 여행을 시작할 수 있게 됩니다. 그것들은 분리감과 고통으로 이끄는 생각들이며, 한 번도 질문해 보지 않은 생각들입니다. 그

가운데 하나를 발견한다면, 그 믿음이 정말로 진실한지를 물어볼 수 있습니다. 그러면 어떻게 해서 그 믿음 때문에 고통을 받았는지 알아차릴 수 있습니다. 그리고 그 생각을 믿지 않을 때 자신 안에 이미 존재하는 사랑과 평화를 발견할 수 있습니다.

인정을 받기 위한 가면무도회

인상을 남기기

대부분의 사람들이 믿고 있는 하나의 생각과 더불어 탐험을 시작하겠습니다. "사람들에게 잘 보여서 나를 좋아하게 만들어야 한다." 모든 산업이 이 생각 위에 세워졌습니다. 그리고 그 생각은 분명히 진실해 보입니다. 하지만 그럴까요? 한번 살펴봅시다.

사람들에게 잘 보이는 것은 당신이 주는 첫인상으로부터 시작됩니다. 어떤 사람에게 좋은 인상을 주려 한다는 것은 그 사람의 마음에 남기고 싶은 인상을 도장 찍듯 각인시키려고 노력한다는 뜻입니다. 당신은 아마 그녀가 당신을 정직하고 솔직한 사람이라고, 또는 멋있거나 매력적인 사람이라고 생각하기를 원할 것입니다. 그리고 그녀에게 그런 인상을 남기기를 원합니다. 그것은 마치 당신이 큰 고무도장을 들고 그녀에게 다가가서 당신의 좋은 이미지를 그녀의 마음에 찍으려고 노력하는 것과 같습니다. 그런 인상을 그녀에게 찍을 수 있다면, 당신의 관계는 좋은 출발을 한 셈입니다. 이것이 많은 사람들이 믿고 있는 생각입니다. 하지만 그게 진실일까요?

그것이 진실한지를 알아보는 한 가지 방법이 있습니다. 누군가가 당신에게 좋은 인상을 남기려고 할 때 당신이 어떻게 느끼는지를 보는 것입니다. 누군가가 커다란 고무도장을 들고서 당신에게 다가올 때, 당신의 눈에는 무엇이 보이나요? 당신이 보기에 그 도장에는 "나는 정말 당신이 나를 좋아해 주면 좋겠어요" 혹은 "나는 당신에게 어떤 것을 원해요"라고 쓰여 있습니다. 당신은 잠시 꺼려질 수 있겠지만 아마 대화를 시작해 보려고 할 것입니다. 하지만 그 사람이 자꾸만 "당신이 나를 좋아해 주면 좋겠어요"라는 도장을 들고 가까이 다가온다면 어떨까요? 아마 곧 당신은 그 사람에게 거부감을 느낄 것입니다. 혹시 그렇지 않고 그 사람에 대해 정말로 알고 싶다면, 당신에게 좋은 인상을 남기려는 그의 노력을 피하면서 알아볼 방법을 찾아봐야 할 것입니다.

누군가가 당신에게 좋은 인상을 남기려고 노력하는 것이 그 사람을 좋아하게 되는 데 실제로 도움이 되던가요? 다른 사람에게 좋은 인상을 주어야 한다는 생각이 쓸모가 있던가요? 사람들에 대한 당신의 마음은 실제로 어떻게 형성되던가요? 그들의 말을 듣고 그들의 행동을 지켜보는 동안, 당신의 마음은 저절로 형성됩니다.

당신이 구하는 것을 알아가기

연습 당신의 생각을 알아차리기

어른이 될 무렵이면 인정을 구하는 것은 제2의 천성처럼 되어 버립니다. 그래서 그것이 우리의 정신적인 삶을 얼마나 많이 차지하고 있는지 알기는 쉽지 않습니다. 이것을 발견해가는 몇 가지 방법이 있습

니다.

　전화벨은 좋은 출발점이 될 수 있습니다. 상대편은 당신을 볼 수 없지만 당신은 자신을 볼 수 있습니다. 중요한 사람에게 전화를 걸기 위해 수화기를 들 때 올라오는 생각들을 지켜보세요. 전화를 걸기 전에 어떤 계획을 세우나요? 그 사람에게 어떤 모습으로 보이기를 원하나요? 그 순간 스쳐 지나가는 생각들을 알아차려 보세요.

　이런 상황들을 생각할 때, 그 사람들과 관련하여 어떤 감정들이 떠오르나요? 이런 감정들을 실제로 몸의 어느 부위에서 느끼는지 찾아보세요. 확인해 보세요. 그것들이 당신 몸의 얼마나 많은 부분을 차지하는지 알아차려 보세요.

　중요한 사람을 만나기 전에, 앞으로 다가올 장면을 상상하나요? 조리 있게 말하려고 미리 연습하나요? 당신이 말하고 제안하고 얘기할 말, 피할 말을 미리 그려 보나요?

　그 사람과 만나고 있을 때, 그의 눈에 비칠 자신의 모습에 대해 걱정하는 생각들이 드나요? "왜 그는 미소를 짓고 있지? 나를 믿지 않는다는 뜻인지도 몰라." "왜 그녀는 미소를 짓고 있지 않지? 지루하다는 뜻일지도 몰라. 그럼 내가 어떻게 해야 하지?"

　그 사람과 헤어진 뒤에는 만남이 어떠했는지 평가하기 위해 마음속으로 사후 검사를 하나요? 언제 점수를 땄고 언제 잃었으며, 당신이 말하거나 행동해야 했지만 그러지 못한 것들이 무엇인지 찾아내려고 하나요? 이런 일이 즐거운가요, 아니면 스트레스를 주나요?

　연애를 하는 동안 이런 생각들이 드나요? "그녀가 날 알아봤을까?", "그녀는 내가 가식적이라고 생각하는 걸까?", "내가 말을 제대로 한 걸까", "그녀에게 키스를 해야 했나?", "그녀의 아파트가 마음에 드는 척

우리가 한 번도 질문해 보지 않은 생각들,

어린아이 같은 생각들을 믿을 때,

우리는 모두 어린아이입니다.

"그는 날 좋아하지 않아."

"그 애는 나쁜 아이야."

"불공평해."

"나는 벌을 받아야 해."

"원하는 걸 얻으려면 울어야 해."

"나는 피해자야."

"네가 나의 문제야."

이미 졸업했나요?

해야 했나?", "나에 대한 그의 사랑이 식은 걸까?", "그녀가 날 떠나려고 하는 걸까?", "그는 나를 있는 그대로 사랑하지 않아", "그녀는 사실 나와 함께 있는 걸 원하지 않아."

이 연습에서는 이런 생각들을 어떻게 할 필요가 전혀 없습니다. 그냥 알아차리기만 하세요.

연습 생각을 믿을 때 일어나는 일들을 알아차리기

다른 사람과 이야기를 나눌 때 일어나는 생각들을 귀 기울여 들어 보세요. 이런 생각들을 믿을 때 어떤 일이 일어나나요? 자신이 설명이나 한정, 합리화를 이용하여 상대의 마음을 원하는 대로 움직이려 하거나, 사람들이 당신에 대해 어떤 식으로 생각하기를 바라며 이야기를 할 때, 그것을 알아차려 보세요. 자신이 어떤 식으로 표정과 목소리, 눈, 몸짓, 웃음을 이용해 상대의 마음을 원하는 대로 움직이려 하는지 알아차리세요. 당신이 누군가에게 사랑과 인정을 구하고 있는 삶 속의 어떤 자리, 오늘일 수도 있는 그 자리로 가 보세요. 사랑과 인정을 구하고 있을 때 어떤 말을 하고 어떤 행동을 했나요? 자신을 고통스럽게 한 그 말과 행동을 떠올려 보세요.

이제 다음 질문에 대한 대답을 종이에 써 보세요.

1. 당신은 그 사람에게서 무엇을 원했나요? 목록을 적어 보세요.
2. 그 사람이 당신을 보는 방식을 원하는 대로 바꾸기 위해 어떤 시도들을 했나요? 그런 방법들의 목록을 적어 보세요.
3. 그 사람이 당신을 구체적으로 어떻게 보아 주길 원했나요?

목록을 적어 보세요.

4. 거짓말을 하거나 과장을 했나요? 예를 들어 보세요. 뭐라고 말했나요? 구체적으로 적고 목록을 만들어 보세요.

5. 당신은 그 사람의 말에 정말로 귀를 기울이고 있었나요, 아니면 당신이 얼마나 재미있고 매력적이며 멋진 사람인지를 그 사람에게 보여 주는 데 더 관심이 많았나요?

6. 사랑과 인정을 구하는 것에 대해 당신이 좋아하지 않는 것은 무엇인가요? 목록을 적어 보세요.

7. 사랑과 인정을 구하지 않을 때, 당신이 좋아했던 것은 무엇인가요?

인정받기 원하는 자신의 모습을 살펴보는 것은 당황스럽기도 하고 무척 힘든 일일 수도 있습니다. 9일 코스의 세미나에서 사람들이 이 연습을 할 때는 서로 돕기 때문에 아마 더 쉬울 것입니다. 나는 지원자를 받아서 모든 참가자 앞에서 자신이 쓴 글을 읽게 합니다. 그러면 모두들 자신이 종이에 적은 가장 부끄러운 내용들이 그다지 특별한 게 아니라는 것을 알게 됩니다. 우리 모두가 이런 경험을 했습니다. 스트레스를 주는 생각들은 새로운 것이 없기 때문입니다. 모든 사람에게 그런 생각들이 있습니다.

다음은 세미나에서 있었던 사례입니다. 당신이 어떤 생각을 발견하든 그것이 자신만의 생각은 아니라는 것을 깨닫는 데 도움이 될 것입니다. 이 글을 쓴 여성은 실습을 하는 동안에도 자신이 끊임없이 인정을 구하고 있다는 것을 발견했습니다.

저는 종이에 적어 보는 것으로 이 연습을 마무리했어요. 구체적인 상황을 들지는 않았어요. 제가 늘 다른 사람의 사랑과 인정을 구하고 있다는 것을 알기 때문이에요. 저는 여기 계신 모든 분에게도 완벽하게 인정받기를 원해요.

[나는 무엇을 원했는가?] 저는 여러분이 저를 좋아해 주고 사랑해 주기를 원해요. 여러분이 저를 대단한 사람으로 생각해 주기를, 제가 재미있고 특별하고 다른 사람들보다 낫다고 봐 주기를 원해요. 저에게 귀엽고 사랑스럽고 현명하다고 말해 주기를 원해요. 그리고 (청중 가운데 한 남성을 지목하며) 당신이 저를 섹시하다고 생각해 주기를 원해요. 그리고 아름답고 젊은 그 아가씨가 어디 계시죠? (강당을 둘러보며) 어디 계시죠? 아…… 당신이 저를 젊다고 생각해 주기를 원해요. 여기에 계신 모든 젊은 여성분들이 저를 여러분보다 더 성숙하고 더 많이 아는 사람으로 생각해 주기를 원해요. 여기 계신 모든 분들이, 세상에 있는 모든 사람이 저를 아름답다고 생각해 주기를 원해요. 여러분 모두가 저를 끼워 주고 저를 받아들여 주기를 원해요. 여러분 모두가 저를 좋게 평가해 주고 제 얘기에 귀 기울여 주기를 원해요. 여러분이 저를 필요로 하기를 원해요. 여러분이 미래에도 저를 찾기를 원해요. 여러분이 저를 영원히 잊지 않기를 원해요. 여러분이 저를 굉장히 멋지고, 이해심 많고, 상냥하고, 재치 있고, 조리 있고, 모든 일을 능숙하게 척척 잘하는 아주 강한 사람으로 봐 주기를 원해요.

[여러분이 나를 어떤 식으로 보도록 만들기 위해 노력했는가?] 예, 그랬어요. 말하는 방식으로, 몸을 움직이는 방식으로, 서 있는 방식으로, 미소 짓는 방식으로, 또는 미소 짓지 않는 방식으로, 눈을 동그랗게 뜨거나 입술을 핥는 방식으로, 여러분을 바라보는 방식으로 또는 여러분을 바

라보지 않는 방식으로, 곁에 서 있거나 멀어지는 방식으로……. 내가 거짓말을 하거나 과장했는가? 많이 했어요. 대부분의 상황에서 여러분보다 조금 더 나은 사람으로 보이려고 노력하죠. 지금도 정확히 그렇게 하고 있구요.

[다른 사람의 말에 귀를 기울였는가?] 아니요. 정말로 귀 기울여 듣지는 않았어요. 예를 들어(어떤 참석자를 보며), 어젯밤에 저는 당신의 말을 정말로 귀 기울여 듣지는 않았어요. 어서 빨리 말을 끝내기만을 기다리고 있었죠. 그래야 제가 다시 저를 과시하는 연극을 공연할 수 있을 테니까요.

[나는 당신의 인정을 받았는가?] 그랬는지는 모르겠지만, 저 자신의 인정은 받지 못했어요. 오히려 저 자신을 실망시켰죠. 저는 허전하고 불안했고 충족되지 않았어요. 언제나 그 이상을 원했죠. 저에 관한 모든 것을 의심해요. 제가 아직 많이 부족하다고 믿고 있어요.

[사랑과 인정을 구하지 않았던 때를 생각할 수 있는가?] 지금 이 순간에는 아무 생각도 들지 않아요. 하지만 상상할 수는 있어요. 그때는 사람들과 정말로 친근해질 거예요. 또 진실하고 정직할 거예요. 진심으로 사랑할 수 있을 거예요. 뭔가를 얻으려는 생각도 없겠죠.

다음은 아버지의 장례식이 끝난 후 인정받기를 원했던 여성의 이야기입니다. 이 이야기가 극단적으로 보이나요, 아니면 친숙하게 느껴지나요?

[나는 무엇을 원했는가?] 그날은 아버지의 장례식을 치르고 난 다음 날이었어요. 그가 저에게 키스를 하고 사랑한다고 말해 주기를 원했어요. 그가 자기의 아내는 잊고 저와 함께 있어 주기를 원했어요. 그가 저를 상

처 받기 쉬운, 아파하는, 연약한, 여성스러운, 그를 간절히 필요로 하는, 그를 너무나 갈망하는 사람으로 봐 주기를 원했어요. 저는 그를 유혹하기 위해 저의 아픔을 이용했어요. 그에게 "지금은 날 거부하지 말아 줘, 내가 얼마나 슬프고 연약한지 봐 줘"라는 마음을 전달하려고 애쓰며 슬픔을 과장했어요. 장례를 마치고 함께 돌아오면서 그는 제게 세 편의 시를 건넸어요. 차 안에서 그에게 눈물을 흘리며 아픔을 보이고, 지난 주에 제가 겪은 슬픔에 대해 얘기했지만, 실제로는 마음이 상당히 평온한 상태였어요.

[그의 말에 귀를 기울였는가?] 사실은 귀 기울여 듣지 않았어요. 그가 저에게 준 아름다운 시들에 대해서도, 그의 눈길이 얼마나 연민에 차 있었는지도, 심지어 그가 저를 실제로 얼마나 많이 돕고 있었는지에 대해서도 사실은 별로 관심이 없었어요. 단지 제가 원하는 것을 그가 해 주기만을 원했죠. "지금 나를 안아 줘. 지금 나에게 키스해 줘. 나를 위해 다 버릴 수 있다고 말해 줘."

[그의 사랑을 얻었는가?] 결국 그는 포옹하고 키스해 주었지만, 그것은 강요된 것이나 마찬가지였어요. 그에게서 그것들을 훔쳤다는 느낌이 들었어요. 슬픈 일이었죠. 사랑을 얻기 위해 아버지의 죽음으로 인한 아픔까지 이용한 저 자신이 미웠어요. 우울했고 비참했고 절망적인 기분이었구요. 그리고 그런 절망적인 기분이 부끄러웠어요.

[그에게 사랑을 구하지 않았던 때를 생각할 수 있는가?] 여섯 달 전, 그가 부인과 함께 참석하는 모임에 저도 참석할 것이라고 미리 알리는 이메일을 그에게 보낸 적이 있어요. 그 이메일을 보낸 것은 그저 사랑 때문이었고, 그 이상의 동기는 없었어요. 그를 놀라게 하거나 상처 주지 않고 싶은 마음뿐이었죠.

[어떤 느낌이었는가?] 순수한 느낌이었어요. 그리고 제 말들이 전부 은밀한 속임수였을 때보다 그와 훨씬 가깝게 느껴졌어요.

연습 근사한 옷차림

가장 좋은 옷을 입거나 옷을 한 벌 새로 사기를 원하는 (완벽한 변신을 원하는) 상황을 상상해 보세요. 중요한 행사나 데이트를 위해 옷을 차려 입는 자신의 모습을 그려 보세요. 그리고 중요한 의상 품목(어떤 것들인지는 당신이 스스로 알고 있습니다―새로 산 블라우스, 좋아하는 허리띠, 실크 속옷)들을 하나씩 입을 때, 그 품목들이 각자 어떤 역할을 해주기 원하는지 스스로 물어보세요. "나는 이 블라우스를 보고 당신이 나를 _____다고 생각하기를 원해요." 다른 사람들이 생각하거나 말하거나 행동하기를 원하는 것들로 빈 칸을 채워 보세요. 심지어 당신의 양말도 재미있는 이야기를 들려줄 수 있습니다.

나이 든 흔적이나 넘치는 살 등 어떤 것을 가리거나 감추기 위해 준비하는 부분들도 살펴보세요. "당신이 나를 _____다고 생각하지 않도록 나는 이것을 숨기거나 가리고 있어요."(혹은, 당신이 나를 _____다고 생각하도록.)

이제 다른 사람이 당신에 대해 생각하거나 생각하기를 원하지 않는 것이 무엇인지 정확히 파악해 보세요. 당신의 옷차림이 임무를 다할 때 일어날 수 있는 최선의 것이 무엇이고, 그렇지 못할 때 일어날 수 있는 최악의 것은 무엇인지 자신에게 물어보세요.

당신이 알아차리는 것 가운데 일부는 우스꽝스러워 보여서 이 연습을 거부하고 싶은 마음이 들 수도 있습니다. 그것은 좋은 신호입니다.

인정을 구하는 데에는 수많은 어리석음이 있습니다. 당신은 이렇게 알아차린 생각들을 정말로 믿나요? 옷을 잘 차려 입는 동안 얼마나 많이 스트레스를 받나요? 얼마나 많이 애쓰나요? 스트레스를 주는 이런 생각들이 전혀 없이 옷을 입는 모습을 상상해 보세요.

관심 있는 척 하기

만일 사람들의 호감을 얻는 것이 가능하다는 믿음에 질문해 보지 않았다면, 그리고 당신이 치장한 모습이 별 효과가 없어 보인다면, 당신은 자기 자신이나 자신의 방법(또는 둘 다)이 뭔가 잘못되었다고 생각할 것입니다. 그래서 자신을 홍보하는 방법을 알려주는 수많은 자기계발서적 가운데 하나를 살 수 있습니다. 예를 들어, 수백만 권이 팔린 데일 카네기의 베스트셀러인 《카네기 인간관계론(*How to Make Friends and Influence People*)》을 읽을 수도 있습니다. 이 책에서 카네기는 다른 사람에게 관심을 가지라고 제안합니다. 그러면 다른 사람의 호감을 얻을 수 있다고 말합니다. 그렇게 하기 어려울 때는 다른 대안을 제시합니다. 관심이 있는 척이라도 하라는 것입니다. 어떻게 하라는 말일까요? 미소를 짓고, 그의 자녀들과 강아지의 이름을 기억하고, 수첩에 생일을 적어 놓았다가 축하 카드를 보내고, 그들이 말할 때 동의하는 척 합니다. 책의 대부분은 인상 관리에 관한 내용입니다.

카네기는 위장된 관심이 진정한 우정을 얻을 수 있는지에 대해서는 묻지 않습니다. 그의 목적은 달랐기 때문입니다. 그는 판매 기법을 알려주고 있을 뿐입니다. 그 기법은 유행했고, 어디에서나 그 결과들을 만날 수 있습니다. 사람들은 당신에게 상업적인 미소를 보내고, 당신은 그들이 무엇을 원하는지 의아해 합니다. 회사들은 대리점의 입구에 직원들을 세워 두고, 마치 당신을 잘 아는 것처럼 인사하게 합니다. 계산원은 신용 카드에 적힌 당신의 이름을 보고 말합니다. "감사합니다, 스미스 고객님."

누군가가 당신에게 관심 있는 척 할 때, 당신도 미소로 답하고 즐거운 척 하나요? 대부분의 사람들이 이 연극을 즐겁게 계속합니다. 그리고 여기에는 아무런 문제가 없습니다. 이러한 행동 속에 진정한 인정이라는 것이 있는지 의문을 품기 전까지는……. 이것은 우정이 아닙니다. 자신이 원하는 대로 사람들의 마음을 움직이기 위해 우정을 가장하고 있을 뿐입니다. 이러한 속임수로 보험을 팔 수는 있겠지만, 그것이 진정한 우정과 사랑의 영역으로 들어올 때는 어떤 일이 일어날까요? 한번 살펴봅시다.

자신을 더욱 호감 가는 사람으로 만들기

다른 사람들에게 관심 있는 척 하는 것은 더 큰 계획의 일부입니다. 즉, 사람들에게 더욱 호감을 사는 사람이 되려는 것입니다.

자신을 더욱 호감 가는 사람으로 만들면 사랑과 인정을 받을 수 있다는 생각을 믿을 때, 당신은 어떻게 반응하나요? 만일 자신이 충분한 관심을 끌지 못하고 있다고 생각한다면, 외모와 성격을 만족스러울 때까지 계속 고치고 바꾸는 것이 당연해 보입니다. 대부분의 사람들은 외모에서부터 시작합니다. 여러 벌의 옷을 이것저것 바꾸어 입어 보고, 머리 모양과 화장, 식단, 걸음걸이와 얼굴 표정 등을 바꾸어 봅니다. 나아가 언제 미소를 지어야 할지, 언제 눈을 마주쳐야 할지, 언제

웃고 언제 얘기하고 언제 가만히 있어야 할지, 어떤 의견을 말해야 할지까지 궁리하게 됩니다.

다른 사람을 만족시키기 위해 고안된 태도 가운데 하나는 당신이 성공하고 있는지를 나타내는 표시들을 끊임없이 감시하는 것입니다. 이런 생활 방식은 스트레스를 주게 됩니다. 불안한 마음으로 다른 사람에게 초점을 맞추고 인정과 거부를 확인하고 있으면, 당신의 내면에는 편안히 있을 사람이 아무도 남지 않으며, 당신의 생각을 알아차리거나 느낌을 책임질 사람이 아무도 남아 있지 않게 됩니다. (바깥을 보느라 자신의 내면을 떠나 버리면 자기 안에 자신이 없을 것이라는 의미― 옮긴이). 그러면 당신은 진정한 충족의 근원으로부터 단절됩니다. 만일 당신이 사랑과 인정을 받기 위해 자신을 변화시켜야 한다면, 그것은 당신 자신에게 분명히 뭔가 잘못이 있다는 말이 됩니다. 그런 생각은 필연적으로 고통을 주게 됩니다. 바깥에 초점을 맞추고 있으면, 그런 생각은 인식되지 못하고 질문되지 못한 채 계속 남아 있게 됩니다.

나는 그가 나를 지적이고, 유식하고, 재미있고, 영리하며, 심지어 뛰어나게 총명한 사람이라고 믿게 만들어야 한다고 생각했어요. 한 달간 교제하는 동안 이렇게 믿게 하기 위해 최선을 다했죠. 그런데 어느 날 그는 나를 더 이상 만나고 싶지 않다고 했어요! 왜 그러느냐고 물어보니, 그는 덜 심각하고 마음이 더 열리고 더 단순한 사람, 너무 총명하지 않은 사람을 원한다고 하더군요. 자존심을 허물어뜨린 그 충격에서 회복된 뒤, 문득 깨달았어요. 내가 진짜 나였다면 그 사람과 완벽하게 어울리는 짝이었을 거라는 점을……

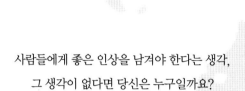

사람들에게 좋은 인상을 남겨야 한다는 생각,

그 생각이 없다면 당신은 누구일까요?

지나치게 예의를 갖추기

남의 마음을 원하는 대로 움직이려 하는 은밀한 행위는 그럴 마음이 없는데도 혹은 알아차리지 못하는데도 일어나는 경우가 많습니다. 예를 들어, 새로운 친구를 만나거나 연애를 시작하여 흥분되어 있을 때는 상대방의 인정을 받기 위해 (그가 자신이 좋아하는 것과 싫어하는 것을 표현했든 표현하지 않았든) 자신이 좋아하는 것과 싫어하는 것을 종종 굽히게 됩니다. 속으로는 싫은데도 겉으로는 좋다고 말한 적이 있나요? ("정말 괜찮겠어요?" "예, 정말 괜찮아요. 물에 젖은 당신의 사냥개 세 마리와 함께 뒷좌석에 탈게요.") 그런 행동을 알아차리기 시작하면, 예의 바른 행동은 배려를 가장하고 있지만 실은 인정받기 위한 행동임을 알게 될 것입니다.

우리는 흔히 예의 바른 행동이나 배려가 다른 사람을 존중하는 것이라고 여깁니다. 하지만 실제로는 그런 행동들이 얼마나 자주 상대방에게 좋은 인상을 주기 위해 이루어지는지 주목해 보세요. "고마워요"라고 말할 때, 인사치레로 그 말을 하나요, 아니면 진심으로 감사를 표현하고 있나요? 예의 바르게 행동할 때, 진심으로 그렇게 하나요, 아니면 그냥 그런 척 연기하고 있나요? 여기에서 알아차려야 할 점은 그것이 자신에게 어떤 차이를 만들어 내느냐 하는 것입니다.

예를 들어, 많은 사람들은 친절한 말이나 선물을 잘 받아들이지 못합니다. 친절한 말을 듣거나 선물을 받을 때, 보답해야 한다는 의무감을 갖게 되면 당신은 그것을 완전히 받지 못하게 됩니다. 지나치게 예의에 신경 쓰면, 진정으로 감사하지 못하게 되고 심지어 근심까지 하게 됩니다.

그런 의무감 없이 진정한 감사를 느끼면, 감사는 아무 노력 없이 저절로 표현됩니다. 다른 사람들이 그 감사를 알아보든 못 알아보든 그것은 그들의 몫입니다. 하지만 만일 그들이 그 감사를 알아본다면, 그들은 훨씬 큰 선물을 받는 것입니다. 그것은 사소한 말이나 몸짓이 아니라 감사 그 자체입니다. 진정한 감사는 사람들의 마음을 활짝 열리게 합니다. 곧 그들은 당신에게 모든 것을 주고 싶어 할 것입니다. 통제가 그치고, 사랑이 나타납니다.

포옹을 할 때 이것을 분명히 알 수 있습니다. 답례로 의무적인 포옹을 하려 한다면, 당신은 자신이 받고 있는 포옹을 경험하고 있지 않습니다. 곧바로 돌려주려는 것은 선물을 거부하는 것과 같습니다. 포옹을 진정으로 받을 때는 자기 몸을 두르고 있는 팔을 느끼고, 몸을 느끼고, 자기 안의 사랑을 느낍니다. 받는 것이 주는 것입니다. 그것은 당신이 돌려줄 수 있는 가장 진실한 것입니다. 그들이 당신에게 가장 주고 싶었던 것은 바로 그것입니다.

배려

자신이 인정을 구하고 있다는 것을 알아차리기 시작하면, 당신이 참여하고 있는 사회생활의 세세한 부분들이 배움을 위한 좋은 기회가 됩니다. 배려는 종종 다른 사람의 실수를 모르는 척 하는 것을 의미합니다. 예를 들어, 동료가 당신에게 자신의 인맥을 과시하려고 얘기하다가 유명한 사람의 이름을 잘못 말할 때, 그 실수를 눈감아주는 것입니다. 가끔 배려는 다른 사람의 감정을 상하게 할 만한 일을 피하는 것을 의미하기도 합니다. 그런 식으로 사람들은 본의 아니게 사회적인 사건들에 이해를 같이 하게 됩니다. 누군가는 상대방이 흥미로워할 것이라고 생각해서 정치에 대해 이야기하고, 상대방은 흥미를 느끼는 것처럼 보이려고 노력합니다. 결국 두 사람 모두 지루하고 불편해져서 더 이상 그럴싸하게 연기해 낼 수 없다는 것을 알아차립니다. 이제 그들은 난처한 상황에 빠져 있습니다. 왜냐하면 "이제 정치 얘기는 그만하고 다른 얘기를 해 보죠"라고 말하면 상대방의 감정이 상할 것이라는 생각을 둘 다 의심해 보지 않기 때문입니다. 그래서 그들은 공통적인 관심사를 찾아보는 대신, 억지로 대화를 이어 나가며, 곁눈질로 그들을 구해 줄 누군가를 찾곤 합니다.

심지어 친한 친구들끼리도 이런 배려의 희생물이 될 수 있습니다. 예를 들어, 당신이 남자친구를 위해 바이올린을 연주하는데, 그는 당신을 기쁘게 하기 위해 연주를 좋아하는 척 하고 있습니다. 미소를 짓고 있던 그의 얼굴에서 한순간 괴로운 듯한 표정이 스쳐 지나갑니다. 잠시 그는 배려하기를 멈추고 정직했던 것입니다. 그것을 알아차리고는 당신의 표정이 변합니다. 그래서 그도 당신이 알아차렸다는 것을 알게 됩니다. 하지만 두 사람은 아무 일도 없었다는 듯이 행동합니다. 어쨌든 당신은 고생 끝에 연주를 끝마치고, 남자친구도 연주를 즐기는 척 하는 연기를 마칩니다. 두 사람은 그런 척 가장하면서 서로를 도우려 합니다.

왜 힘들게 이런 복잡한 가장들을 하는 걸까요? 이유는 없습니다. 자신들의 관계가 그럴 듯하게 가장하는 연극에 달려 있으며 서로가 정직하면 관계가 깨질 것이라는 믿음에 대해 둘 중 누구도 질문해 보지 않았기 때문에 그렇게 하는 것입니다. 서로 살얼음판을 걷고 있습니다. 다른 선택이 있다는 것을 알지 못하기 때문입니다.

실례합니다. 미안합니다.

배려와 마찬가지로, 사과도 종종 빤한 거짓일 수 있습니다. 그런 빤한 거짓들이 해롭지 않을 때가 있습니다. 어떤 사람이 쇼핑 카트로 당신을 칠 뻔했을 때 당신이 "실례합니다"라고 말하는 것이 그런 예입니다. 우리는 낯선 사람에게까지 좋은 평가를 받고 싶어 합니다. 내 친구 중 하나는 병원의 대기실에 놓고 온 잡지를 찾으러 갔다가, 사람들로 북적거리는 그곳에서 큰 소리로 모든 사람에게 미안하다고 말했다고 합니다. 비치된 잡지를 훔치는 것이 아니라는 걸 모든 사람이 알아주기를 원했기 때문입니다.

언제나 사람들의 인정을 받으려고 하면, 자기의 삶을 사는 대신에 '그런 척' 연기하며 살아야 합니다.

연습 예의를 넘어서

얼마나 자주 자신을 (말, 행동, 옷차림, 어조로) 방어하는지, 그리고 그것이 얼마나 스트레스를 주는지 알아차려 보세요. 당신은 어떤 인상을 주거나 주지 않으려 하나요? 자신의 어떤 모습을 감추거나 보여 주려 하나요? 당신은 누구를 설득하려 하나요? 당신이 유지하기를 원하는 당신의 이야기는 무엇인가요? 이 이야기가 없다면 당신은 어떤 사람일까요?

자신을 변명하거나 설명하거나 정당화할 때(또는 다른 사람에게 변명거리를 주어 재치 있게 그를 도우려 할 때)를 알아차리세요. 더욱이 자신의 존재 자체까지 방어하려 할 때, 당신은 어떤 기분을 느끼나요? 만일 당신이 잠자코 자신을 정당화하거나 자신을 방어하기 위해 부연 설명을 하지 않는다면, 또는 우리가 묻지 않을 때 실제로 일어난 일이 무엇인지 우리에게 말하지 않는다면, 당신은 우리가 당신을 어떻게 생각할까 봐 그리고 어떻게 행동할까 봐 두려워하나요? 목록을 만들고, 각각의 항목이 진실인지 스스로 하나씩 물어보세요.

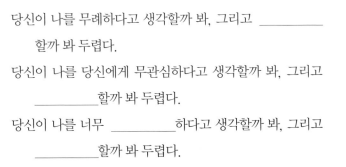

위의 상상 속 결과들 가운데 당신은 어느 것을 믿고 있나요? 그 생각을 믿을 때 당신은 어떻게 반응하나요? 그 생각이 없다면 당신은 누구일까요?

다른 사람들이 어떻게 생각할지에 대해 덜 신경 쓰며 행동한다면, 어떤 일이 일어날까요? 당신의 행동들이 저절로 나오도록 놓아둔다면 어떻게 될까요? 당신의 생각이나 행동을 다른 사람에게 변명하거나 방어하거나 설명하거나 정당화하지 않고 자신의 진실에 따라 산다면, 그런 삶은 어떠할까요?

다음의 연습들은 예절을 비웃거나 당신의 행동을 고치려는 것이 아닙니다. 사회적으로 용납될 만한 방식으로 행동하려고 할 때 자신에게 숨기고 있는 것이 무엇인지 알도록 돕기 위한 것입니다. 그것은 당신이 걱정하고 있는 생각들입니다.

● 당신이 사람들과 함께 탁자에 앉아 있다가 실례한다는 말을 하지 않고 그냥 자리를 떠난다고 상상해 보세요. 그리고 변명이 떠오를 때 어떤 상황을 피하고 싶은 것인지 알아차려 보세요. 만일 당신이 그냥 일어서서 아무 말 없이 떠나 버리면, 그들은 당신을 어떻게 생각할 것 같나요?

● 다른 사람에게 약간 폐를 끼치는 상황을 상상해 보세요. 예를 들어, 약속 시간에 늦었거나 어떤 물건을 빌리려고 합니다. 아무런 설명 없이 미안하다고만 말하면 어떻게 될까요? 아무런 설명 없이 그 사람 앞에 서 있는 자신을 상상해 보세요. 설명하고 싶어질 때는 어떤 인상을 주지 않기 위해서입니다. 그 사람에게 주고 싶지 않은 인상이 무엇인가요? 만일 그 사람이 그런 인상을 갖게 된다면, 어떤 일이 벌어질 것 같나요? 당신은 그 생각을 정말로 믿나요?

말하기, 끼어들기 그리고 듣기

사랑과 칭찬을 받으려는 노력들은 대부분 냉철하게 계산되지 않은 채 이루어집니다. 우리는 고의로 그렇게 하는 것이 아닙니다. 접근하고 유혹하고 사랑에 빠지는 것 그리고 모든 연애 활동은 꿈처럼 몽환적인 상태에서 일어나며, 희망과 두려움 사이를 오락가락합니다. 한 순간에는 거절당했다고 생각하다가도, 다음 순간에는 성공을 상상하며 흥분합니다. 이 상태에서는 자신이 실제로 어떻게 하고 있는지 알아차리기가 어렵습니다. 그리고 당신은 자신이 얼마나 어떤 척 가장하며 상대의 마음을 원하는 대로 움직이려 하는지를 자신에게 숨기고 있을 수 있습니다.

이 꿈같은 상태는 사람들이 서로 가까워져서 관계를 완성시키려 할 때 가장 강렬해집니다. 그들이 막 거래를 성사시키거나 물건을 판매하거나 취직을 하려는 비즈니스맨들이든, 막 처음으로 잠자리를 같이하려는 연인들이든 상관없습니다. 모두가 동의하기를 원하며, 서로의 차이점은 감추려고 합니다.

이런 마음 상태가 당신에게 스트레스를 준다면, 그 일과 관련된 평범한 대화 안에서 무슨 일이 일어나고 있는지를 알아차려 보세요. 그러면 그런 상태로부터 깨어날 수 있습니다. 대화는 다른 사람들의 인상을 조작하기 위한 무의식적인 행동들로 가득 차 있습니다. 유혹적인 미소와 의미심장한 눈길, 동의를 나타내는 끄덕임, 과장된 반응들이 그런 예입니다.

인정을 구하고 있을 때
당신은 어떻게 얘기하나요?

누군가가 간단한 질문을 했는데 얼어붙은 것처럼 굳어 버린 적이 있나요? 당신이 두려워하는 것은 무엇일까요? 당신은 이제 자신의 생각과 의견을 자세히 얘기해야 하는 상황에 처해 있습니다. 그런데 사람들의 인정을 받으려면 그들의 의견에 동조해야 한다고 생각하지만, 그들이 어떻게 생각하는지 아직 알 수가 없어서 어떻게 말해야 할지 모릅니다.

한 가지 해결책은 당신의 의견을 먼저 말하지 않는 것입니다. 꼭 먼저 말해야 한다면, 최대한 유연한 방식으로 얘기합니다. '하지만'이나 '왜냐하면' 같은 말들은 이럴 때 가장 좋은 친구가 됩니다. 이 말들은 문장의 중간에 180도 다른 말로 바꿀 수 있게 해 주기 때문입니다. 얘기를 잘못하고 있다는 느낌이 들면 곧바로 빠져나와 돌아올 수 있습니다. 예를 들면, "반지의 제왕을 재미있게 봤어요"(동의하지 않는 듯한 표정을 알아차리고는) "하지만 영화가 너무 길더군요." '하지만'이라는 말은 상대방이 동의하는 자리로 돌아오게 해 줍니다. "나는 등심을 좋아해요"(끔찍해 하는 채식주의자의 표정을 알아차리고는) "비록 제일 좋아하는 것은 삶은 야채지만."(모스크바 출신의 심리학자 친구의 말에 따르면, 구소련 체제 기간에 러시아 말에서 가장 중요한 단어는 '비록'이라는 단어였다고 합니다.) '왜냐하면' 같은 단어도 정도는 약하지만 비슷하게 쓰입니다. "라스베이거스에서 일주일 동안 있었어요"(놀라는 표정을 보고) "왜냐하면 아내가 도박을 좋아하거든요."

또 하나의 전략은 완전히 입을 다무는 것입니다. 여기 한 여성의 예가 있습니다.

서른 살 쯤 되었을 때 나보다 나이 많은 남자를 사귀게 되었어요. 그는 술과 요리, 외식, 그리고 친구들과 음악을 만드는 걸 좋아했죠. 그때 나는 직장에서 승진하기 위해 애쓰고 있었고, 내 온갖 문제를 붙잡고 씨름하고 있었어요. 주말에는 주로 그의 집에서 보냈죠. 아침이 되면 일어나서 아침 식사를 준비하거나, 아니면 그냥 하루를 시작하곤 했어요. 사소한 일들에 대해서는 그와 잠깐씩 상의를 했지만, 나머지 시간에는 말을 하지 않았어요. 그러면서 내가 무슨 말을 하고 어떻게 행동하기를 그가 원하는지 알아내려고 애쓰고 있었죠. 그래야 우리의 관계가 유지될 수 있을 거라고 믿었으니까요. 나는 얼어붙어 있었고 아무것도 할 수가 없었어요. 나의 행동들이 바람직한 결과를 낳을지 어떨지를 아직 알지 못했으니까요. 마침내 그가 물었어요. "무슨 문제 있어? 왜 그렇게 긴장하고 있는 거야?" 화가 치밀더군요.

연습 *끼어들기*

대화를 하는 동안에 지나가는 생각들을 알아차리는 좋은 방법 중 하나는 다른 사람이 말하는 도중에 끼어드는 자신을 지켜보는 것입니다. 자신이 말하는 도중에 다른 사람이 끼어드는 것은 쉽게 알아차리지만, 자신이 그렇게 할 때는 잘 알아차리지 못하는 경우가 많습니다.

1단계
자신이 끼어들 때 그냥 알아차리세요. 끼어들기를 멈출 필요는 없습니다. 그냥 알아차리기만 하세요. 전화 통화를 하는 동안, 또는 어머니나 직장 동료와 얘기하는 동안 이 연습을 해 보세요.

2단계
자신이 끼어들 때, 마음속으로 조용히 자신에게 말해 보세요. "나는 당신의 말을 끝까지 듣고 있을 수가 없어. 왜냐하면 _____"(빈 칸을 채워 보세요). 이렇게 한다고 해서 끼어들기를 멈추기는 쉽지 않을 것입니다. 그냥 지켜보세요. 대화 도중에 자신에게 숨기고 있는 것들이 저절로 빈 칸에 채워지도록 놓아두세요.

다음은 많은 사람들이 발견한 것들의 예입니다.

"나는 당신의 말을 끝까지 듣고 있을 수가 없어. 왜냐하면

……당신이 무슨 말을 할지 이미 알고 있고, 내가 얘기할 의견
은 그보다 더 나으니까."

……내가 하고 싶은 말을 잊을지도 모르고, 당신에게 감명을 줄
이 좋은 기회를 놓칠지도 모르니까."

……당신이 무슨 말을 할지 이미 알고 있고, 그 얘기라면 더 듣
고 싶지 않으니까."

……당신의 이야기는 내가 두려운 생각들을 잠시 잊을 만큼 재
미있지 않으니까."

……당신이 생각을 제대로 표현하지 못해 끙끙대니, 내가 더 잘
표현해 줘서 당신을 구해 주고 싶으니까."

……당신의 얘기 도중에 끼어드는 것은 내가 대화에 열중하고
있다는 것을 보여 주는 자연스러운 표현이니까."

다른 사람의 이야기에 끼어들게 되는 이유들을 충분히 찾아본 뒤 가
장 빈번한 세 가지 이유를 가려내고 나면, 그 이유들이 진실인지를 스
스로에게 물어보세요. 그리고 그 생각들을 믿을 때 자신이 어떻게 반
응하는지, 그 생각이 없다면 자신이 어떠할지를 물어보세요. 다음에는
그 생각들을 뒤바꿔 보세요.

연습 **딴 생각 하기**

끼어드는 대신, 다른 사람이 당신에게 얘기하고 있을 때 관심을 끊을 때가 있습니다. 다음에는 듣는 척 가장합니다. 다른 사람의 이야기가 아닌 자신의 생각에 귀를 기울이는 순간을 알아차려 보세요. 그럴 때는 마음속으로 조용히 자신에게 말해 보세요. "나는 당신의 이야기가 아니라 내 생각을 듣기로 했어. 왜냐하면 _____." 예를 들면,

> "······이 얘기는 전에도 들었고, 더 중요한 주제로 돌아가고 싶으니까. 내가 걱정하는 일들에 대해 얘기하고 싶다고."
> "······이 얘기를 듣고 있을 여유가 없으니까. 내 문제들에 집중하지 않으면, 이번 주는 견디기 힘들지도 몰라."
> "······저쪽에서 웃고 떠들며 얘기하는 사람들이 더 즐거워 보이니까. 저 사람들과 자리를 함께 하고 싶어."

상대방의 얘기를 듣지 않고 딴 생각을 하는 이유들을 찾아서 탐구해 보세요. 사람들은 관심이 없었다고 말하지만, 사실은 어떤 생각들로 관심을 옮긴 것입니다. 그럴 때 당신의 마음은 어디로 가나요?

연습 **점심 데이트**

둘이나 그 이상의 명랑한 친구들과 점심 약속을 하세요. 친구들을 만나면 평소처럼 인사를 나누고, 친구들이 하고 싶은 이야기를 하도록 놓

아두세요. 대화에 완전히 몰입하되, 알맞은 때에 고개를 끄덕이거나, 미소를 짓거나, 관심을 보이며 바라보는 것 말고는 아무 말도 하지 않습니다. 친구들이 질문을 하면 간단히 대답하세요. 대화 중에 가끔 "그래" "그럴 수도 있겠다"와 같은 말들은 하고, 그 이상은 말하지 않습니다.

보통 어떤 이야기를 하고 싶게 만드는 생각들을 알아차려 보세요. 말하지 않고 듣기만 할 때는 마음이 또는 대화가 괴롭게 느껴지나요? 그냥 듣고 있는 것만으로도 자신이 큰 기여를 하고 있다는 것을 알아차리세요. 헤어질 때는 자신이 조용히 있었던 것에 대해서(누가 알아차리기나 했나요?) 어떤 말이나 사과도 하지 말고, 곧 다시 만나자고 약속해 보세요.

다음은 언제나 칭찬받기를 원했던 한 청년의 이야기입니다. 그는 인정을 구하지 않을 때 자기가 어떤 사람인지를 삶이 보여 준 이야기를 들려줍니다.

저는 사람들을 만나면 그들을 즐겁게 하려고 쉬지 않고 얘기하곤 했어요. 칭찬받고 싶었던 거죠. 처음으로 중국에 갔을 때의 일입니다. 통역하는 사람이 제 말을 제대로 옮길 수 있도록 하기 위해 아주 천천히 몇 마디씩만 말해야 했어요. 또 사람들이 제게 무슨 말을 하는지 이해하기 위해 집중해서 들어야 했어요. 힘들었죠. 그런데 놀랍게도 모두들 저를 좋아하더군요. 저도 사람들과 즐거운 시간을 보냈어요. 그동안 중국은 일하기 힘든 나라라는 얘기를 줄곧 전해 들었지만, 그곳 사람들은 정말로 친절했어요. 미국으로 돌아온 뒤, 저는 덜 얘기하게 되었고 더 많은 사랑을 받게 되었죠. 저는 깨달았어요. 제게 일어난 일은 중국과는 아무런 관계가 없다는 것을요.

당신이 누군가를 또는 무엇인가를 기쁘게 하고, 간직하고,

영향을 미치고, 통제하기 위해 어떤 말이나 행동을 할 때,

그 원인은 두려움이며, 그 결과는 고통입니다.

통제는 곧 분리이며,

분리는 고통스럽습니다.

그 순간 다른 사람이 당신을 온전히 사랑할 수도 있지만,

당신은 그것을 깨달을 길이 없습니다.

두려움에 뿌리를 둔 행동을 한다면, 사랑을 받을 수가 없습니다.

사랑을 위해서는 뭔가를 해야 한다는

생각의 함정에 빠져 있기 때문입니다.

스트레스를 주는 모든 생각은

당신을 사람들에게서 분리시킵니다.

하지만 그런 생각들에 의문을 제기하면,

사랑을 위해 아무것도 할 필요가 없음을 발견하게 됩니다.

모두가 단순한 오해일 뿐입니다.

사람들에게 좋은 인상을 주려 하고 인정을 받으려 할 때,

당신은 "날 좀 봐! 날 좀 봐!"라고 말하는 어린아이와 같습니다.

그 모든 것은 사랑받고 싶어 하는 내면의 어린아이로 돌아옵니다.

당신이 스스로 그 아이를 사랑하고 껴안을 때,

추구는 끝이 납니다.

진실한 듣기 실험

　사람들의 이야기를 들으면서 하루를 보내 보세요. 그들의 말에 당신의 생각을 덧씌우지 말고 있는 그대로 받아들여 보세요. 그들은 자신이 정말 하고 싶은 말을 스스로 찾아가고 있으며, 그들을 돕는 최선의 길은 그냥 듣는 것입니다. 정말 그런지 살펴보세요. 그들이 말하고자 하는 요점이 무엇인지 굳이 알려 하지 말고, 그들이 하는 말을 그냥 받아들이세요. 그들이 얘기를 멈출 때 당신이 이해하게 되리라는 것을 믿어 보세요. 그들을 대신하여—소리 내어 혹은 마음속으로—문장을 맺어 주고 싶을 때, 그러지 말고 그냥 가만히 있어 보세요.

　중간에 말을 끊지 않고 사람들이 자신의 생각을 완성해 가도록 허용할 때, 그들의 입에서 나오는 '선물'들을 듣는 것은 놀라운 일이 될 수 있습니다. 때때로 당신은 완전히 다른 사람을 만날 것입니다(특히 그 사람이 당신의 배우자라면). 그리고 당신이 누군가를 알아간다고 생각했지만, 사실은 그가 어떤 사람일 것이라는 당신의 믿음을 확인하고 있었을 뿐임을 알게 될 수도 있습니다. 몇몇 단순한 오해들은 저절로 사라질 것입니다. 예를 들어, 한 친구는 회사 동료가 항상 그에게 짜증을 낸다고 말했습니다. 그러던 어느 날 그 친구는 도중에 끼어들거나 거들지 않고 그 동료가 하고 싶은 말을 끝까지 마치도록 놓아두었습니다. 그러자 그 동료는 짜증을 내기는커녕 깊이 안도하면서 친구와 함께 일하는 것이 정말 즐겁다고 말했습니다.

　어떤 사람에 대해 이미 알고 있다고 생각한다면, 그 사람을 제대로 이해하지 못하게 됩니다. 그냥 귀 기울여 듣기만 하다 보면, 그 사람이 당신의 선입견과 맞지 않다는 것을 알게 됩니다. 흥미롭게도 그 사람은 대개 당신이 기대했던 것보다 훨씬 더 지혜롭고 친절합니다. 당신은 자신이 누구라는 개념을 잊을 수도 있습니다. 당신은 진정으로 귀 기울여 듣는 사람이 되고, 진정으로 관심을 보이는 사람, 열려 있는 사람이 됩니다. 아마 당신 역시 자신이 생각했던 것보다 더욱 지혜롭고 친절하다는 것을 알게 될 것입니다. 사람들이 당신을 계속 놀라게 할 때, 그리고 그들이 당신의 기대보다 더 많은 것을 줄 수 있다는 것을 보여 줄 때, 그들에게 흥미와 관심을 갖게 되는 것은 어려운 일이 아닙니다.

정말로 귀 기울여 들으려 할 때, 처음에는 그것이 낯설고 혼란스럽게 느껴질 수 있습니다. 당신이 평소에 애써 붙들고 있던 정체성이 떨어져 나갑니다. 당신은 더 이상 누군가가 얘기할 때 화제에 오른 사람에 관한 기억을 뒤적이거나, 도중에 끼어들어 좋은 인상을 남길 기회를 기다리는 사람이 아닙니다. 예전의 그런 태도는 진정한 만남을 가로막던 짐이며 장애물이었다는 것을 알게 됩니다. 진정으로 귀 기울여 들을 때, 스스로도 모르고 있던 자기 자신이, 잘 안다고 생각했지만 실은 모르고 있던 상대방을 만나게 됩니다.

당신은 정말로 인정이 필요한가요? 탐구하기

남들의 인정을 구하는 것과 관련된 진실하지 않은 생각들과 그로 인한 불편한 행동들을 알아차리기만 해도, 남들의 인정을 구하는 것이 저절로 멈춰질 때가 있습니다. 얽힌 생각들이 풀어지고 당신은 훨씬 행복한 삶을 살 수 있게 됩니다. 그렇지 않다면 당신은 여전히 누군가의 인정이 필요하다고 생각하고 있는 것입니다. 자리에 앉아서 종이에 적어 보며 탐구해 보세요. 자신에게 네 가지 질문을 하고 뒤바꿔 보세요. 다음은 어느 젊은 여성이 스스로 탐구한 사례입니다.

나는 아빠의 인정이 필요하다.

그게 진실인가?

그렇다. 아빠는 내가 하는 일을 존중하고 인정해 줘야 한다.

나는 그게 진실인지 확실히 알 수 있는가?

그렇지 않다. 하지만 여전히 아빠의 인정이 필요하다는 생각이 든다.

아빠의 인정이 필요하다고 생각할 때 나는 어떻게 반응하는가? 그 생각을 믿을 때 나는 아빠를 어떻게 대하는가?

먼저, 내가 이룩한 성과들을 얘기하며 아빠에게 감명을 주려 한다. 새로운 일을 하면서 만난 유명 인사들에 대해 얘기한다. 새로 산 차로 드라이브를 하자고 아빠를 초대한다. 세련되고 자신만만해 보이려고 노력한다. 그런데 아빠가 알아주는 것 같지 않아서 속상하고 화가 난다. 내가 만난 유명 인사들을 아빠가 모른다고 할 때는 몹시 실망하게 된다. 새 차 안에서 아빠가 어디에 다리를 올려놓아야 할지 모르겠다고 말할 때는 짜증이 난다. 내가 새로

한 피어싱을 보고 아빠가 "왜 코에 그런 걸 달았냐?"고 하면, 나는 아빠를 차갑게 대한다. 패리스 힐튼이 호텔 이름인 줄 알았다는 말을 듣고는 아빠에게 무식하다고 했다. 실은 아빠가 나를 힘들게 하는 말을 할까 봐 두려워서 아빠를 무시하는 척 한다.

이 생각은 아빠와 가까워지게 하는가, 아니면 멀어지게 하는가?

아빠와 멀리 떨어져 있는 것처럼 느껴진다. 내가 받은 상처를 숨기기 위해 더욱더 멀어진다. 마치 우리가 엄청난 세대 차이 때문에 다른 세계에 살고 있는 것 같다.

아빠의 인정이 필요하다는 생각이 없다면 나는 누구일까? 아예 그 생각을 할 수도 없다면, 아빠 앞에 있는 나는 누구일까?

무척 다를 것이다. 마음이 매우 편안할 것이다. 내 일에 대해 그렇게 많이 얘기하지 않을 것이다. 아빠에 대해 궁금해질 것이다. 요즘은 아빠에 대해 아는 것이 별로 없다. 그 생각이 없다면, 내 얘기 중간에 아빠가 끼어들어 하는 말이 실은 내 얘기를 끊으려는 것이 아님을 알게 될 것이다. 아빠는 재미있게 얘기하고 싶고 나와 더 가까워지고 싶지만 어떻게 해야 할지 몰라서 그렇게 할 뿐이다. 나는 다시 아빠와 가깝게 느낄 것이다.

"나는 아빠의 인정이 필요하다"―뒤바꿔 보기.

나는 나의 인정이 필요하다.

그것이 원래의 생각만큼 진실하거나 더 진실한가?

정말 그렇다. 진실은, 아빠에게 감명을 주려고 얘기하는 것들을 나 자신조차 편안하게 여기지 않는다는 것이다. 우리 회사의 고객인 유명 인사들 중에는 바보 같은 사람들도 있고, 나는 그들을 왕족처럼 떠받들어야 한다. 나는 직업 때문에 입는 옷들을 정말로 좋아하지는 않는다. 나에게 필요한 것이 나 자신의 인정이라면, 곧바로 내가 나를 인정해 줄 수 있는 몇 가지 변화들이 있다. 이를테면, 직업을 위해 나 자신을 너무 굽힐 필요는 없다. 몇몇 고객들과는 거래를 중단할 수도 있고, 다른 스타일의 옷을 입을 수도 있다. 그 밖에도 다른 것들이 많다. 실은 그다지 어렵지 않은 것들이다.

또 다른 뒤바꾸기가 있는가?

나는 아빠를 인정할 필요가 있다.

그것이 원래의 생각만큼 진실하거나 더 진실한가?

그렇다. 내가 발견하는 것들을 아빠에게 알려드리면 좋을 것 같다. 나를 방어하면서 어떻게 아빠를 심하게 대했는지 알 것 같다. 아빠에게 이 사실을 얘기하고 뽀뽀해 드리고 싶다. 또 아빠의 농담 중에 몇 가지는 정말 재미있었는데도 나는 화난 척 했다고 말씀드리고 싶다. 아빠가 나를 인정해 주지 않는데도 내가 웃어 버리면 응징이 되지 않을 것 같아서 그랬다. 이제는 그냥 웃을 수 있을 것 같다.

또 다른 뒤바꾸기가 있는가?

나는 아빠의 인정이 필요하지 않다.

그것이 원래의 생각만큼 진실하거나 더 진실한가?

그렇다. 그렇다는 것을 알겠다. 사실은 내가 나를 인정할 때 행복하다. 나는 다른 사람의 인정이 필요하지 않다. 남들의 인정은 금상첨화일 뿐이다. 그것은 여분의 것이지, 내가 행복하기 위해 꼭 필요한 것이 아니다. 만일 내가 좋아하지 않는 것들 때문에 아빠가 나를 인정한다면, 나는 아빠를 믿지 못할 것이다. 그것은 아빠가 나를 위하는 길이 아니다. 아빠는 나의 문제해결 능력을 존중한다. 나는 그것을 안다. 왜냐하면 내가 어떤 문제를 두고 씨름할 때도 나를 도와 주려 하지 않기 때문이다. 결론적으로 나는 아빠의 인정이 필요하지 않다. 왜냐하면 나는 이미 그것을 가지고 있기 때문이다. 지금 보면, 나는 그것을 증명하는 많은 증거를 가지고 있다.

우리는 멋져 보이거나 재미있어 보이기 위해
감정의 곡예를 하고 있습니다.
우리에게 이미 있는 것을 얻기 위해⋯⋯.
그러한 곡예를 하고 있기 때문에
우리는 그것이 이미 우리에게 있다는 것을 모릅니다.

연습 최종적으로 인정해 주는 사람

어떤 사람의 인정이 필요하다고 믿을 때, 이 연습은 또 하나의 간단한 탐구 방법입니다.

당신은 어떤 사람의 인정을 매우 중요하게 여길 수 있습니다. 그 사람을 생각해 보세요. 이미 돌아가신 분이라도 상관이 없습니다. 그는 선생님이나 조언자, 직장 상사, 어머니, 아버지, 아들, 딸, 당신이 속한 분야의 전문가, 또는 심술궂은 고모일 수도 있습니다. 이제 그 사람에게 듣고 싶은 말이 무엇인지 자신에게 물어보세요. 그리고 당신이 받고 싶었던 인정을 표현하는 말을 종이에 적어 보세요. 당신이 정확히 듣고 싶은 말을 그 사람이 할 수 있는 기회를 주는 것입니다. 예를 들면,

심술궂은 고모 "네 생활 방식이 마음에 든다. 재미있고 보람 있게 잘 사는구나."

중학교 담임선생님 "내가 널 완전히 잘못 생각했다. 이제 보니 넌 전혀 형편없는 애가 아니야."

마하트마 간디 "사실 당신은 자신이 생각하는 만큼 그렇게 이기적인 사람이 아닙니다."

당신의 아들 "엄마는 정말 훌륭한 엄마예요."

직장 상사 "당신은 정말 대단한 일을 했어요."

신 "너는 훌륭해. 널 만들었다는 것이 기쁘구나."

이제 당신이 쓴 것을 읽고서, 그 사람이 하는 말에 동의하는지 자신

에게 물어보세요. 심술궂은 고모가 한 말에 동의하나요? (물론 실제로는 그 고모가 그렇게 좋은 말을 하지 않을 것입니다.) 요점은, 자신이 재미있고 보람 있는 삶을 살고 있다고 스스로 생각하는가 하는 것입니다. 만일 동의한다면, 이런 식으로 자신을 인정할 때 어떤 느낌이 드는지 보세요. 고모에게 받고 싶었던 인정이 이미 당신에게 있을 때 어떤 느낌이 드나요? 그리고 고모와 함께 있는 장면을 상상하면서, 당신이 인정받을 '필요'를 느끼지 않는다면 그 결과가 어떠할지 보세요.

이 연습을 하다 보면, 어떤 말에는 완전히 동의하기가 어려울 수 있습니다. 예를 들어, 당신은 상상 속에서 상사가 인정하는 만큼 자신의 업무를 높게 평가하지 않을지도 모릅니다. 그럴 때는 자신의 업무 수행에 대해 더 기분 좋게 느끼기 위해, 곧 자기 자신의 인정을 받기 위해 당신이 할 수 있는 일이 무엇인지 자신에게 물어보세요.

나는 영화를 촬영하는 카메라맨인데, 언젠가 유명 감독과 함께 일할 기회를 가진 적이 있어요. 촬영이 끝나고 잠시 휴식할 때면 내가 한 촬영에 대해 칭찬받기를 바라는 마음으로 감독님 주변을 맴돌곤 했어요(감독님이 비디오 모니터로 지켜보고 있다는 걸 알고 있었으니까요). 감독님이 배우들과 바쁘게 상의하는 동안 나는 주위에 어색하게 서 있었죠. 한 번은 감독님이 뭐 필요한 게 있느냐고 묻더군요. 나는 고개를 저으며 내 자리로 돌아왔는데, 그렇게도 인정받기를 원했던 나 자신이 부끄럽고 실망스러웠어요. 한편으로는 감독님이 내 이름을 알고 있었다는 사실에 그렇게도 기뻐하는 나 자신이 당황스러웠고요.

그날 밤, 나는 그 장면을 떠올리며 감독님에게 듣고 싶은 말이 무엇이었는지 자신에게 물었어요. 곧바로 대답이 떠오르더군요. "자네, 클로즈업을 아주 잘 하더군." 동시에 내가 카메라의 회전과 기울이기를 더 부드럽게 할 수 있었다는 것을 깨달았어요. 내 걱정이 완전히 사라지는 것이 느껴지더군요.

이튿날의 촬영은 새로운 경험이었어요. 나는 촬영을 하면서 수정이 필요한 몇몇 사항들을 고쳤고, 다른 동료들과 쉬고 있는 감독님을 보고는 편안한 마음으로 자리를 함께 했어요. 감독님의 칭찬이 필요하다는 생각은 들지 않았죠. 나는 나 자신에 대해 알아차리기 시작했고, 이 감독님을 비범하게 만든 것이 무엇인지 알아보기 시작했어요. 그 뒤로 감독님은 내게 몇몇 영화의 촬영을 부탁했고, 나는 감독님이 가끔 짓는 미소말고는 아무것도 원하지 않았어요.

인정을 받아야 한다는 생각이 없다면
당신은 누구일까요?

당신은 그냥 자신의 삶을 살아가는 사람일 것입니다. 그리고 남들이 당신이나 다른 사람들에 대해 어떤 인상이든지 원하는 대로 마음껏 갖도록 내버려둘 것입니다. 어쨌든 그들은 모두 그렇게 하고 있습니다. 만일 이것이 너무 큰 비약으로 느껴진다면, 또는 아침에 일어났을 때 다시 예전처럼 돌아갈지도 모른다고 생각된다면, 다음 연습을 해 보세요. 이 연습은 상상 속에서 조금 앞으로 한 걸음 내딛는 것이지만, 삶속에서는 큰 차이를 만들 수 있습니다.

당신이 좋은 인상을 주고 싶은 사람

또는

당신이 사랑받기를 원하는 사람

또는

당신이 기분 상하게 할까 봐 두려워하는 사람

또는

당신을 좌우할 힘이 있다고 생각되는 사람을 떠올려 보세요.

그 사람과 차를 한 잔 마신다고 상상해 보세요. 이 시간 동안은 당신이 그의 마음에 어떤 영향도 미치려 하지 않는다고 상상해 보세요. 당신이 원하는 모든 것은 그가 마음대로 생각하고 차를 마시며 경험하도록 놓아두는 것이라고 상상해 보세요.

그 장면 속에 있는 자신을 자세히 상상해 보세요. 이런 식으로 그 사람 앞에 앉아 있는 것이 어떻게 느껴지나요? 그렇게 자기 자신으로 있을 때의 느낌에 대해 당신이 알아차리는 것은 무엇인가요? 상대방에 대해서 알아차리는 것은 무엇인가요?

여기 '차 한 잔'의 실험을 직장의 인간관계에 적용해 본 한 친구의 예가 있습니다.

기고하는 잡지에 실을 새로운 기사를 쓸 때마다 나는 먼저 편집자에게 내 아이디어를 팔기 위해 거의 항상 뉴욕으로 가야 해요. 나는 그녀와

차 마시는 모습을 상상했어요.

그녀와 차를 마시는 것이 무척 편안하게 느껴졌어요. 내가 처음 알아차린 것은 이거였어요. 여러 해 동안 내 기사의 편집자였던 이 사람에 대해 새롭게 발견할 수 있는 점이 아주 많다는 것을 알 수 있었죠. 내가 그녀를 주로 곁눈질로만 얼핏 보았다는 것도 알게 되었어요. 나의 관심은 오로지 기고란을 할당받는 데 있었고, 내 아이디어가 분명히 성공할 거라는 확신을 심어 주기 위해 근사하게 보이려고만 노력했거든요. 그런 노력이 성공했을 때도 탈진한 느낌이어서 프로젝트에 대한 열정이 사그라지곤 했어요. 그런데 이 상상을 통해 그녀에 대해 더 많이 알아가는 것이 흥미롭게 느껴지고 그녀와의 만남을 즐길 수 있겠다고 느꼈죠. 그녀의 마음에 영향을 미치려 하지 않고 이야기하는 모습을 상상했을 때, 실은 내가 나 자신에게 설명하고 있다는 것을 알게 되었어요. 차이가 있다면, 그녀 앞에서 얘기할 때 내가 내 얘기를 더 분명히 들을 수 있다는 점뿐이었어요. 그렇게 이야기하는 동안 아이디어가 발전하고 변화되더군요. 그게 더 좋았어요. 그녀가 그 아이디어를 좋아하는지 여부는 그녀에게 맡겼죠. 그녀의 제안들에 내 마음이 더 열리는 것을 느낄 수 있었어요. 그리고 우리 두 사람이 이런 식으로 차를 마실 수 있다면, 내가 그녀의 마음에 영향을 미치려 하지 않고도 좋은 아이디어들이 자연스럽게 수면 위로 떠오를 수 있다는 것을 알게 되었어요. 우리가 그런 아이디어들을 탐험하며 무척 즐거운 시간을 가질 수 있다는 것도요.

왜 그동안 담당 편집자와 차 한 잔도 나누지 못했는지 이상했어요. 이 연습을 하고 난 뒤, 예전에 그녀가 자기의 정원을 보여 주고 싶다며 초대했는데도 내가 나의 은밀한 동기들을 두려워하여 초대를 거절했던 기억이 떠오르더군요. 초대에 응하면, 일거리를 얻기 위해 그녀와 정원에 흥미를 느끼는 척 가장해야 할지도 모른다고 생각했거든요. 그럴까 봐 너무 걱정한 나머지, 심지어 내가 그녀를 좋아하는지 여부조차 스스로 물어보지 못했답니다. 얼마나 우스운지요! 차 한 잔 실험을 하면서, 내가 그녀를 정말로 좋아하고 있다는 것을 알게 되었어요. 그녀의 초대에 마음이 열리는 것도요. 우리는 아직 차를 함께 마시지는 않았지만, 이제 가끔 저녁 식사를 함께 해요. 나는 친구를 발견했고, 그 잡지에 실리는 나의 기사들은 더 좋아졌어요.

남들의 사랑이 필요하다고 생각할 때,

당신은 어떻게 반응하나요?

그들의 인정을 받기 위해 노예가 되나요?

그들에게 인정받지 못할 수 있다는 생각을 견디지 못해

거짓된 삶을 살고 있나요?

그들이 당신에게 원하는 모습을 알아내기 위해 노력하고,

다음에는 그렇게 되려고 노력하나요, 카멜레온처럼?

사실 이런 식으로는 결코 그들의 사랑을 얻을 수 없습니다.

당신은 자신이 아닌 누군가로 변하기 위해 애를 쓰며,

그 뒤에 그들이 "사랑해"라고 말하면 그 말을 믿지 못합니다.

그들이 사랑하는 것은 당신의 겉모습이기 때문입니다.

그들은 심지어 존재하지도 않는 사람,

당신이 그런 척 가장하고 있는 사람을 사랑하고 있습니다.

다른 사람의 사랑을 구하는 것은 힘든 일입니다.

그것은 죽음과 같습니다.

사랑을 구하고 있을 때, 당신은 진짜를 잃어버립니다.

우리에게 이미 있는 사랑을 얻기 위해 애쓸 때,

이것은 우리가 자신을 가두기 위해 만드는 감옥입니다.

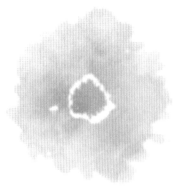

4
사랑에 빠지기

대부분의 사람들은 삶 속에서 사랑을 얻고 외로움에서 벗어나는 길이
어떤 특별한 사람을 발견하는 데 달려 있다고 믿습니다.
이것은 오래된 믿음입니다.
그리고 이런 믿음에 질문을 던지는 데는 용기가 필요합니다.

친구와 동료들 그리고 가족에게 인정을 받으려고 하는 것은 휴식도 없이 계속해서 하루 종일 일하는 것과 같습니다. 그 중심에는 궁극적인 인정에 대한 추구, 모든 노래가 애기하는 추구, 우리를 바라보면서 "당신이 바로 그 사람이에요"라고 말해 주는 사람에 대한 추구가 놓여 있습니다. 우리는 이것을 "사랑에 빠졌다"고 말합니다. 이 장에서는 사랑에 빠지는 것과 연인이 되는 것, 그리고 누가 정말로 '그 사람'인지를 살펴보겠습니다.

중요한 많은 것들이 그렇듯이, 사랑에 빠진다는 말도 흔히 완전히 거꾸로 이해되고 있습니다. 사랑에 빠지는 것에는 신비할 게 없습니다. 우리는 사랑을 알아차리지 못하다가 다시 알아차리게 될 때 깊은 행복감을 느낍니다. 그런데 어떻게 해서 그런 행복을 느끼게 되었는지를 오해합니다. 놀이터 구석에서 공중제비를 돌던 어린 소녀를 기억하나요? 그 아이는 열쇠를 가졌습니다. 공중제비를 완성시킨 흥분으로 환히 빛나는 소녀의 얼굴을 보세요. 소녀는 뛰어놀 수 있는 팔과 다리를 가지고 그곳에 있는 것만으로도 더없이 기뻐했습니다. 더 이상 원하거나 필요한 것은 아무것도 없습니다. 그런데 소녀는 그 순간에 너무 몰입되어 있어서 그 사실을 깨닫지 못합니다. 소녀가 도는 공중제비는 사랑 그 자체의 표현입니다. 소녀가 갈채를 받을 수 있는지 보기 위해 다시 공중제비를 돌 때, 이제 소녀의 초점은 바깥으로 옮겨지며 소녀는 사랑으로부터 단절됩니다. 하지만 사랑은 어디로도 가지 않습니다. 소녀는 그저 사랑을 알아차리지 못하게 되었을 뿐입니다. 사람들은 이런 경험들을 '사랑을 잃는 것'이라고 말하면서, 그런 경험들이 상대방과 관련된 것이라고 생각합니다.

어린 소녀는 순진하게도 방향을 잘못 잡은 것입니다. 소녀는 자신의 행복으로, 완벽한 순간으로 돌아가는 길이 남들의 반응에 달려 있다고 생각하게 됩니다. 사랑은 언제라도 알아차릴 수 있는 것이지만, 그녀가 다시 사랑을 알아차리기 위해서는 수많은 세월이 흐를 수도 있습니다. 오랫동안 자신의 바깥에서 사랑과 인정을 찾으려고 애쓰면서…….

남들의 마음에 드는 사람이 되기 위해 끊임없이 노력할 때, 당신의 삶에는 숨을 쉴 틈이 남아 있지 않게 되고, 자신에게 이미 있는 것이 무엇인지 알아차릴 틈도 남지 않게 됩니다. 그런 틈 안에 가득 있는 무한한 선택권을 경험할 기회도 남지 않게 됩니다. 심지어 자신을 칭찬하고 지지하는 사람들을 끌어들인 뒤에도 당신은 여전히 결과들을 추구하느라 바쁩니다. 친구들이라면 마땅히 해야 한다고 여겨지는 모든 것을 친구들이 과연 제대로 하고 있는지 확인하지 않으면 안 됩니다. 그들이 당신을 파티에 초대해야 하고, 일자리를 소개해 주어야 하고, 우울할 때 위로해 주어야 한다고 생각합니다. 그런데 그것은 결코 충분하지 않습니다. 당신은 자신이 인정받지 못하거나 사랑받지 못하는 어떤 증거가 있는지를 끊임없이 점검하고 감시합니다.

'사랑에 빠지는 것'은 강력한 경험입니다. 그런데 나중에 돌아보면,

사실은 추구를 멈춘 순간에 그런 경험을 했다는 것을 알아차릴 수도 있습니다. 당신이 멈춘 이유는 그동안 찾아 온 것을 찾았다고 생각했기 때문입니다. 당신의 마음은 더 이상 무언가를 필사적으로 추구하며 노력하지 않습니다. 당신이 발견한 것은 놀이터의 한쪽 구석에서 발견했던 그것입니다. 실제로는 그것을 잃은 적이 없습니다. 하지만 이제 당신은 사랑이 다른 사람으로부터, '그 사람'으로부터 오고 있다고 생각합니다.

많은 사람들이 10대에 처음으로 사랑에 빠집니다. 그 무렵이면 놀이터에서의 단순한 기쁨은 사라지고 없습니다(사실은 당신이 그 기쁨을 떠난 것이지만, 당신의 눈에는 그렇게 보이지 않습니다). 어두운 생각들이 나타납니다. 자신이 괜찮은 사람이 아니라는, 아무도 자신을 사랑할 수 없을 것이라는 근심이 나타납니다. 그러다가 기적이 일어납니다. 갑자기 사랑할 사람이 생기고, 당신은 추구를 멈출 수 있습니다. 그는 화학 수업 시간에 만난 남학생일 수도 있고, 록 콘서트에서 본 가수일 수도 있습니다. 또는 인기 영화배우일 수도 있고, 가장 친한 친구의 새 애인일 수도 있습니다. 사랑을 돌려받을 희망이 없을 때 그렇듯이 당신은 이런 사랑만으로 그저 행복합니다. 키스는 꿈도 꿀 수 없지만 괜찮습니다. 왜냐하면 당신이 치아에 보철을 했기 때문이거나, 친구를 결코 배신하지 않을 것이기 때문이거나, 또는 록 스타를 만날 가능성이 없기 때문입니다. 자신이 완전히 사랑하도록 놓아두는 진짜 이유는 아마도 이런 까닭들 때문일 것입니다.

첫눈에 반했던 그 경험을 돌이켜 보면, 당신이 반했던 소녀는 그 경험과 아무런 상관이 없었다는 것을 알게 될 것입니다. 세월이 흐른 뒤 우연히 그녀를 다시 만났을 때, 당신이 원하는 모든 것이었던 그녀를 찬찬히 살펴보지만, 왜 예전에 그녀에게 반했는지 이해가 되지 않습니다. 그때는 그녀와 결혼하기 위해서라면 무슨 일이라도 할 수 있었지만, 이제는 그녀가 당신에게 관심이 없었다는 데 대해 오히려 감사하게 됩니다.

만일 사랑이 다른 사람에게서 나오는 것이 아니라면, 누구에게서 나오는 걸까요? 남은 사람은 한 사람뿐입니다. 바로 당신……. 당신이 자신에게 그 경험을 준 것입니다. 가장 친한 친구의 애인이 얼마나 멋지고 매력적이었는지는 몰라도, 그것이 더없이 행복했던 그 느낌의 원인은 아닙니다. 그 경이로움과 흥분을 느낀 사람은 바로 당신입니다. 이것은 마치 누군가가 거울을 들고서 거울에 비친 당신의 가슴을 당신에게 보여 준 것과 같습니다.

어떤 사람들은 누군가에게 반한다고 하는 것은 잘못된 믿음이며, 그것은 모두 당신에게서 나왔기 때문에 실제가 아니라고 말합니다. 다른 식으로 본다면, 누군가에게 반한 것은 당신이 앞으로 갖게 될 다른 경험만큼이나 실제적입니다. 당신은 단지 그 기쁨이 나오는 근원을 착각했을 뿐입니다. 그 근원은 갈색 눈의 소녀나 레오나르도 디카프리오가 아니었습니다. 그것은 순수한 기쁨을 경험할 수 있는 당신 자신의 능력이었습니다. 단지 오랫동안 잃고 있었을 뿐입니다. 누군가에게 반했을 때 당신은 자신을 위하여 공중제비를 돌고 있던 그 어린아이로 돌아가는 길을 발견했습니다. 그것은 남들에게 인정받을 만한 모습을 갖추려 애쓰느라 포기했던 '그 사람'입니다. 우리가 흔히 '첫사랑'이라고 여기는 것은 실제로는 우리를 사랑 그 자체로 다시 데려가는 경험입니다. 그런데 원래 우리는 그 사랑입니다.

나이가 들면서 당신은 사랑에 빠지는 다른 방식들을 발견합니다. 10

대를 지나면서 최악의 서투름들은 줄어들고 인정을 얻는 기술은 연습을 통해 더욱 나아집니다. 수많은 시행착오 끝에 자신을 아주 많이 인정해 주는 사람을 만날 수도 있습니다. 그들은 "당신이 바로 그 사람이야"라고 말합니다. 당신은 그것이 좋습니다. 그렇게 많이 인정받는 것이 좋습니다. 그리고 아마 당신도 어떤 이유로 그들을 인정합니다(또는 인정하지 않을 수도 있지만, 그렇다고 해서 그들에게 인정받고 싶은 마음까지 없는 것은 아닙니다.)

당신은 인정을 받고 있기 때문에 잠시 편안해집니다. 남들을 기쁘게 하고 그들의 호감을 얻으려는 노력과 긴장이 훨씬 줄어듭니다. 사랑을 방해하고 있는 노력이 없으므로 그저 사랑이 흐릅니다. 당신은 그 사랑의 행복을 누립니다. 때로는 만나는 모든 사람과 모든 것을 껴안을 만큼 충분한 사랑이 있는 것처럼 보입니다. 그런데 다시 당신은 아마 그 모든 것이 그 사람 때문이라고, 당신을 인정해 주는 그 사람 때문이라고 생각하게 될 것입니다. 하지만 행복은 실제로는 당신이 자기 자신에게로 돌아올 때 경험하는 것입니다. 사랑은 언제나 거기에 있었습니다. 오직 당신의 고통스러운 생각들이 그것을 가렸을 뿐입니다.

그 기쁨이 얼마나 오랫동안 지속되나요? 성년의 사랑은 잠시 열정에 사로잡히는 것과 같습니다. 그것은 고통스러운 생각들이 다시 뒤덮기 전까지만 지속됩니다. "그녀가 나를 정말로 사랑하는 게 아니면 어쩌지?", "그는 내 이야기를 듣지 않아", "그녀는 그 녀석이랑 히히덕대지 말아야 했어." 이런 생각들 가운데 어느 하나라도 당신의 행복을 망칠 수 있습니다. 당신이 우연히 만난 기쁨 혹은 사랑이 다른 사람에게 달려 있다는 생각을 믿는 한, 어떤 식으로든 사랑은 사라질 수밖에 없습니다.

대부분의 사람들은 삶 속에서 사랑을 얻고 외로움에서 벗어나는 길이 어떤 특별한 사람을 발견하는 데 달려 있다고 믿습니다. 이것은 오래된 믿음입니다. 그리고 이런 믿음에 질문을 던지는 데는 용기가 필요합니다. 하지만 그렇게 해 본다면 아마 깜짝 놀라게 될 것입니다. 당신의 품에 누가 있든 없든 당신은 사랑을 느낄 수 있습니다. 물론 이 말은 연인이 필요하지 않다는 뜻이 아닙니다. 왜 그러겠어요? 누군가와 함께 있을 때와 함께 있지 않을 때 간에 차이가 없다는 것을 알게 되면, 당신은 둘 다 좋다는 것을 알아차립니다. 삶은 모든 맛을 허용합니다.

옛날 노래는 묻습니다, "왜 바보들은 사랑에 빠지는 걸까?" 사실은 바보들만이 사랑에 빠지지 못합니다. 오직 바보만이 무언가가 자기 자신을 다른 사람이나 나머지 모든 인류로부터, 또는 새와 나무들, 길, 하늘로부터 분리시킬 수 있다고 말하는 생각들, 외롭게 하고 스트레스를 주는 그런 생각들을 믿을 것입니다.

제 말을 믿지 마세요. 자신에게 물어보세요. 다음 연습을 해 보세요.

연습 행복이 다른 사람에게 달려 있다는 생각이 없다면,
당신은 누구일까요?

이 질문이 조금 낯설게 느껴진다면, 여기 대답에 도움이 될 만한 연습이 있습니다.

우선, 사랑이 당신에게 무엇을 의미하는지 생각해 보세요. 사랑의 경험은 당신에게 무엇인가요?

이 경험을 떠올리기 위해, 조용히 눈을 감고 예전에 사랑을 경험했던 순간을 기억해 보세요. 사랑이 당신의 몸에서 어떻게 느껴졌는지

떠올려 보세요. 아마 그 순간은 누군가의 팔에 안겨 누워 있거나, 다이빙을 하거나, 잠든 아기를 바라보고 있거나, 아무 일도 하지 않고 가만히 혼자 있던 순간이었을 수 있습니다.

사랑이 나타났던 그 순간을 찾았다면, 초점을 내면으로 돌려 그때의 느낌을 되살려 보세요. 당신에게 사랑의 경험을 주었다고 여겨지는 사람이나 사물에 초점을 맞추는 대신, 당신의 내면에서 일어났던 일을 알아차려 보세요. 당신이 경험한 느낌에 초점을 맞춰 보세요. 그것이 무엇인지 알기 위해 잠시 그 경험 속에 머물러 보세요.

그 경험을 표현하는 몇 개의 단어를 써 보세요. 지금 당장 또는 어느 순간이라도 다시 그처럼 느끼는 데 필요한 것이 무엇인지 알아차려 보세요.

다음은 이 실험을 했던 여성의 이야기입니다.

우리 부모님은 내가 어떤 딸이기를, 그러니까 얌전하고 나서지 않고, 유능하지만 정숙하고 공손하며, 총명하지만 겸손한 딸이기를 원하는 것 같았어요. 부모님의 사랑과 인정을 받기 위해서는 그런 사람이 되어야 한다고 생각했죠.

힘든 게임이었지만 나는 규칙들을 잘 배웠고, 부모님이 원하는 좋은 딸처럼 보이게 되었습니다. 또 사람들이 나를 좋아하게 만들려면 그들이 내게 원하는 모습을 알아내고 그런 사람인 척 해야 한다는 것을 배웠죠. 아주 효과가 있었고, 특히 이성 교제를 시작했을 때는 더욱 그랬어요.

15살에서 25살 사이에 나는 많은 소년과 남자들이 '나'에게 사랑에 빠지도록 만들 수 있었어요. 그런 경험은 언제나 극적이고 재미있었지만, 사실 마음속으로 깊이 빠진 적은 없었어요. 한번 어떤 남자의 관심을 얻게 되면, 그가 진짜 나는 사랑하지 않는다며 불평하고는 다른 남자에게로 옮겨갔지요.

한 남자가 이런 패턴을 깼습니다. 그가 원하는 나의 모습이 어떤 것인지를 알아내기 위해 여러 가지 방법을 써 보았지만, 그는 반응하지 않았어요. 심지어 그것들을 알아차리지도 못하는 것 같았죠. 그저 나를 바라보며 내 이야기에 귀를 기울이기만 했어요. 그가 날 사랑하고 있다는 것은 알고 있었지만, 그의 관점은 알아낼 수가 없었습니다. 어떻게 행동해야 할지, 어떤 모습이어야 할지 알 수가 없었어요. 급기야 근사한 식당에서 울음을 터뜨렸을 때, 그는 나를 차로 데려가서 울고 있는 나를 안아 주었습니다. 내게 왜 우는지 묻지도 않았죠. (물론 그때는 설명할 수도 없었겠지만.)

어느 날, 우리는 그의 아파트에서 저녁 식사를 하고 함께 놀기로 약속했었어요. 그런데 저녁에 그가 전화를 해서는 회사 일 때문에 녹초가 되었다고 하더군요. 일찍 퇴근해서 자야겠다고, 다음 날 보자고 했어요. 나는 몹시 화가 났고 거부당했다고 느꼈지만, "괜찮아, 나도 피곤해"라고 말했어요. 그리고는 다른 남자를 유혹하여 그에게 복수해야겠다고 마음먹고는 멋지게 옷을 차려 입고서 댄스 클럽에 갔죠. 하지만 클럽에 도착하자 가만히 앉아서 이게 무슨 일인가 하고 묻기 시작했어요. "그는 나를 거부했어." "그는 나와 게임을 하고 있는 거야." 그런데 내가 이런 생각들을 정말로 믿고 있지는 않다는 것을 알게 되었어요. 그리고 게임을 하고 있는 사람은 바로 나 자신이고, 그럴 필요가 없다는 것도 깨닫게 되었죠. 이길 필요가 없었어요. 온 몸에 안도감이 흘러넘쳤고, 음악이 내 가슴속을 흐르기 시작했어요. 나는 혼자 댄스 플로어로 뛰어나가 말 그대로 기쁨의 춤을 추었어요. 몇 시간 동안이나 땀에 젖은 채 울고 웃으며 춤을 추었답니다.

이것이 이 실험을 통해 내가 다시 느낀 사랑의 경험입니다. 나 자신의
내면을 바라볼 때, 이것은 내 사랑의 경험입니다. 나는 지독한 노력을 멈
출 수 있습니다. 나는 두려움을 멈출 수 있습니다. 그저 존재할 수 있습
니다.

러브 스토리

우리가 보았듯이 사랑에 빠지는 것은 놀라운 느낌입니다. 그것은 너
무 좋게 느껴져서 당신은 누군가와 짝이 되어 그 사랑을 영원히 지키
기를 원합니다. 당신은 인정에 대한 추구와, 그것을 뒤따르는 모든 고
통스러운 생각들에서 벗어나 잠시 휴식을 취하고 있습니다. 또 잠자리
를 함께 하기도 합니다. 이것은 많은 사람들이 자신의 생각들에서 벗
어나 잠시 휴식을 취하기 위해 쓰는 몇몇 방법들 가운데 하나입니다.
그 뒤에는 사랑이 점점 사라지는 것처럼 보입니다. 왜 그런 느낌이 드
는 것일까요?

얌전하고 가정적인 여성의 이야기가 있습니다. 그녀는 야외 활동을
좋아하고 자동차 경주 팬인 남자에게 강하게 끌렸습니다. 그녀는 도서
관 사서였는데, 일을 하다가 그 남자를 만나게 되었습니다. 데이트를
하는 동안 그녀는 자동차 경주 관람을 즐기는 척 했고, 숲 속에서 진행
되는 서바이벌 게임에도 참가했고, 끝난 후에는 승리 축하 파티에도 가
곤 했습니다. 남자는 그녀가 피곤해 하는 모습을 눈치 채지만, 그녀가
보이는 모습이 진짜 모습이라고, 자신과 비슷하지만 좀 더 민감한 사람

이라고 생각합니다. 반대로 남자는 일본 음식을 좋아하는 척 하고, 친구들과 함께 스포츠 바에 가는 대신 그녀와 함께 영화를 보고 집에 있는 것을 좋아하는 척 합니다. 그녀는 그가 자신과 비슷하지만 좀 더 외향적인 사람이라고 생각합니다. 그들은 사랑에 빠지고 함께 살게 됩니다.

　서로 인정받고 받아들여진다는 느낌에 열중하여, 자신들에게 실제로 일어난 일을 이해하지 못한 채, 두 연인은 계속해서 자신의 겉모습이 그들에게 사랑을 가져다주었다고 생각합니다. 하지만 거의 알아차리지는 못해도 그들은 의심과 두려움도 느끼고 있습니다. 상대방이 "사랑해"라고 말할 때, 그들 중 누구도 그 말을 정말로 믿을 수는 없었습니다. 그들이 간직하고 있는 생각들은 이것입니다. "그(그녀)는 내가 가장하고 있는 겉모습을 사랑해. 그가 나의 진짜 모습을 사랑할 수 있을지 의문이야." (만일 그들이 꽤 오랫동안 사귄 사이라면 이런 생각도 숨기고 있습니다. "나는 그가 가장하고 있는 겉모습을 사랑해. 그의 진짜 모습을 본다면 어떤 느낌이 들지 모르겠어.") 처음에는 이런 의심들이 큰 문제를 일으키지 않습니다. 왜냐하면 두 연인은 상대방 때문에 행복하다고 여기며 그 기분을 즐기고 있기 때문입니다.

　이 사랑의 축제가 망쳐지는 이유는 시간이 흐름에 따라 겉모습을 유지하려는 노력에 손상이 가고, 감춰졌던 의심들이 점점 자주 나타나기 때문입니다. 어느 날 그녀는 주말에 자동차 경주를 관람하러 가는 대신 집에 있고 싶다고 솔직하게 얘기합니다. 남자는 혼란을 느끼고 실망하게 됩니다. (하지만 남자도 도서관에서 나오는 그의 모습을 친구들이 보면 어쩌나 두려워하며 살고 있었습니다.) 서로에 대한 비난이 시작됩니다.

　그녀가 말합니다. "당신은 거짓말을 했어요. 예전에는 저녁에 집에서 함께 있는 것이 좋다고 했잖아요." 또는 "예전에는 나와 함께 집에 있는 것을 좋아했는데, 당신은 변했어요. 당신은 더 이상 날 사랑하지 않아요."

남자가 말합니다. "당신이야말로 내게 거짓말을 했어요. 당신은 내가 좋아하는 것들을 좋아한다고, 무슨 일이 있어도 나와 함께 있고 싶다고 했잖아요."

내면 깊은 곳에서는 두 사람 모두 상대방의 말이 맞다는 것을 알고 있지만, 상대의 말을 반박하지 않고 받아들이면 자신이 불리해질 것이라고 생각합니다. 그런 척 하는 것도 그만두고 싶지만, 이제까지 효과가 있어 보였던 믿음들에 집착합니다. 결국 그들은 서로가 만들어 놓은 역할에 머물며 (이제 그들은 이것들이 역할일 뿐이라는 것도 더 이상 깨닫지 못합니다) 실망과 분노를 경험합니다.

이제 연인들은 심지어 서로가 좋아하지 않는다고 생각할 수도 있습니다. 그래서 함께 살아왔던 사람을 한 번도 진정으로 만나 보지 못한 채 헤어질 수도 있습니다. 그들은 원래의 겉모습에서 벗어나 화가 난 '나'라는 꼭두각시를 움직이며, 저마다 상대에게 배신당했다고 느낍니다. 이런 막다른 골목에 이르면, 연인들은 언제나 방향 전환의 기회를 놓칩니다. 하지만 그녀는 예를 들어 이렇게 말할 수도 있습니다. "당신 말이 맞아요. 나는 자동차 경주를 좋아하려고 노력했지만, 좋아할 수가 없었어요. 귀마개를 끼고 있어야 했죠. 그래야 당신이 날 사랑할 것 같았어요. 당신이 나를 받아 주고 좋아해 주기를 원했어요. 내 연극이 통했나요?"

"뭐라고요!"

"인정해요, 내가 거짓말을 했어요. 자동차 경주를 싫어하면 당신이 날 사랑하지 않을까 봐 두려워서 좋아하는 척 했던 거예요. 그런 척 하지 않았어도 당신이 날 사랑했을까요? 내가 어떠하든지 당신은 날 사랑하나요?"

이제 갈림길에 서 있는 사람은 남자입니다. 그가 초밥을 좋아한다고 거짓말했던 것을 인정할 것인가, 아니면 자신을 속였다며 그녀를 비난하고 다시 화가 난 '나' 인형을 움직일 것인가? 그녀는 진실을 말하는 위험을 감수했습니다. 만일 남자도 동참하여 그런 위험을 감수하고 자신의 의심과 두려움을 털어놓는다면, 그들은 방향을 바꾼 것이며 그들에게 정말로 진실한 것이 무엇인지 묻고 그 진실을 발견하는 방향으로 나아갈 것입니다. 그러면 그들은 진실한 모습으로 서로를 대하게 될 것입니다. 그것은 서로에게 정직하고 자신에게도 정직한 관계의 시작입니다.

관계가 좋은지 좋지 않은지를 어떻게 알 수 있을까요?

관계가 좋지 않을 때는 행복하지 않습니다.

관계가 조금이라도 좋지 않으면,

자신의 생각들에 질문해 볼 필요가 있습니다.

자신과 올바른 관계로 돌아가는 길을 찾는 것은

당신의 책임입니다.

자신과 좋은 관계를 유지할 때,

상대방은 그 기쁨을 더해 줍니다.

그것은 더없는 은총입니다.

연애란 자신을 완성시키기 위해서는

다른 사람이 필요하다고 말하는 이야기입니다.

사실 그것은 터무니없는 이야기입니다.

내 경험에 따르면,

나를 완성시키기 위해 필요한 사람은 아무도 없습니다.

내가 그것을 깨닫는 순간,

모든 사람이 나를 완성시킵니다.

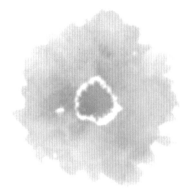

5
사랑은 원하는 것인가?

남자가 원하는 것을 주기 위해 최선을 다하는 여자가 있습니다.
그녀는 종종 남자가 원하는 것을 자신도 원하는 척합니다.
가끔은 자신이 이런 것들을 정말로 하고 싶어 하는 것은
아니라는 것을 잘 알고 있습니다.

많은 연인들은 그들의 겉모습이 벗겨질 때 실망하고 분노하게 되지만, 그럼에도 불구하고 함께 지냅니다. 그들은 여전히 서로에게 뭔가를 원하고 있고, 또 그것을 얻을 수 있다고 생각합니다. 그들이 흔히 원하는 두 가지는 편안함과 안정입니다. 그들은 서로를 바라보며 저마다 이렇게 생각합니다. "당신은 더 이상 예전의 그 사람이 아니야. 그때는 그런 척 했을 뿐이지. 하지만 내게 원하는 것을 준다면 당신 곁에 있겠어. 그리고 그것을 사랑이라 부를 거야." 그들은 편안함과 안정이 실망에 대한 좋은 보상이라고 믿습니다. 그리고 만족스럽지는 않지만 편안함과 안정을 받아들이는 것이 현실적이며 어쩔 수 없는 것이라고 합리화합니다. 그들의 생각 속에는 다음과 같은 고통스러운 믿음들이 담겨 있습니다. "사랑은 결코 영원하지 않아", "내 주제에 뭘 더 기대하겠어" 그리고 "혼자 있는 것보다는 사랑하지 않는 사람이라도 함께 있는 게 더 나아."

이런 정착이 실제로 얼마나 편안한가요? 안락한 합의를 한 상태에서 연인들은 이보다 더 편안할 수는 없기 때문에 편안함을 위해 열정을 포기한 것이라고 생각합니다. 그들은 잃어버린 열정에 대한 보상으로 확실한 안정이 주어지기를 기대합니다. 하지만 만일 자신의 편안함이나 안정을 위해 필요한 많은 것들 가운데 어느 하나를 상대방이 주지 못하면, 분노가 폭발할 수도 있습니다.

남자가 원하는 것을 주기 위해 최선을 다하는 여자가 있습니다. 그녀는 종종 남자가 원하는 것을 자신도 원하는 척 합니다. 가끔은 자신이 이런 것들을 정말로 원해서 하는 것은 아니라는 것을 잘 알고 있습니다. 그녀는 그를 기쁘게 하고, 행복하게 하고, 그의 사랑을 받기 위해 자신의 행복과 삶을 희생하고 있는 것이라고 자신에게 얘기합니다. 그러다가 한 가지를 잘못하여 그가 화를 내면, 그녀의 분노도 끓어오르고 자기가 정당하다는 마음이 거대한 폭발을 일으킵니다. 그런 안락함의 밑에는 대단한 분노가 깔려 있었다는 것이 드러납니다. 그런 분노한 '나'라는 꼭두각시들이 다시 무대 위로 올라가고, 근원적인 분노들이 다시 떠오릅니다. "우리가 함께 하고 있을 때 당신은 나에게 거짓말을 했어, 당신은 변했어, 당신은 내가 결혼한 그 사람이 아니야, 당신은 나를 사랑하지 않아."

분노로 돌변하는 것이 사랑일까요?

당신은 화를 낼 자격이 있다고 느낍니다. 결국 당신은 진짜로 자기 자신을 바깥으로 드러냈고, 자기를 열었고, 자신을 노출시켜 상처받기 쉽게 만들었습니다. 그리고 배우자에게 자신이 원하는 대로 하도록 요구할 정당한 자격이 있다고 느낍니다.

하지만 그는 그렇게 하지 않습니다. 그것이 현실입니다. 그는 자신이 원하는 것을 계속 할 뿐입니다. 그는 자신이 원하는 것을 당신에게 맞출 수가 없습니다. 당신은 자신이 원하는 것을 누군가에게 맞추어 바꿀 수 있나요? 자신이 원하지 않는 것을 자신이 원하도록 만들 수 있나요? 그는 당신과 다르지 않습니다.

오트밀 사나이

젊은 남자가 처음으로 여자친구의 아파트에서 잠을 잤습니다. 그녀는 자신이 좋아하는 음식을 아침 식탁에 올렸습니다. 오트밀이었지요. 그는 오트밀을 싫어했지만 그렇다는 말을 하지 않았습니다. 둘 사이에 어떤 의견의 불일치도 원하지 않았으니까요. 특히 함께 밤을 보낸 뒤에는 더욱 그랬지요. 그는 진실을 말하면 그녀의 기분을 상하게 할 것이라는 생각에 대해 질문해 보지 않았습니다.

그들은 결혼을 했고, 그녀는 아침 식탁에 자주 오트밀을 올렸습니다. 그는 계속해서 오트밀을 먹었습니다. 그는 이제 와서 오트밀이 지긋지긋하다는 것을 인정하면 그녀의 기분을 더 상하게 할 것이라고 생각했습니다. 자신이 오랫동안 정직하지 못했다는 사실이 드러날 테니까요. 진실을 이야기하면 아내가 자신을 어떻게 생각할지 상상했고, 자신이 믿는 그 상상을 현실로 직면하기보다는 그냥 오트밀을 먹는 편이 낫겠다고 여겼습니다. 그래서 23년이 지난 지금도 여전히 아침 식사로 오트밀을 먹습니다.

당신의 삶에도 이런 오트밀들이 있나요? 혼자라면 하지 않았겠지만 사랑을 위해서 하는 것들이 무엇인가요? 나는 몇몇 친구에게 이 질문을 해 보았습니다. 아래는 그들 중에 한 명이 보내 온 목록입니다.

그의 셔츠를 다림질했다.
근사한 저녁 식사를 준비했고, 요리하는 것을 즐기는 척 했다.
그가 어떤 말을 해도 상처받지 않는 척 했다.
그의 말에 실제보다 더 상처받은 척 했다.
그의 말에 항상 관심을 기울이는 척 했다.
야간형 인간이지만 아침형 인간이 되려고 억지로 노력했다.
한 번은 머리를 아주아주 짧게 잘랐다.
그가 최우선이라는 것을 보여 주기 위해 나의 가족을 멀리했다.
엄마의 죽음으로 인한 슬픔을 멈추려고 노력했다.
좋아하지 않는 직업을 선택했다.
불편한 속옷을 입었다.

　당신이 혼자라면 하지 않았겠지만 사랑을 위해서 하는 것들의 목록을 만들어 보세요. 그리고 그 내용들을 하나하나 배우자에게 읽어 주며 물어본다고 상상해 보세요. "이게 효과가 있었나요? 이게 당신이 좋아하는 것인가요?"

"나를 사랑한다면, 당신은 내가 원하는 것을 할 거야"
—그게 진실인가요?

들판 위에서 생각 없이 풀을 뜯는 말들은 얼굴을 서로 상대의 꼬리

126

쪽으로 향하고 서서 상대의 얼굴에 붙은 파리를 자기의 꼬리로 쫓아 줍니다. 밤에는 머리를 서로 어깨에 올린 채 서서 잠을 잡니다. 평화로운 주고받기입니다. 하지만 '문명화된' 사람들은 주고받기를 이용하여 서로를 힘들게 하는 법을 배웠습니다. 여기에는 만일 내가 당신을 위해 무엇을 해 주면 당신도 나에게 무언가로 보답해야 한다는 믿음이 깔려 있습니다. 만일 내가 당신에게 나의 사랑을 주면, 당신도 당신의 사랑이나 그만 한 가치가 있는 무언가를 나에게 주어야 합니다.

당신이 내게 무언가로 보답하지 않으면 어떤 일이 일어날까요? 나는 사랑과 인정을 도로 거두어들이고, 대신 당신에게 분노를 줍니다. 각각의 관계에는 저마다 무언의 규칙들이 있으며, 이런 관계의 규칙들은 상대를 화나지 않도록 하기 위해서 해야 할 일들과 하지 말아야 할 일들을 수없이 일러 줍니다. 이 규칙들은 문서화되어 있는 것도 아니고 구두로 합의된 것도 아닙니다. 우리는 규칙을 위반했을 때만 그런 것이 있다는 것을 알게 됩니다. 내가 화나 있는 모습을 보면, 당신은 자신이 규칙을 위반했다는 것을 알게 됩니다. 당신은 해서는 안 되는 일을 했습니다. 집에 너무 늦게 오거나 너무 일찍 왔습니다. 어떤 일이나 어떤 말을 잊고서 하지 않았습니다. 때로는 자신이 무엇을 잘못했는지 물어봐야 할 수도 있습니다. 하지만 조심하세요, 묻지 않고도 스스로 알아야 한다는 것이 그런 규칙들 가운데 하나일 수 있으니까요.

물론, 당신도 똑같은 방식으로 '나의' 행동에 대한 '당신의' 규칙을 발견합니다. 내가 그 규칙을 언제 깼는지를 어떻게 알까요? 그때는 당신이 나에게 화를 낼 때입니다.

당신이 모든 규칙을 알아내고 지키기 위해 최선을 다하면 나의 사랑을 얻을 수 있을까요? 아닙니다. 당신이 내 주변에 올 때는 발소리를 죽이며 살금살금 와야 합니다. 자칫 잘못하면 나의 심기를 건드려 관계를 깨뜨릴 수 있기 때문입니다. 사랑은 사라진 것처럼 보입니다. 사랑이 어디로 간 것일까요? 그것을 알고 싶다면, 다음 생각에 질문해 보세요. "당신이 나를 사랑한다면, 당신은 내가 원하는 것을 할 거야."

이것은 기억이 시작되는 때로부터 대부분의 사람들이 믿어 온 생각입니다. 아이는 친구가 '자신이' 원하는 놀이를 해 주기를 원합니다. 그렇게 해 주지 않으면 큰 싸움이 나고, 둘 다 화가 나서 어른에게 달려가 불평합니다. "걔는 더 이상 내 친구가 아니에요!" 친구란 당신이 원하는 것을 해 주는 사람이라는 믿음은 이 아이 안에서 이미 완전히 자리잡았습니다. 아이는 그것을 부모에게 배웠습니다. 부모는 아이가 자기 말에 복종할 때는 사랑한다고 말해 주고 칭찬으로 보상을 했고, 복종하지 않으면 벌을 주었습니다. 아이의 부모는 사랑하면 복종할 것이라는 생각에 대해 한 번도 질문해 본 적이 없습니다. 그러니 어떻게 아이가 그 생각에 대해 질문할 수 있겠어요?

무엇보다도 '필요'와 '원함'에 관련된 생각들에 질문하지 않을 때 우리는 사랑과 인정을 추구하게 됩니다. 어떤 사람의 호감을 얻은 뒤에도 그런 똑같은 생각들이 다시 일어나는 것은 놀라운 일이 아닙니다. 우리는 자신이 사랑으로부터 원하는 것이 무엇인지 질문하는 법을 몰랐습니다. 우리는 자신이 어떤 조건도 없이 그냥 사랑할 수 있다는 것을, 우리가 원하는 것을 그냥 요청할 수 있다는 것을 알지 못합니다.

우리는 짝을 지을 누군가를 사로잡기 위하여
우리의 아름다움과 총명함, 매력을 이용합니다.
마치 동물을 사로잡듯이.
그런 다음 그가 새장 밖으로 나오려고 하면,
우리는 화를 냅니다.
이것은 나를 잘 돌보는 것이 아닙니다.
자기를 사랑하는 것도 아닙니다.
나는 남편이 자기가 원하는 것을 원하기를 원합니다.
그리고 나에게는 선택권이 없다는 것도 알고 있습니다.
이것이 자기 사랑입니다.
그는 그가 원하는 것을 하고, 나는 그것이 좋습니다.
그것이 바로 내가 원하는 것입니다.
현실과 싸우면 아프기 때문입니다.

그게 진실인가요?

이 책의 제목을 '사랑에 대한 보편적인 두 가지 주요 거짓말'이라고 할 수도 있습니다. 인정을 구하는 것에 관한 장에서 살펴본 하나의 거짓말은 이것입니다. "사람들의 호감을 얻어 나를 좋아하게 만들 필요가 있어." (또는 "나는 당신이 나를 사랑하고 인정하도록 만들 수 있어.") 이제 하나의 거짓말이 남았습니다. "당신이 나를 사랑한다면, 당신은 내가 원하는 것을 할 거야." 이 생각은 합리적으로 보입니다. 너무 합리적이어서 우리는 그 생각 위에 이 문명 전체를 건설했습니다. 이 생각이 어떻게 잘못일 수 있을까요? 잠시 멈추어 질문해 봅시다.

다음은 스스로 최대한 자세하게 탐구하려 했던 한 여성의 사례입니다. 글을 읽으면서 그녀의 '당신'에 당신의 '당신'을 대입해 보세요. 당신이 원하는 대로 하지 않는 사람, 그래서 당신을 사랑하지 않는다고 생각되는 사람을 대입해 보는 것입니다.

"당신이 나를 사랑한다면, 당신은 내가 원하는 것을 할 것이다" ― 그게 진실인가요?

진실 같아요.

당신은 그게 진실인지 확실히 알 수 있나요? 현실은 어떤가요?

아니, 그게 진실인지 확실하게 알지는 못해요. 그리고 현실은, 가끔 내가 원하는 것을 당신이 하지 않는다는 거예요.

"당신이 나를 사랑한다면, 당신은 내가 원하는 것을 할 것이다"라는 생각을 믿을 때 당신은 어떻게 반응하나요?

　당신이 나에게 해 준 모든 것과 내가 당신에게 해 준 모든 것을 교환 가치로 환산하여 평가해요. 당신이 내게 얼마나 많은 사랑을 주고 있는지 계산하기 위해, 마음속으로 우리의 관계에 관한 점수표를 만들어 기록해요. 불만스러운 태도로 당신에게 제시할 요구 목록을 만들어요. 그러면서 내 목록에 있는 요구 사항들을 들어줄 때만 당신을 사랑하겠다고 말하거나 그런 암시를 넌지시 전달해요. 그리고 나를 정말로 사랑한다면 당신이 어떻게 할 것인지를 나열하는 목록도 만들어요. 화를 내며 이 목록을 당신에게 보여 주거나, 아니면 당신이 나를 사랑하거나 존중하지 않는 증거로 삼아 마음속으로 이용해요. 당신이 그 사항들을 어기거나 들어주지 않으면, 나는 그것을 구실로 삼아 당신에게서 마음을 거두어들이고 멀어지죠. 잠자리를 거부해요. 당신에게 주려고 마음먹었던 것을 주지 않아요. 그리고 그 점에 대해 굉장한 부끄러움과 죄책감을 느끼며 나 자신을 미워해요. 폭식을 하고 줄담배를 피우고 폭음을 하기 시작해요. 당신의 부당함을 비난하는 것으로 나의 행동을 정당화해요. 외롭거나 공허감을 느낄 때는, 내가 원하는 것을 당신이 들어주었더라면 이런 식으로 느끼지 않았을 거라 생각하며 당신에게 화를 내요. 그러다가 대개는 당신이 나를 사랑하지 않는다는 생각으로 끝을 맺죠.

"당신이 나를 사랑한다면, 당신은 내가 원하는 것을 할 것이다"라는 생각이 없다면, 당신은 누구일까요? 그 생각이 바람처럼 내 마음을 스쳐 지나간 다면 어떻게 될까요?

점수를 매기지 않고 당신을 바라볼 거예요. 당신의 어떤 행동이 나에 대한 사랑을 의미하는지, 사랑하지 않음을 의미하는지 신경 쓰지 않을 거예요. 당신이 내가 원하는 대로 하지 않아도 괜찮을 거예요. 당신이 왜 그렇게 하지 않았는지 그리고 그 순간에 그것이 왜 당신에게 옳은지 이해할 거예요. 이해되지 않으면 당신에게 물어볼 수 있어요. 나 자신에 관한 일로 받아들이지 않을 거예요. 평온하고 행복할 거예요. 만일 당신이 해 주기를 원했지만 나 스스로도 할 수 있는 일이라면, 그냥 내가 할 거예요. "당신이 나를 사랑한다면, 당신은 내가 원하는 것을 할 것이다"라는 생각이 없다면, 나는 나 자신으로 돌아올 거예요. 내가 당신을 사랑한다는 것을 알아차리고 내 할 일을 할 거예요. 그것은 마치 내가 사랑하고 관심 갖는 당신 말고는 다른 당신이 내 삶에 존재하지 않는 것과 같을 거예요. 나는 훨씬 평온하고 행복한 사람일 거예요. 당신에게 감사할 거예요. 나 자신을 더욱 좋아할 거예요.

뒤바꿔 보세요.

"당신이 나를 사랑한다면, 당신은 내가 원하는 것을 하지 않을 것이다." 예, 이 말이 어째서 더 진실한지 알겠어요. 당신이 내가 원하는 대로 하지 않아서 내 삶이 실제로 더 좋았던 사례가 세 가지 있어요. 사례 하나, 내가 어떤 주식을 사려고 했을 때, 당신은 좋은 생각이 아니라고 말한 적이 있어요. 당신은 주장을 굽히지 않았고, 주가는 곤두박질을 쳤지요. 그리고 우리는 잃을 뻔 했던 돈으로 자동차를 샀어요. 내 의견을 들어주지 않아서 고마워요. 나는 우리 자가용을 정말 좋아해요. 사례 둘, 나는 친구들과 인도 식당에 갈 때 당신도 함께 가기를 원했는데, 당신은 분명하게 거절했어요. 나는 그것을 존중해요. 당신이 나를 위해 마지못해 따라가지 않은 것도 존중해요. 당신은 자극적인 음식을 먹지 않아 위를 보호했고 시간을 낭비하지 않았고 또 정직했어요. 사례 셋, 손주들을 보러 라스베이거스로 떠나면서 나는 당신이 함께 가기를 간절히 원했어요. 당신은 집에 남아 고독을 즐기고 싶다며 이 특별한 주말여행을 가지 않겠다고 했지요. 아들딸, 손주들과 보낸 그 주말은 몹시 소란스럽고 번잡했어요. 쌍둥이를 위한 쇼핑, 주방에서의 시끌벅적한 소음들, 끊임없이 터져 나오는 웃음, 음식, 음악……. 당신이 그 자리에 있지 않아서 다행이에요. 당신이 고독을 즐기며 독서를 하고, 일을 하고, 여유롭고 느긋하게 목욕을 하고, 아름다운 자신과 조용히 만나고, 우리가 함께 하며 즐기던 삶을 살았다는 생각을 하면 정말 기뻐요. 자신이 원하는 삶을 사는 당신을 존경해요. 우리 아이들도 그렇구요. 그 아이들은 당신의 한결같은 모습을 보며 많은 것을 배운답니다. 당신은 자신과 아이들과 나에게 관대하고, 어떤 일을 해야 할지 말아야 할지 알 때 단호하고, 나를 포함하여 누가 뭐라고 해도 그것을 고수하지요. 그런 모습이 좋아요.

다른 뒤바꾸기가 있나요?

"내가 나를 사랑한다면, 나는 내가 원하는 것을 할 것이다." 그래요. 나는 가끔 내면의 목소리를 들어요. 그 목소리는 내게 무엇이 좋은지 얘기해 주지만, 나는 그것을 무시하고 듣지 않아요. 심지어 두 번 세 번 반복되어도 그렇지요. 가끔은 내가 어떤 일을 해야 한다는 것을 알지만 하지 않아요. 때로는 아주 단순한 내면의 지시조차 따르지 않지요. 아이들의 목소리를 듣고 싶어 전화를 하고 싶지만, 간혹 전화를 미루는 바람에 전화할 때의 즐거움을 놓쳐 버리기도 하고요.

또 다른 뒤바꾸기가 있나요?

"내가 당신을 사랑한다면, 나는 당신이 원하는 것을 할 것이다." 예, 이제 알겠어요. 내가 당신을 사랑한다면, 나는 당신이 원하는 것을 할 거예요. 만일 그것이 나에게 진실하고 올바르게 느껴진다면 말이에요. 어렵지 않게 할 수 있는 일이라면 우리 둘이 동의하면 될 테고, 그처럼 단순하겠지요. 또 당신의 말을 귀 기울여 듣고, 당신이 나를 필요로 할 때 옆에 있어 주는 것은 전혀 힘든 일이 아니에요. 사실은 내가 원하는 바죠. 이기고 진다는 생각을 놓아 버리면, 내가 정말 주고 싶은 것을 당신에게 주는 것은 단순한 일이에요. 나는 혜택을 받는 사람이구요. 당신에게 주는 것이 곧 나에게 행복을 주는 것임을 깨달았어요. 그리고 당신이 원하는 것을 내가 줄 때—예를 들어, 재미없을 것 같아도 당신이 가고 싶은 곳에 함께 갈 때—당신과 나에 대해 많은 것을 발견해요. 당신의 삶에는 내가 발견하지 못한 것들이 아주 많아요. 내가 좋아하지 않을 거라고 미리 판단해 버려서 보지 못했던 것들 말이에요. 아마 내가 거절했던 것을 해 보고 그런 경험을 통해 새로운 면을 보는 건 무척 흥미로운 일일 거예요. 당신이 원하는 것을 내가 할 때 내 삶이 더욱 재미있어지는 경험을 할 때가 많아요. 열린 마음으로 당신의 말에 귀를 기울일 때 많은 것을 배우게 돼요.

"당신이 나를 사랑한다면, 당신은 내가 원하는 것을 하지 않을 것이다", "내가 나를 사랑한다면, 나는 내가 원하는 것을 할 것이다", "내가 나를 사랑한다면 나는 당신이 원하는 것을 할 것이다."―만일 이런 뒤바꾸기들이 모두 또는 어느 하나라도 사랑에 포함된다면, 그것은 당신에게 무엇을 알려줄까요? 당신은 기꺼이 '원함'으로부터 사랑을 분리시키고 자유를 경험하기 시작할 것입니다.

앞 장에서 보았던 도서관 사서와 남자의 이야기를 기억해 보세요. 그는 여자가 자동차 경주를 좋아하지 않으며 더 이상 자동차 경주를 관람하고 싶어 하지 않는다는 사실을 알고서 충격에 빠졌습니다. 만일 사랑은 그가 원하는 대로 그녀가 따르는 것과는 아무런 상관이 없다는 것을 그가 깨닫는다면, 어떻게 될까요? 그들의 삶은 앞으로 어떻게 될까요?

"나는 자동차 경주 보러 갈게요. 다음에 봐요. 끝나고 저녁 식사 함께 할래요?"

"고맙지만 안 되겠어요. 초대해 준 것은 고맙지만, 문학 공부 모임에 가야 하거든요."

"좋아요. 당신은 책하고 고양이와 함께 있을 때 행복해 보여요."

"당신도 행복해 보여요. 즐거운 시간 보내요. 나중에 봐요."

정직한 소통

누군가를 사랑하는 것, 그리고 당신이 바라는 대로 그 사람이 해 주기를 원하는 것의 차이를 안다고 해서 그것이 곧 당신이 원하는 것을 요청하면 안 된다는 뜻은 아닙니다. 당신은 요청할 수 있습니다. 다만, 당신은 그의 대답이 당신에 대한 그의 사랑과 아무런 관계가 없다는 것을 알고 있을 뿐입니다. 숨겨진 의도가 없을 때 훨씬 쉽게 요청할 수 있다는 것을 알게 될 것입니다. 그리고 그가 뭐라고 대답해도 당신에게 괜찮다는 것을 그가 깨달을 때, 두 사람의 관계는 놀랄 만큼 가까워질 것입니다.

연습 **정직한 거절**

정직한 소통은 자신과의 소통에서 시작됩니다. 이 말은 다른 사람이 당신의 대답에 어떻게 반응하느냐에 상관없이, 자신에게 진실하게 응답하는 것을 의미합니다. 우선 당신에게 진실한 것이 무엇인지 발견해야 합니다. 정직하지 않은 승낙은 당신 자신에게는 거절과 같습니다.

다음 연습을 해 보세요. 어떤 요청을 받고서 마음이 불편할 때 단순하게 거절하는 것을 상상해 보세요. 어떤 일이 일어날 것이라고 생각하는지 살펴보고, 일어나는 두려운 생각들을 적어 본 뒤, 그 생각들에 대해 질문해 보세요. 특히 "내가 거절하면, 그는 날 사랑하지 않을 거야" 또는 "내가 거절하면, 그녀는 내가 자기를 사랑하지 않는다고 생각할 거야"와 같은 생각들에 질문을 해 봅니다.

예를 들어, 비가 내리는 밤에 10대인 당신의 딸이 밤샘 파티에 가겠다며 차를 빌려 달라고 합니다. 딸은 오늘 밤 파티가 자기에게 정말 중요하며, 차를 빌려 주지 않으면 당신을 영원히 미워하겠다고 말합니다. 망설이는 동안 당신은 무슨 생각을 하나요? 다음 생각에 대해 탐구해 보세요. "내가 거절하면 이 아이는 나를 미워할 거야"—그게 진실인가요? 그 생각을 믿을 때 당신은 어떻게 반응하나요? 그 생각이 없다면, 당신은 누구일까요? 어떤 뒤바꾸기들이 있을까요?

혹은 친한 친구가 3주 동안 하와이로 여행을 떠나면서 당신의 좁은 아파트에 강아지를 맡아 달라고 부탁합니다. 혹은 애인이 잠자리를 함께 하기를 원하지만, 당신은 그럴 기분이 아닙니다. 짧은 순간이라도 시간을 내어 탐구해 보세요. 그들에게 거절을 하는 것이 당신 자신에게는 승낙일 수 있음을 깨달으세요. 그리고 당신이 거절할 때에도 조건 없는 사랑이 가능하다는 것을 알아차리세요.

사람들은 많은 것을 요청합니다. 요청을 받고서 자신의 정직한 대답은 거절이라는 것을 알게 되면, 그리고 동시에 당신이 그 사람을 사랑하고 있다면, 거절의 말을 하는 것은 간단합니다. 대답의 일부로는 거절을 하고, 다른 일부로는 당신의 사랑을 표현합니다. 이런 요청들에 대해 정직하게 거절하고, 그러면서도 당신이 그들의 말에 귀를 기울이고 있으며 그들의 요청을 존중하고 있음을 표현하는 방법들이 있습니다. 다음 예들 중에서 어떤 표현이 가장 자연스럽고 자신에게 진실하면서도 그들을 배려하는 말일지 찾아보세요. 그런 말들을 연습해 보고, 자신에게 정직한 것이 어떤 느낌인지 느껴 보세요.

요청해 줘서 고마워요. 그런데 안 되겠어요.

이해해요. 그런데 안 되겠어요.

당신 말이 맞을 수 있겠지요. 그런데 안 되겠어요.

돕고 싶어요. 그런데 안 되겠어요.

당신에게는 분명히 좋았나 봐요. 그런데 나는 원하지 않아요.

요청을 들어주고 싶어요. 그런데 안 되겠어요.

거절하기가 힘드네요. 저를 이해해 주세요. 지금은 안 되겠어요.

아직 잘 모르겠어요. 나중에 다시 물어봐 주세요.

그냥 요청하기

만일 당신이 분명하게 의사소통하는 사람이 아니라면, 당신이 원하는 것을 말하기만 하면 자신의 온 세상이 바뀔 것이라는 것을 깨닫지도 못한 채, 사랑받지 못하고 이해받지 못하는 삶을 살 수 있습니다.

당신이 원하지만 쉽사리 요청하지 못하는 것이 있다고 상상해 보세요. 당신은 배우자에게서 그것을 얻기를 원하고 있거나 그것을 얻지 못해서 그를 원망하고 있습니다. 또는 암시를 주거나 희생자처럼 보이게 만들어서 그의 마음을 움직이려 하고 있습니다. 또는 그에게 죄책감을 심어 주려 하고 있습니다. 그동안 당신은 줄곧 사랑받지 못한다고 느끼고 있습니다. 이제 당신이 원하는 것을 그냥 요청한다고 상상해 보세요. 그리고 일어날 수 있는 결과들에 대한 두려운 생각들을 적어 보세요. "올해의 추수감사절은 혼자 보내면서 요가 수련회에 참석하고 싶어. 만일 남편에게 이 말을 한다면, 그는 _____할 거야." "아내가 나를 좀 더 살갑게 대해 주면 좋겠어. 만일 아내에게 좀 더 많은 스킨십을 요청하면, 그녀는 _____할 거야." 이제 이러한 생

138

각들에게 질문을 해 보세요. "만일 내가 그녀에게 요청한다면, 그녀는 거절할 거야."—그게 진실인가요? 당신은 그게 진실인지 확실히 알 수 있나요? 그 생각을 믿을 때 당신은 어떻게 반응하나요? 그 생각이 없다면, 당신은 누구일까요? 뒤바꿔 보세요.

원하는 마음과 사랑을 분리해 보면, 그냥 요청하는 것이 훨씬 쉬워집니다. 하지만 당신이 스스로 요청해야 합니다. 사람들은 우리가 원하는 것을 미리 알지 못합니다. 그들은 언제나 그것을 알아맞히는 초능력자가 아닙니다.

그냥 요청해 보세요. 오늘 세 사람에게 뭔가를 요청해 보세요. 상냥하려 하지도 말고, 그 사람의 마음을 움직이려 하지도 말고, 너무 조심스러워 하지도 말고, 그냥 요청해 보세요. 어떤 변명도 하지 말고 그냥 분명하게 요청하세요. 이럴 때는 두려움과 안도감이 올라올 수 있습니다. 알아차리세요. 요청하지 않은 것을 얻지 못해서 원망하는 대신, 자신이 원하는 것을 솔직하게 요청한다면, 당신은 어떠할까요?

자기 자신에게 요청하기

원하는 것을 요청할 때, 다른 사람들이 당신의 요청을 항상 들어줄 수 있거나 들어줄 용의가 있는 것은 아니라는 점을 이해하는 것이 중요합니다. 그런 경우에는 또 다른 사람에게 요청하거나, 아니면 자기 자신에게 요청할 수도 있습니다. 당신이 원하는 것을 당신 자신에게 해 주세요. 모든 사람이 거절을 한다면, 남는 사람은 누구인가요? 당신이 기다려 온 사람은 분명히 당신 자신입니다.

아마 당신은 누군가가 당신에게 더욱 정직하기를, 당신과 얘기하기를 혹은 너무 많이 얘기하지 않기를, 당신의 친구가 되기를, 당신을 혼자 내버려두기를, 당신에게 언제나 너무 잘하려고만 하지 않기를 원할 것입니다. 이런 것들 가운데 어느 하나라도 당신이 자신에게 줄 수 있나요? 당신은 포옹을 원할 수도 있습니다. 포옹을 통해 당신이 얻는 것이 무엇일 거라고 생각하나요? 그것을 느껴 보고, 자신에게 그것을 주세요. 스스로 하는 것이 잘 되지 않는다면, 다른 사람에게 직접 요청해 보고, 만일 그 사람이 거절하는데도 여전히 포옹을 원한다면, 당신이 포옹을 받을 때까지 다른 사람에게, 또 다른 사람에게 요청해 보세요. 누가 당신을 막고 있나요? 당신 말고 또 누가 막나요?

당신은 자신이 정말로 요청하기를 원했던 것은 바로 사랑이라는 것을 알게 될 수도 있습니다. 그렇다면 사랑을 얻기 위해 다른 무엇을 교환하려는 충동을 알아차려 보세요. 만일 당신이 물물교환을 멈추고, 그 대신에 자신이 스스로 사랑을 느끼도록 허용한다면 어떤 일이 일어날까요? 예를 들어, 당신은 배우자에게 사랑받지 못한다고 느낍니다. 그는 당신에게 관심을 보이지 않는 것 같습니다. 갑자기 당신은 그에게 선물을 해 주거나 어떤 '너그러운' 행위를 해 주고 싶은 충동을 느낍니다. 더욱 주의 깊게 살펴보면, 아마 어떤 관심과 주목을 받기 위해 그 교환으로 선물을 주려 한다는 것을 알아차리게 될 것입니다.

그렇게 하는 대신, 스스로 자신에게 관심과 주목을 준다고 가정해 봅시다. 자연히 이것은 자신에게 고통을 일으키는 생각들에 질문하는 것을 의미합니다. 이 경우, 그 생각은 아마 "그는 나에게 관심이 없어. 이건 나를 사랑하지 않는다는 뜻이야"와 비슷할 것입니다. 그게 진실인가요? 당신은 그게 진실인지 확실히 알 수 있나요? 그 생각을 믿을 때 당신은 어떻게 반응하나요? 그 생각이 없다면, 당신은 누구일까요? 그 생각을 어떻게 뒤바꿀 수 있을까요?

탐구를 끝낸 뒤, 여전히 그에게 선물을 주고 싶어 하는지 보세요. 아마 그럴 수도 있겠지요. 하지만 그것은 어떤 것을 받기 위한 교환은 아닐 것입니다. 사랑과 물물교환을 구분하는 한 가지 방법이 있습니다. 사랑에서 우러나와 누군가에게 선물을 줄 때, 당신은 그 기쁨을 자기 자신에게 줍니다.

내가 결혼한 상대는 내면의 목소리입니다.

모든 결혼은 그 결혼의 은유입니다.

나의 연인은

정직한 승낙이나 거절이 나오는 근원인

내 안에 있습니다.

그것이 나의 진정한 배우자입니다.

그것은 언제나 그곳에 있습니다.

내면의 정직한 목소리가 거절하는데도 승낙하는 것은

그 배우자와 이혼하는 것입니다.

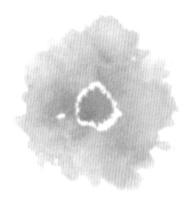

6
관계에 관한 작업

어떤 종류의 아픈 감정이나 불쾌함도 다른 사람이
그 원인일 수는 없습니다. 내 바깥에 있는 어느 누구도
나에게 상처를 줄 수 없습니다. 그럴 수는 없습니다.
내가 고통을 받는 것은 오로지
고통을 주는 생각을 믿을 때뿐입니다.

앞에서 보았듯이, 사랑에 대한 두 가지 기본적인 오해가 있습니다. 첫째는 사랑을 얻기 위해서는 다른 사람의 마음을 내가 원하는 대로 움직여야 한다는 생각이고, 둘째는 사랑은 당신이 원하는 것을 얻는 것과 관련되어 있다는 생각입니다. 조금만 탐구해 보면, 이런 생각들 중 어느 것도 자신에게 진실이 아니라는 것을 알게 될 것입니다. 이런 토대 위에 세워진 관계들이 어려움을 겪는 이유는 분명합니다. 그리고 자기 자신에게 진실할 때 우리는 어떻게 하면 행복한 관계를 가질 수 있는지를 쉽게 알 수 있습니다.

어떻게 하면 자신에게 진실할 수 있을까요? 당신의 가장 친밀한 관계는 자기 생각과의 관계라는 점을 기억하는 것이 첫 번째 단계입니다. 당신이 결혼한 지 20년이 되어 슬하에 여섯 명의 자녀가 있든, 아직 결혼 전이며 교제 중이든, 이혼을 했든, 실연을 했든, 혼자 살고 있든, 몇 가지가 복합적이든 이것은 마찬가지입니다. 마음이 열리지 않으면 가슴이 열릴 수 없습니다.

거실 저편에 아내가 앉아서 책을 읽고 있습니다. 당신은 그녀가 아름답다고 생각할 수도 있고, 혹은 그녀가 책을 읽는 대신 당신과 이야기를 나눠야 한다고 생각할 수도 있습니다. 그녀는 눈을 들어, 자기를 바라보고 있는 당신을 보고는 "뭘 보는 거죠?"라고 묻습니다. 그러면 당신은 마음속으로 그녀의 말에 담긴 의미가 무엇인지에 관한 이야기를 시작합니다. "내가 그녀를 신경 쓰이게 하고 있어", "그녀는 혼자 있고 싶어 해", "그녀는 내가 시간을 낭비하고 있다고 생각해." 만일 자신의 이런 생각을 믿는다면, 당신의 반응은 그녀와 아무런 상관이 없습니다. 당신은 단지 그녀의 생각을 짐작하는 자신의 생각에 반응하고 있을 뿐입니다.

자신의 생각들을 탐구로 만나면, 아내를 이해로 만나게 됩니다. 그녀와의 관계의 질을 결정하는 것은 그녀에 대한 당신의 생각이 아니라, 그녀에 대한 당신의 생각을 '믿는지' 여부입니다. "그녀는 나에게 관심을 기울여야 해"와 같은 진실하지 않은 생각, 문제를 일으키는 생각들이 초대받지 않았는데도 마음속에 떠오릅니다. 당신이 그것들을 생각하는 것도 아닙니다. 실은 그것들이 당신을 생각합니다. 그 생각들을 억누르거나 통제하려는 노력은 소용이 없습니다. 하지만 만일 그런 생각들에 질문하고 그것들을 이해하게 되면, 그 생각들은 더 이상 당신을 괴롭히지 못하게 됩니다. 그러면 당신은 지성적이며 친절하게 행동할 수 있게 됩니다. 한때 당신을 괴롭히던 생각이 떠오를 때 당신은 그 생각을 알아차리며, 그 생각들이 일어난 곳으로 평화롭게 돌아갈 때 당신은 그것들을 향해 미소를 지을 것입니다.

이 장에서 여러분은 다양한 관계의 어려움을 겪고 있는 사람들이 네 가지 질문과 뒤바꾸기를 이용하여 자신의 생각을 탐구하는 것을 보게 됩니다. 여기에 실린 글들은 워크숍에서 내가 질문하고 참석자들이 대답한 내용을 기록한 녹취록에서 발췌했습니다. 당신은 자신의 관계들

속에서 품고 있던 오해들 가운데 일부를 발견하고, 그 배후에 있는 생각들에 질문을 할 때 그것들이 어떻게 사라지는지를 보게 될 것입니다.

당신의 관계에서 무언가가 힘들게 하고 있는데 왜 그런지 이유가 분명하지 않으면, 그들처럼 작업해 볼 수 있습니다. 자리에 앉아서 생각들을 적어 보세요. 배우자에 대한 당신의 불만에 집중해 보세요. 관대하지 마세요. 오히려 당신이 발견하는 상대의 잘못들을 과장하세요. [373~376쪽]에 있는 양식을 이용하여, 당신이 어떻게 부당한 대접을 받았는지, 그들이 해야 할 것과 하지 말아야 할 것이 무엇인지, 당신이 그들에게 원하는 것과 필요로 하는 것이 무엇인지, 당신이 더 이상 참고 싶지 않은 것이 무엇인지 적어 보세요. 종이에 적은 뒤에는 당신이 믿는 생각들에 대해 질문해 보세요. 네 가지 질문을 하고 뒤바꿔 보세요.

여자친구는 나를 행복하게 해 주지 않아요.

나는 여자친구에게 화가 난다. 왜냐하면 그녀는 나를 행복하게 해 주지 않기 때문이다.

"그녀는 당신을 행복하게 해 주어야 한다"—그게 진실인가요?

나는 그것을 원해요.

그런데 그녀가 그래야 한다는 것을 당신은 확실히 알 수 있나요?

아니요.

그것이 고통을 만드는 방법입니다. 그 생각을 믿을 때 당신은

일단 우리의 생각들에 질문을 하기 시작하면,

살아 있든, 세상을 떠났든, 이혼했든

우리의 배우자는 언제나 우리의 가장 훌륭한 스승입니다.

당신 곁에 있는 사람에게는 아무런 잘못이 없습니다.

관계가 원만하든 그렇지 않든

그 사람은 당신의 완벽한 스승입니다.

탐구를 시작하게 되면 그 점을 분명히 알게 됩니다.

우주에는 결코 실수가 없습니다.

배우자가 화를 내고 있다면, 좋은 일입니다.

당신이 결점이라고 여기는 것들이 그에게 있다면,

좋은 일입니다. 왜냐하면

이런 결점들은 당신 자신의 것이기 때문입니다.

당신이 그것들을 투사하고 있습니다.

그것들을 종이에 적어 보고, 탐구하고, 자신을 해방시키세요.

사람들은 스승을 찾아 인도로 가지만

당신은 그럴 필요가 없습니다.

스승과 함께 살고 있기 때문입니다.

배우자는 당신의 자유를 위해 필요한 모든 것을 줄 것입니다.

어떻게 반응하나요?

음, 화가 나고, 자꾸 생각하게 되고, 그러다 보면 더욱 화가 나요.

그 생각을 믿을 때 당신은 여자친구를 어떻게 대하나요?

그녀에게 갑자기 짜증을 내요. 함부로 말해요. 가끔은 어린애처럼 징징댑니다. 그녀가 나에게 해 주는 것들을 하찮게 여깁니다. 고마워하지 않아요.

그녀가 당신을 행복하게 해 주어야 한다는 생각이 없다면, 당신은 누구일까요?

그녀에게 의존하지 않고 자유로울 거예요.

그리고 행복할까요?

적어도 지금보다는 행복하겠죠.

예, 그럴 것 같네요. "그녀는 나를 행복하게 해 주어야 한다"—뒤바꿔 보세요.

나는 나를 행복하게 해 주어야 한다.

이제 당신을 행복하게 해 줄 수 있는 구체적인 방법을 세 가지만 얘기해 보세요. 아마 당신이 자신에게 주지 않고 있을, 그리고 그것들을 주지 않는다고 그녀를 비난하고 있을 세 가지를요.

좋아요. 나는 친구들과 야구장에 더 자주 가겠다. 아무런 죄책감 없이 더 많은 스포츠 경기를 텔레비전으로 보겠다. 그리고 그녀가 언니 부부와 저녁 식사를 함께 할 때마다 나도 참석해야 한다고 느끼지 않겠다.

좋습니다. 이런 것들을 위해 누군가를 기다릴 필요는 없어요. 당신이 자신에게 해 주면 됩니다. 당신은 자신의 행복을 스스로 책임지고 그녀에게는 쉴 시간을 줄 수 있습니다. 그렇게 할 수 있는 한 가지 방법은 당신의 생각을 계속해서 조사하고, 자신의 삶은 그녀의 잘못 때문이라는 믿음으로부터 자신을 해방시키는 거예요. 진정한 행복은 그곳에서, 내면에서 발견됩니다. 그러면 당신은 아무것도 필요하지 않게 됩니다. 또 하나의 뒤바꾸기가 있군요.

나는 내 여자친구를 행복하게 해 주어야 한다.

예, 당신 자신을 위해서, 왜냐하면 그것이 당신의 철학이니까요. 물론 당신은 그녀를 행복하게 '만들' 수는 없습니다. 당신은 누구도 행복하게 만들 수 없어요. 그것은 가망 없는 일이에요. 하지만 당신은 그녀에게 꽃을 선물할 수 있고, 친절하게 대할 수 있고, 너그럽게 대할 수 있으며, 당신의 불행이 그녀 때문이라고 생각할 때 그런 자신을 바라볼 수 있습니다. 당신 자신의 삶에서 원하는 것을 그녀에게 줄 수도 있겠지요. 이렇게 주면 당신에게 행복이 찾아올 텐데, 그것은 당신이 그녀에게 받기를 원하던 바로 그것입니다. 만일 내가 아침에 남편에게 커피 한 잔을 주고 싶다면, 나는 커피를 타서 남편에게 가져가 그 앞에 내려놓습니다. 만일 남편이 커피를 원하지 않으면, 나는 남편에게 커피가 필요하지 않다는 것을 알게됩니다. 나는 커피를 만들면서 즐거운 시간을 보냈고, 그 시간은 오직 나 자신을 위한 것이었습니다. 그리고 남편이 커피를 원하든 원하지 않든 "고마워요"라고 말하면, 나는 남편이 무엇 때문에 내게 고마워하는지 의아해 합니다. 나는 나 자신을 위해, 남편에 대한 나의 사랑을 표현하기 위해 그이에게 커피를 갖다 주니까요. 우리가 이해하기만 하면, 삶은 경이로운 꿈입니다.

아내의 요구

아내는 내게 너무 많은 요구를 한다.

그게 진실인가요? 속으로는 거절하면서 겉으로는 승낙하는 거짓된 삶을 사는 사람은 누구인가요? 아내는 어떻게 해서 자신이 요구하는 것들을 당신이 하도록 만드나요?

아내의 요구에 응해야 한다고 느낍니다.

달리 말하면, 당신은 그녀에게 승낙합니다. 당신은 거짓말을 하고, 그녀에게 주고 싶지 않은 것을 줍니다. 그러면서 자신에게 상처를 줍니다. 그리고는 그것이 아내의 잘못이라고 말합니다. 만일 당신이 아내에게 정직하다면, 아내에게 이렇게 말할 수도 있습니다. "여보, 당신을 위해 그렇게 하고 싶기를 원해요. 하지만 진실은, 내가 아직 그렇게 하고 싶지 않다는 거예요. 앞으로도 그럴지 몰라요. 나도 노력하고 있어요." 또는 "나는 그렇게 하고 싶지 않아요. 우리 머리를 맞대고 다른 해결책이 있는지 찾아볼까요?" 정직하고 친절하게 거절하는 방법은 너무나 많습니다. 하지만 당신은 아내에게서 뭔가를 필요로 한다고 믿기 때문에 승낙하고, 아내가 당신에게 그것을 주지 않을까 봐 두려워하기 때문에 그렇게 합니다. 에고들은 사랑하지 않습니다. 무엇인가를 원할 뿐입니다. 마음속으로는 거절하면서 겉으로 승낙할 때 당신은 자신에게, 아내에게 거짓말을 하고 있습니다. 당신은 아내에게 받고 싶은 것을 받기 위해 거짓말을 합니다. 그러면 누가 더 요구하는 사람인가요? 아내인가요, 당신인가요?

알겠어요. 나는 정말로 그녀가 인정해 주기를 요구합니다.

아내는 하루에 백 번이라도 요구할 수 있습니다. 그리고 당신은 "당신을 사랑하지만, 그러고 싶지 않아요"라고 말할 수 있습니다. 만일 아내가 "당신이 그렇게 하지 않으면, 당신을 떠나겠어요"라고 말하면, 당신은 "이해해요"라고 말할 수 있습니다. 그리고 무슨 일이 일어나는지 기다리며 지켜보세요. 아내가 떠날까요? 그대로 남을까요? 하지만 만일 당신이 속으로는 거절하면서 겉으로 승낙을 한다면, 당신은 자신의 정직함을 잃게 되고 자기 자신을 잃게 됩니다. 당신이 늘 함께 살고 있는 사람은 자기 자신 입니다. 만일 당신이 아내에게 승낙하지만 그것이 거짓말이라면, 당신은 자기 자신을 잃게 되고, 결국 아내도 잃게 될 것입니다. 내 전남편은 내게 원하는 게 있으면 어떤 것이라도 요구할 수 있었 어요. 그런데 그 요구를 들어주고 싶지 않을 때면 나는 진실을 말 했습니다. 예를 들어, 나는 이렇게 말합니다. "당신을 사랑해요. 그런데 그렇게 할 수가 없어요." 그렇게 하면 나 자신에게 정직하 지 않은 것이라는 얘기는 말할 필요가 없었습니다. 종종 남편이 고함을 치고 악담을 퍼부으며 나를 떠나겠다고 위협하면, 나는 "이해해요"라고 말합니다. 그러면 남편은 "당신 후회할 거야"라 고 말하고, 나는 "당신이 옳을 수도 있어요. 당신을 사랑해요. 그 런데 나는 당신이 요구하는 것을 들어줄 수 없어요"라고 말합니 다. 그런데 만일 내가 속으로는 거절하면서 겉으로 승낙을 했다 면, 나는 다시 나 자신을 잃었을 거예요. 내가 함께 사는 사람은 나 자신입니다. 만일 내가 그에게 승낙했지만 그것이 거짓이었다 면, 나는 나 자신과의 결혼을 잃었을 거예요. 그리고 남편은 아내 라는 껍데기와 살고 있었겠지요.

아내는 나에게 받고 싶은 것을 기대하거나 희망하고 또 그런 마음을 표 현하지만, 나는 아내가 나를 사랑하고 좋게 보아 주기를 원하기 때문에 아내가 기대하는 것들을 들어주었어요. 내가 그렇게 하지 않으면 아내는 나를 떠날지도 몰라요. 나에겐 너무나 두려운 일이에요.

예, 하지만 당신은 어쨌든 아내를 잃고 있습니다. 당신은 환상과 함께 살고 있으니까요. 당신은 자기 마음속의 괴물과 함께 살고 있습니다. 그녀가 원하는 대로 다 들어주지 않으면 당신을 떠나 버릴 괴물······. 당신은 아직 아내를 만난 적도 없어요. 아내를 어떤 사람이라고 보는 자신의 이야기와 함께 살고 있을 뿐이지요. 당신을 두렵게 만드는 것은 아내가 아니라 그 이야기입니다.

남편은 우리의 관계를 개선하는 데 관심이 없어요.

나는 남편에게 화가 난다. 왜냐하면 남편은 우리의 관계를 개선하는 데 관심이 없기 때문이다.

남편은 당신의 관계에 대해 관심을 가져야 한다, 그런데 그는 관심이 없다—이 말이 당신에게 사랑처럼 들리나요? 남편이 당신에게 언제나 모든 면에서 관심을 가져야 한다는 생각을 믿을 때, 당신은 그를 어떻게 대하나요?

남편을 무시해요. 남편을 비난해요.

당신이 사랑하는 사람을 무시하고 비난할 때, 마음속에서는 어떻게 느껴지나요?

가슴이 아파요. 괴로워요.

그 생각을 믿을 때, 당신은 지옥으로 들어갑니다. 남편이 당신에게 관심을 가져야 한다는 생각이 없다면, 남편 앞에 있을 때 당신은 누구일까요?

그이에게 관심을 가질 거예요.

예. 당신은 남편의 사랑을 얻으려고 애쓰고 있는데, 실은 당신이 이미 사랑 자체입니다.

그이에게 사랑을 요구하면 늘 상처를 받아요. 사랑이 실제로 그이에게서 나오는 건 아니니까요.

예, 스윗하트. "나는 남편에게 화가 난다. 왜냐하면 남편은 우리의 관계를 개선하는 데 관심이 없기 때문이다."—뒤바꿔 보세요.

나는 나에게 화가 난다. 왜냐하면 나는 나 자신과의 관계를 개선하는 데 관심이 없기 때문이다.

예. 당신이 마음속에서 남편에게 누구는 사랑해야 하고 누구는 사랑하지 말아야 한다고 지시하며 남편의 일에 관여하고 있을 때, 당신은 분리감과 외로움을 느낍니다. 다른 뒤바꾸기가 있나요?

나는 나에게 화가 난다. 왜냐하면 나는 남편과의 관계를 개선하는 데 관심이 없기 때문이다. 이 말도 가끔은 진실입니다. 나의 삶을 편안하게

156

만드는 데만 관심을 기울일 때는요.

예. 당신은 "남편이 나와의 관계를 개선하는 데 관심을 가지면, 나도 남편과의 관계를 개선할 거야"라고 생각합니다. 하지만 그런 일은 결코 일어나지 않습니다. 이제 집에 가서 이렇게 얘기하고 싶을 수도 있습니다. "여보, 오늘 재미있는 발견을 했어요. 난 당신이 우리의 관계를 개선하는 데 관심을 갖지 않아서 아주 좋아요. 나도 관심이 없다는 것을 이제 막 알았거든요."

맞아요! 정말 재미있네요!

그리고 남편에게 나머지 말을 하고 싶어질지도 모릅니다. "나는 당신에게 관심이 없다는 것을 알았어요. 내 삶을 편안하게 만드는 데만 관심이 있었죠."

예.

당신이 남편을 어떻게 생각하든 그 모든 것은 당신 자신입니다. 그는 당신의 이야기입니다. 이제까지 당신은 그를 진정으로 만난 적이 없습니다.

어떤 종류의 아픈 감정이나 불쾌함도
다른 사람이 그 원인일 수는 없습니다.
내 바깥에 있는 어느 누구도 나에게 상처를 줄 수 없습니다.
그럴 수는 없습니다.
내가 고통을 받는 것은
오로지 고통을 주는 생각을 믿을 때뿐입니다.
나의 생각을 믿음으로써 나에게 상처를 주는 사람은
바로 나 자신입니다.
이것은 아주 좋은 소식입니다.
상처를 받지 않기 위해 다른 사람을 멈출 필요가 없기 때문입니다.
나에게 상처 주기를 멈출 수 있는 사람은 바로 나 자신입니다.
나에게는 그렇게 할 수 있는 힘이 있습니다.
탐구를 통해 우리가 하고 있는 것은 결국
몇 가지 단순한 이해를 통해 우리의 생각을 만나는 것입니다.
아픔, 분노, 좌절은 지금이 탐구할 때라는 것을 알려줍니다.
우리는 자신의 생각을 믿거나, 아니면 그 생각들에 질문을 합니다.
다른 선택은 없습니다.
우리의 생각들에 질문을 하는 것은 더 친절한 길입니다.
탐구는 언제나 우리를 더욱 사랑하는 사람으로 존재하게 합니다.

남편이 너무 많은 잠자리를 원해요.

남편은 성적인 요구를 너무 많이 한다.

그게 진실인가요? 남편이 무엇을 요구하나요?

음, 정확히 말하자면, 남편이 분명히 요구하는 건 아니에요. 잠자리를 같이하고 싶다고 말하죠.

그렇다면 남편이 성적인 요구를 너무 많이 한다는 것은 진실이 아니군요. 재미있네요. 그런데 남편이 너무 많이 요구한다고 생각할 때 당신은 어떻게 반응하나요?

예전에는 대개 압박감을 느끼고, 내가 원하든 원하지 않든 남편을 기쁘게 하기 위해 승낙을 했어요. 요즘은 대부분 거절해요.

실제로 요구하는 것은 아닌데도 남편이 요구한다고 믿을 때, 당신은 남편을 어떻게 대하나요? 남편이 이런 화제를 꺼낼 때 그의 의도를 알아내려고 애쓸 때면 고문 받는 거나 마찬가지일 것 같군요.

남편을 의심해요. 남편이 내게 잘 대해 주면, 남편이 분위기를 잡기 위해 그러는 거라고 생각하게 되죠. 그러면 오히려 긴장이 되고 그럴 기분이 전혀 나지 않아요. 남편이 교묘하게 내 마음을 움직이려 하는 사람으로 보이고, 자기에게만 관심 있고 내 기분에는 관심이 없다고 생각하게 돼요. 그러면 화가 나서 더 세게 남편을 뿌리치게 됩니다.

당신이 왜 긴장을 하고 흥미를 잃어버리는지 알겠어요. 이기적으로 보이는 남자와 잠자리를 같이하고 싶은 여자가 어디 있을까요? 남편이 너무 많이 요구한다는 생각이 없다면, 당신은 누구일까요?

남편이 원할 때 정직하게 승낙하거나 거절할 수 있을 거예요. 남편이 항상 잠자리를 요구한다고 상상하지 않을 거예요. 내가 거절해서 남편이 심술을 부리더라도 그것은 나와 아무런 상관이 없을 거예요. 내가 할 일은 오로지 그 순간 그 심술 난 남자와 잠자리를 같이하고 싶은지 나 자신에게 물어보는 것뿐이겠죠. 남편은 내가 심술부리는 남자와 만족해 하는 남자 가운데 누구와 더 잠자리를 같이하고 싶은지 알아차릴 수 있을 거예요. 지금으로서는 우리가 더 자주 잠자리를 같이해도 좋을 것 같다는 느낌이 드네요.

예. 그리고 당신은 남편을 자신이 원하는 것을 정직하게 얘기하는 사람으로 볼 수도 있겠지요. 당신을 정말 사랑하는 사람으로 볼 수도 있구요. 당신이 남편을 어떻게 대하는지 보세요. 그런데도 남편은 여전히 당신과 친밀하기를 원합니다. "남편은 성적인 요구를 너무 많이 한다"— 뒤바꿔 보세요.

나는 성적인 요구를 너무 많이 한다. 나는 잠자리를 같이하지 않기를 자주 요구해요. 그리고 남편의 성생활을 통제하죠, 정말로. 남편이 내 마음을 읽고서 내가 원할 때만 잠자리를 요청해야 한다고 생각할 때, 바로 내가 거창한 성적 요구를 하고 있었네요.

그녀는 내게 조건 없는 사랑을 주려 하지 않아요.

나는 슬프다. 아내는 내게 조건 없는 사랑을 주지 않기 때문이다.

"아내는 내게 조건 없는 사랑을 주어야 한다"—그게 진실인가요?

예.

당신은 그게 진실인지 확실히 알 수 있나요?

음, 절대적으로 확실히 알 수는 없는 것 같아요.

예, 그래요. "해야 한다(should)"는 과거나 미래의 이야기입니다. 그리고 지금 실제로 있는 현실과 다투는 것은 가망 없는 일입니다. 그 생각을 믿을 때 당신은 어떻게 반응하나요?

슬퍼지고, 아내에게 실망하고, 때로는 화가 납니다. 아내에게서 마음을 거두어들입니다. 기분이 우울해지고, 내가 더 나은 대접을 받아야 한다고 생각합니다. 나 자신이 불쌍하게 느껴집니다. 가끔 결혼을 잘못했다는 생각까지 듭니다.

예, 이상적인 아내에 대한 당신의 꿈을 그녀가 입증해 주지 않으니까요. 아내가 당신에게 조건 없는 사랑을 주어야 한다는 생각을 믿지 않는다면, 당신은 누구일까요? 그 생각을 다시는 믿지 않는다면, 아내 앞에 있는 당신은 누구일까요?

아내에게 조건 없는 사랑을 기대하지 않는 사람이겠지요.

내가 지금 듣고 있는 이야기는, 아내가 당신을 아무리 조건적으로 사랑할지라도 당신은 그녀를 조건 없이 사랑할 것이라는 말입니다. 아내가 당신에게 조건 없는 사랑을 주어야 한다고 믿는 한, 당신은 지금 함께 살고 있는 아내에 대해 얘기하고 있는 것이 아닙니다. 당신은 상상 속의 아내에 대해 얘기하고 있습니다. 그리고 함께 살고 있는 아내에게 당신의 조건 없는 사랑을 주지 않고 있습니다. 뒤바꿔 보세요.

나는 슬프다. 왜냐하면 나는 아내에게 조건 없는 사랑을 주지 않기 때문이다. 하지만 나는 정말로 아내를 조건 없이 사랑합니다. 나는 사람들이 배우자를 조건 없이 사랑해야 한다고 믿습니다. 결혼할 때 그렇게 약속했고 또 그렇게 하고 있습니다.

조금 더 깊이 살펴볼까요? 당신이 아내에게 조건 없는 사랑을 주지 않는 경우를 세 가지만 찾아보세요. 앞에서 당신이 아내에게 화를 내고 마음을 거두어들인다고 했는데, 그럴 때는 많이 사랑하는 것처럼 들리지 않는군요.

음, 맞습니다. 그럴 때는 아내를 그다지 사랑하는 것 같지 않아요. 좋아요. 아내가 나를 조건 없이 사랑하지 않는다는 생각이 들 때는 나도 그녀를 조건 없이 사랑하지 않는다는 것이 진실인 것 같아요. 화가 나서 가슴을 닫아 버리죠. 맞는 말이에요.

아내를 조건 없이 사랑하지 않는 다른 경우가 있나요?

우리는 돈 때문에 가끔 다툽니다. 며칠 전, 나는 새 보트를 사고 싶었는데 아내는 그럴 만한 형편이 안 된다며 반대했어요. 그 말을 듣고 화가 났죠. 사실은 아내의 말이 맞아요. 그런데 나는 마치 그 말이 사실이 아닌 양 행동하며 아내를 차갑고 거칠게 대했어요. 정말 가슴이 아프네요.

음, 스윗하트, 오늘 저녁 집에 돌아가면, 아내의 말이 옳다고 인정해 주세요. 당신이 지금 느끼는 대로 가슴 깊이 사과하세요. 그리고 어떻게 하면 이 일을 바로잡을 수 있을지 아내에게 물어보세요. 아내가 하는 말을 정말로 귀 기울여 들으세요. 당신의 입장을 방어하려 하지 말고……. 만일 당신이 자신의 삶에서 원하는 이 조건 없는 사랑에 대해 진지하다면, 아내는 당신이 진정으로 가기를 원하는 곳으로 당신을 데려갈 것입니다. 겸손은 굴복의 반대입니다. 겸손할수록 우리는 자신의 진정한 힘 속으로 더욱 들어가게 됩니다. 다른 예를 하나 더 찾아볼 수 있나요?

예. 나는 아내가 너무 살이 쪄서 다른 여자들처럼 매력적이지 않다고 구박합니다. 정말 웃기는 건, 실은 내가 그런 것에 관심조차 없다는 거예요. 나는 아내를 정말로 사랑합니다. 아내는 내 눈에 아름다워 보입니다. 그런데도 나는 아내가 먹는 음식에 대해 잔소리를 하고 비판합니다. 가만히 보니, 나 자신에 대해서도 그런 식으로 보는 것 같네요. 이것이 또 하나의 뒤바꾸기인 것 같아요. "나는 나 자신을 조건 없이 사랑해야 한다." 그렇게 하지 않을 때가 많아요.

자신을 조건 없이 사랑하지 않는 경우를 세 가지 찾을 수 있나요?

과식을 할 때는 나 자신을 몹시 잔인한 시선으로 바라봅니다. 자기혐오를 이용하여 식욕을 억제하려는 것이죠. 그다지 효과는 없습니다. 간혹 내가 실수했다고 생각할 때도 나 자신을 혐오스러워 합니다. 뭔가를 잊고 기억하지 못할 때도 지독하게 자책합니다.

예, 허니. 당신이 자기 자신에게 가하는 폭력을 느껴 보세요. 그리고 아내를 현실에서는 존재하지 않는 이상적인 아내, 어떤 결혼에서도 존재할 수 없는 어떤 사람과 비교하면서 자신에게 가하는 고통을 바라보세요. 그것은 자신에게 사랑을 주는 것이 아닙니다. 알다시피, 아내에게도 사랑을 주는 것이 아니구요. 그리고 스윗하트, 사랑은 오직 이 순간에만 있습니다. 영원한 게 아니에요. 우리는 영원히 조건적으로 사랑하지도 않고, 영원히 조건 없이 사랑하지도 않습니다. 사랑은 계속 변합니다. "사랑해", "사랑하지 않아", "사랑해", "사랑해", "사랑하지 않아." 당신이 사랑하지 않을 때, 사랑을 방해하는 것은 언제나 당신 자신일 거예요. 아내가 아니에요. 믿어도 돼요. 그러니 자리에 앉아서 탐구를 하고, 자신의 대답을 만나 보고, 자신의 사랑스럽고 천진한 자아를 만나 보세요. 당신을 불행하게 만드는 것은 결코 당신의 바깥에 있는 어떤 것이나 어떤 상황, 어떤 사람일 수가 없어요. 오로지 그 상황과 그 사람에 대한 당신의 조사되지 않은 생각만이 그렇게 할 수 있지요. 여기에는 예외가 없습니다.

남편은 나를 이해해야 해요.

남편은 나를 이해해야 한다.

"남편은 나를 이해해야 한다"—그게 진실인가요?

예.

당신이 정말 필요로 하는 것이 그것인가요? 그것이 당신에게 최선인지 당신은 확실히 알 수 있나요?

음, 확실히는…… 아닌 것 같아요.

지금 당신에게 무엇이 최선인지를 아는 사람은 누구일까요? 꽃이 제때에 앞서 피어나나요? 그것은 불가능해요, 그렇지 않나요? 우리는 보살피고, 햇빛을 쬐어 주고, 물을 줄 수 있습니다. 그리고 피어날 때가 되면 꽃은 피어납니다. 제때에 맞추어서요. 당신은 남편이 이해해야 한다는 생각을 믿지만 남편이 그렇게 하지 않을 때, 당신은 남편을 어떻게 대하나요?

　몹시 화가 나고 기분이 상해요. 남편에게서 마음을 거두어들이죠. 남편을 비난하게 돼요.

　예, 그 생각을 믿을 때, 당신은 남편을 이해하고 있지 않습니다! 그리고 당신은 몰이해를 가르치는 선생님이 됩니다. 남편이 당신을 이해해야 한다는 생각이 없다면, 당신은 누구일까요?

　남편과 행복하게 지낼 거예요.

　예, 그래요. 당신은 남편을 이해할 거예요. 당신은 이해를 보여주는 살아 있는 본보기일 거예요. 당신이 남편에게 원하는 것은 그것입니다. 내가 누군가의 사랑과 인정, 칭찬을 받으려고 한다면, 어떻게 내가 그를 이해할 수 있을까요? 그것은 남편에게도 친절하지 않고, 나 자신에게도 친절하지 않은 일입니다. 나는 사랑과 인정을 받으려 하기보다는 자유롭기를 원합니다. 그 자유 안에서 무슨 일이 일어나는지 보기를 원합니다. 그냥 그와 함께 하며, 그 순간의 그를 있는 그대로 받아들이며…… 내가 무엇을 배우게 될지 누가 알겠어요? 그리고 자신이 이해하는 사람을 사랑하고 좋아하지 않을 사람이 어디 있을까요? "남편은 나를 이해해야 한다"—뒤바꿔 보세요.

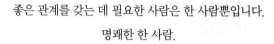

좋은 관계를 갖는 데 필요한 사람은 한 사람뿐입니다.
명쾌한 한 사람.

나는 남편을 이해해야 한다.

예. 당신은 남편이 이해하지 않는다는 것을 이해할 필요가 있습니다. 당신은 마음속에서 남편에게 그의 삶을 돌려줍니다. 그러면 남편은 그것을 경험하게 되고, 그럴 때 그 경험은 둘 사이에 분리감 없이 흐르는 감미로운 공간 안에서 다시 당신에게 돌아옵니다. 현실은 그렇지 않은데 "남편은 나를 이해해야 한다"는 생각을 믿는다면, 그것은 불행의 비결입니다. 남편에게 당신을 이해시키기 위해 온갖 노력을 다할 수 있겠지만, 결국 남편은 자신이 이해하는 것만을 이해할 것입니다.

여자친구는 나를 떠나지 말아야 해요.

나는 슬프다. 왜냐하면 여자친구가 나를 떠날지 모르기 때문이다.

"그녀는 나를 떠나지 말아야 한다"—그게 진실인지 확실히 알 수 있나요? 그녀가 당신을 떠나는 것이 좋은 일이 아니며, 그녀 없이는 더 나은 삶을 살지 못하리라는 것을 확실히 알 수 있나요?

아뇨, 확실히 알 수는 없어요. 하지만 그녀가 떠난다는 것은 상상만으로도 너무 힘들어요.

"그녀는 나를 떠나지 말아야 한다"는 생각을 믿을 때, 당신은 어떻게 반응하나요?

　불안해요. 비참해요.

　버림받은 느낌인가요? 그녀가 당신을 떠날지도 모른다는 생각을 믿을 때, 당신은 어떻게 반응하나요? 불안하고 비참하게 느낄 때, 당신은 여자친구를 어떻게 대하나요?

　그녀에게 집착하고 퉁명스럽게 대해요. 언제나 그녀를 감시하죠. 그녀가 나를 떠나게 만드는 행동들만 정확히 골라서 해요.

　예. 당신의 무지함이 보이기 시작하나요? 방법을 알면 우리는 모두 변할 거예요. 그런데 당신은 방법을 모르죠. 그래서 에고는 더 큰 계획을 세우지만, 그것도 효과가 없습니다. 그것은 모두 자신을 속이는 거예요. 오직 정직만이 효과가 있습니다. 그녀의 '그 사람'이 되기 위해 노력할 때, 당신은 그녀와 어떻게 지내나요? 그럴 기분이 아닌데도 미소를 짓나요? 속으로는 거절하면서도 겉으로는 승낙하나요?

　줄 것이 없다고 느낄 때도 뭔가를 줍니다.

　예, 이 생각을 믿을 때 당신은 그렇게 반응합니다. 당신은 자기의 삶을 살지 못하고, 그녀의 인정을 얻기 위해 노력하느라 자기 자신을 잃어버리죠. 사람들은 사람에게 집착하지 않아요. 사실은 자신의 믿음들에 집착하죠. 그녀가 당신을 떠나면 안 된다는 생각이 없다면, 당신은 누구일까요?

훨씬 평온할 거예요. 그렇게 많이 걱정하지도 않을 거구요.

"그녀가 나를 떠날까 봐 슬프다"—뒤바꿔 보세요.

내가 나를 떠날까 봐 슬프다.

당신이 마음속으로 자신의 일을 벗어나 그녀의 일 속으로 들어갈 때, 그리고 "그녀는 나를 떠날 것이다"라는 생각 속으로 들어갈 때, 당신은 자신을 떠나게 됩니다. 당신이 누군가와 함께 사는 것은 누구의 일인가요?

나의 일입니다.

그녀가 누군가와 함께 사는 것은 누구의 일인가요?

그녀의 일입니다.

예, 그래요. 당신의 여자친구가 당신을 떠나서는 안 된다는 생각을 믿는 것은 "당신은 원하지 않더라도 나와 함께 해야 해. 나는 당신에게 좋은 일이 무엇인지는 아무런 관심이 없어. 그런데 말이지, 당신을 사랑해"라고 말하는 것과 같습니다. 이 말이 제게는 사

170

랑처럼 느껴지지 않는군요. 여자친구가 당신 곁에 머무르고 싶어해야 한다는 믿음이 없다면, 당신을 떠나려는 그녀의 계획을 온전히 받아들일 수도 있겠지요.

그건 너무 어려운 일 같아요.

그게 진실인가요? 그녀가 머물러야 한다는 생각이 없다면, 당신은 누구일까요? 정말 그 자리에 갈 수 있는지 한번 보세요.

그녀가 내 곁에 머물러야 한다는 생각에 갇혀 있지 않으면 마음이 편안해질 거예요. 내 삶에서 숨 쉴 공간이 더욱 넓어지겠죠. 그리고 여러 가지 가능성들에 마음을 열 수 있을 거예요.

"그녀는 내 곁에 머물러야 한다"는 생각 없이 그녀를 바라볼 때, 당신은 누구일까요?

그녀가 행복하면 나도 정말 행복하다는 것을 알게 될 거예요. 그녀가 떠나기를 원한다면 그래야 하겠지요. 나는 괜찮을 거예요.

예, 그래요. 다른 뒤바꾸기가 있나요?

나는 내가 그녀를 떠날까 봐 슬프다. 그녀가 나를 떠나지 말아야 한다고 생각할 때, 나는 마음속에서 그녀를 떠나고 있어요.

당신이 생각하는 대로만 그녀가 살아야 한다고 생각할 때, 당신은 그녀를 떠납니다. 당신은 진정한 그녀를 떠나고, 대신에 언제라도 당신을 떠날 수 있는 무서운 여자와 함께 살게 됩니다. 또 하나의 뒤바꾸기가 있군요, 찾을 수 있나요?

음…… 나는 그녀가 나를 떠날까 봐 행복하다? 이것조차도 진실일 수 있어요.

자기 자신을 발견하게 되니까요. 당신은 그녀가 아니라 자기 자신에게 초점을 맞추게 됩니다. 그리고 모든 괴로움의 원인인 자신의 생각에 초점을 맞추게 됩니다.

혼자가 된다고 생각할 때마다 항상 슬퍼지고 두려웠어요.

우리의 생각을 조사하여 진실을 알게 되면, 연인이 있든 없든 우리는 결코 다시 외롭지 않게 됩니다.

나는 사랑스럽지 않아요.

다른 사람들은 귀엽고 너그럽고, 재미있거나 용감하고 강하다. 나는 그렇지 않다. 나는 사랑스럽지 않다. 그래서 나는 정말 불행하다.

스윗하트, 진실을 알고 싶나요?

예.

"나는 사랑스럽지 않다"—그게 진실인가요?

그렇게 생각해요. 나를 정말로 사랑한 사람은 아무도 없었어요. 심지어 어머니도요. 어머니는 내가 어렸을 때 한 번도 안아 주지 않았어요. 언제나 나에게 소리치기만 했고 일하러 나가시느라 바빴죠.

어머니는 항상 일하러 나가시느라 바빴습니다. 그런데 그것이 어머니가 당신을 사랑하지 않았다는 의미인가요? 그게 진실인가요?

어머니가 너무 피곤하셔서 우리를 안아 주거나 많은 대화를 나누지 못했는지도 모르겠네요. 그랬던 것 같아요. 어머니는 나와 남동생을 혼자 힘으로 키우셨죠.

그것은 사랑이 아닌가요?

사랑일 수도 있겠네요.

"나는 사랑스럽지 않다"—당신은 그게 진실인지 확실히 알 수 있나요?

아뇨, 그렇지는 않아요. 하지만 여전히 그렇게 느껴져요.

물론 당신은 그렇게 느낍니다. 그 생각을 믿고 있으니까요. 우리가 생각에 질문을 하는 이유는 바로 그 때문이에요. 고통이 동기를 부여해 주는 것처럼 보이지만, 사실 고통은 필요한 것이 아닙니다. 진실인지 아닌지도 모르는 생각을 믿을 때 당신은 어떻게 반응하나요?

마음이 무거워요. 모든 자연스러움을 잃어버려요. 외로워요. 가질 수 없는 것을 동경해요. 나머지는 다 하찮아 보이죠. 그래서 집 안에 있으면서 배가 고프지 않은데도 계속 음식을 먹고 텔레비전을 보면서 그 생각에서 벗어나려고 애써요. 다른 일은 별로 하지 않아요.

"나는 사랑스럽지 않다"라는 생각이 없다면, 당신은 누구일까요?

아, 훨씬 가벼워질 거예요. 떨어지는 나뭇잎이나 햇살처럼 거리를 걸어다닐 수 있을 거예요. 내가 아는 사람들과 훨씬 가깝게 느끼고, 또 그 사람들에게 관심을 갖게 될 거예요. 왜 그들이 나를 사랑하지 않는 것일까 하는 생각에 빠져 있는 대신……. 아마 혼자서 여행을 즐길 수도 있겠죠. 혹은 누군가에게 같이 가자고 얘기할 수도 있을 거예요. 재미있겠네요.

뒤바꿔 보세요

사람들은 사랑스럽지 않다. 예, 나 자신이 사랑스럽지 않다고 믿을 때, 나는 너무나 슬프고 화가 나서 아무도 사랑할 수 없어요.

174

다른 뒤바꾸기를 찾을 수 있나요?

나는 사랑스럽다.

이 말이 어떻게 해서 더 정직한지 알 수 있나요?

어려워요. 정말 알고 싶지만, 어려워요.

당신이 사랑스러운 세 가지 이유를 찾아보세요.

음, 정말 어렵네요…… 아, 한 가지를 찾았어요. 나는 미소가 예뻐요.

좋아요, 스윗하트. 아주 좋은 발견이군요.

그리고 나는 좋은 누나예요. 언제나 마음으로 동생 곁에 있어 줘요.

두 가지를 찾았군요. 하나 더 찾을 수 있나요?

음…… 더 이상은 생각나지 않아요.

오늘 한 일 중에 사랑스러워 보이는 일 하나를 찾아보세요.

음, 다람쥐에게 먹이를 주었어요.

예. 참 친절했네요. 이제 세 가지가 되었습니다. 당신은 사랑스러워요. 당신이 어떻게 생각하든 그것이 사실이에요. 그 사실에 대해 당신이 할 일은 아무것도 없답니다.

그녀는 그렇게 심한 고통을 받아선 안 돼요.

그녀는 심한 고통을 받아선 안 된다.

그게 진실인가요?

예. 그녀가 고통 받는 모습을 보고 싶지 않아요.

그게 진실인지 확실히 알 수 있나요? 우리 모두가 당신과 똑같이 생각한다면, 어느 누가 신을 필요로 할까요?

정말로 알 수는 없는 것 같아요.

예, 당신은 알 수 없어요. 이 점을 이해할 때 당신의 자유가 시작됩니다. 그녀의 고통은 그녀의 일입니다. 그녀가 많은 고통을 받으면 안 된다고 믿지만 당신이 할 수 있는 일이 아무것도 없을 때, 당신은 어떻게 반응하나요?

가슴이 많이 아파요.

예, 그러면 당신의 고통이 그녀의 고통에 더해집니다. 그럼 이제 고통을 받는 사람은 두 명이 됩니다. 이것은 그녀에게 전혀 도움이 되지 않겠지요. 이런 믿음이 없다면, 당신은 누구일까요?

그냥 마음 편히 그녀 곁에 있을 거예요.

예, 그러면 그녀와 함께 있기가 더 쉬워질 거예요. 그녀의 고통에 더해 당신까지 고통 속에 있지 않으면, 당신은 그녀 곁에 더 많이 있게 되겠지요. 그리고 그녀와 함께 더 완전히 현존할 수 있을 거예요.

부모님은 나를 사랑하고 인정해야 해요.

부모는 자녀를 사랑하고 인정해야 한다.

"부모는 자녀를 사랑하고 인정해야 한다"—그게 진실인가요?

예, 당연히 진실이죠!

좋아요. 당신은 그게 진실인지 확실히 알 수 있나요?

물론이에요!

오, 그러면 우리는 당신을 사랑하고 인정하기 위해 삶을 멈추어야 하나요? 나는 그렇게 생각하지 않아요! 그것은 제정신이 아닌 생각이에요. 현실과 다투고 있으니까요. 부모가 자녀를 사랑하지 않고 인정하지 않아야 한다는 것을 내가 어떻게 알까요? 그들이 그렇게 하지 않기 때문이에요, 가끔은. 당신이 그렇게 화를 내는 것은 놀라운 일이 아닙니다. 부모는 자녀를 사랑하고 인정해야 한다는 생각을 믿는데 부모가 그렇게 하지 않을 때, 당신은 어떻게 반응하나요?

고통의 인생이죠.

예, 그것은 몹시 고통스러운 생각입니다. 그 생각은 고통을 주는 어린 시절의 장난감이에요. 이제는 버릴 수 있는 장난감. 당신이 기꺼이 받아들이려 한다면, 진실이 당신을 자유롭게 할 거예요. 그 생각을 다시는 하지 않는다면, 당신은 누구일까요? 만일 당신이 그 생각을 더 이상 할 수가 없다면, 그리고 아무리 노력해도 그 생각이 다시 떠오르지 않는다면, 당신은 누구일까요?

자유롭고 평화로울 거예요.

그래서, "부모는 자녀를 사랑하고 존중해야 한다"—당신은 그게 진실인지 확실히 알 수 있나요? 내면으로 들어가서 답에 귀를 기울여 보세요.

178

나의 내면에서는 그래야 한다는 강한 목소리가 들립니다.

물론 그럴 거예요. 당신은 그 생각에 계속해서 먹이를 주고 있습니다. 그리고 그 생각을 당신의 아내와 아이들, 만나는 사람들에게 전하고, 우리로 하여금 그것이 진실이라며 동의하게 만들려고 합니다. 우리가 당신을 인정해 주기를 원하고, 당신이 얼마나 큰 피해자인지 알아주기를 원합니다. 마침내 우리는 지치고 맙니다. 그러면 당신은 평생 부모에 대해 가져 온 믿음을 다시 확인하게 됩니다. 내면으로 들어가세요. 당신을 자유롭게 하는 것은 우리의 진실이 아니라 당신 자신의 진실이니까요. 거기에는 옳거나 틀린 답이 없어요. 자신의 진실을 발견하기 전까지는 계속 자신의 생각을 믿고 있을 거예요. 당신은 늘 행복하고 자유로운 삶을 두려워하고 있어요. 만일 당신이 행복하다면, 어떻게 우리의 마음을 원하는 대로 움직이려 하고 피해자가 되려 하겠어요? 당신은 그 믿음을 포기하면 인생 전체를 잃을 것이라고 생각하고 있어요. 심지어 그러고 나면 어떻게 살아야 할지도 모를 거예요. "부모는 자녀를 사랑하고 인정해야 한다"―당신은 그게 진실인지 확실히 알수 있나요? 부모님이 당신을 사랑하고 인정했나요? 당신의 말에 따르면, 그렇지 않습니다. 부모님이 당신을 사랑하지 않고 인정하지 않아야 했다는 것을 어떻게 알까요? 부모님이 그렇게 하지 않았기 때문이에요. 그것이 현실입니다.

아, 이렇게 간단할 수 있나요?

대답을 얻은 것 같군요. "부모는 자녀를 사랑하고 인정해야 한다"—뒤바꿔 보세요.

나는 나 자신을 사랑하고 인정해야 한다.

그래요! 다른 사람이 아니에요, 스윗하트. 당신의 말에 따르면, 부모님은 그렇게 하지 않았으니까요. 그러면 남는 사람은 오직 당신뿐이에요.

그는 나만을 사랑해야 해요.

나는 남편에게 화가 난다. 왜냐하면 그는 다른 여자들을 정리하지 않았고 나를 그의 유일한 사람으로 선택하지 않았기 때문이다.

"남편이 다른 여자들을 정리하면, 나의 삶은 훨씬 나아질 것이다"—그게 진실인가요?

더 나아질 게 분명해요.

더 나아질 것인지 확실히 알 수 있나요?

아니요.

자아에게 사랑이란 계약 이상의 것이 아닙니다.
만일 내가 당신에게 동의하면, 당신은 나를 사랑합니다.
하지만 내가 당신에게 동의하지 않는 순간,
혹은 내가 당신의 신성한 믿음들 가운데 하나에
의문을 제기하는 순간, 나는 당신의 적이 되어 버립니다.
당신은 마음속에서 나와 이혼을 합니다. 그리고는
왜 당신이 옳은지를 보여 주는 모든 이유를 찾기 시작합니다.
당신은 자신의 바깥에 초점을 맞춥니다.
당신이 바깥에 초점을 맞추며, 당신의 문제는
이 순간 당신이 믿고 있는 이야기에 대한 집착 때문이 아니라
다른 사람 때문이라고 믿는다면,
당신은 스스로 피해자가 되고
상황은 희망이 없어 보입니다.

남편이 다른 여자들을 정리해야 한다는 생각을 믿을 때, 당신은 어떻게 반응하나요?

그 여자들을 헐뜯고 깎아 내리려고 해요. 남편을 설득시켜 아내인 나만을 평생 사랑하는 사람으로 만들려고 해요. 언제나 질투해요. 끊임없이 그 여자들을 생각하고, 그 여자들과 함께 있는 남편을 생각해요. 끊임없이 나를 그 여자들과 비교해요. 내가 이 여자보다 더 예쁜가? 내가 저 여자보다 더 세련되어 보이나?

그렇게 살면 삶이 몹시 고통스럽지요, 스윗하트. 사랑하는 사람의 마음을 억지로 바꾸려 하고, 어떻게 하면 그가 사랑하는 사람들을 떼어 낼 수 있을지 궁리하고, 자신이 그녀들만큼 매력적인지 의심하며 시간을 보내는 것은 고통스러운 일입니다. 남편이 누구와 잠을 자는 것은 누구의 일인가요?

나는 이 질문이 싫어요.

당신은 이 질문을 싫어합니다. 죽을 힘을 다해 당신의 고통을 붙잡고 있으니까요. 당신은 "나는 옳고, 남편은 틀렸어. 나는 좋은 사람이고 남편은 나쁜 사람이야"라는 생각을 붙잡고 있습니다. 당신은 옳기를 바라나요, 아니면 자유롭기를 바라나요?

자유롭고 싶어요. 정말 그러고 싶어요. 그동안 충분히 비참했으니까요.

그래서, 그가 누구와 잠을 자는 것은 누구의 일인가요?

그의 일입니다. 알겠어요. 그것은 그의 일이에요, 나의 일이 아니라.

당신이 누구와 잠을 자는 것은 누구의 일인가요?

나의 일이에요.

"그는 오직 당신과만 잠을 자야 한다"―그게 진실인가요? 현실
은 어떤가요? 남편은 그렇게 하지 않습니다. 그는 다른 여자들과
잠을 잡니다. 그것이 현실입니다. 그런 행동은 우리의 도덕과는
맞지 않고, 사회에서 가르치는 것과도 맞지 않습니다. 하지만 그
것이 지금 있는 현실입니다. 그가 당신과만 잠을 자야 한다는 것
은 명백한 거짓말입니다. 그가 그렇게 하지 않으니까요. 남편이
다른 여자들과 잠을 자면 안 된다는 생각을 믿을 때, 당신의 내면
에서는 어떤 일이 일어나나요?

남편을 증오해요.

그리고 당신의 내면에서는 그게 어떻게 느껴지나요?

끔찍해요. 죽고 싶어요.

남편이 당신에게 충실해야 한다는 생각을 믿을 때, 당신은 남편

을 어떻게 대하나요?

남편에게 분노해요. 마음속에서 그와의 관계를 끊어 버려요. 가슴을
닫아 버립니다.

많이 고통스럽나요?

끔찍해요.

당신이 고통스럽고 외로운 이유는 마음속으로 남편의 일 속에
있기 때문이에요. 그러면 당신과 함께 여기에 있을 사람은 아무도
남아 있지 않겠지요. 당연히 당신은 외로워집니다! 그녀는 그곳에
남편과 함께 있고, 당신도 그곳에 남편과 함께 있습니다. 모두가
그곳에 남편과 함께 있고, 여기에 당신과 함께 있는 사람은 아무
도 없습니다. 당신은 남편이 자신과 함께 있어야 한다고 생각하지
만, 당신조차 그렇게 하지 못하고 있습니다. 남편은 당신을 떠나
고, 당신도 당신을 떠납니다. 무슨 차이가 있나요? 지금 여기에 머
무는 방법은 당신의 생각에 질문해 보는 거예요. "남편은 다른 여
자들과 잠을 자면 안 된다"—그게 진실인가요? "남편이 그 여자
가 아니라 나와 함께 한다면 훨씬 좋을 거야"—당신은 그게 진실
인지 확실히 알 수 있나요? 당신의 불행은 남편의 책임이 아니라
당신의 책임이에요. 당신은 거짓말을 믿고 있고, 그 믿음은 당신
을 고통스럽게 합니다. "남편은 오직 나와만 잠을 자야 한다"라는
생각, 현실과 다투는 이 생각을 내려놓을 이유를 찾을 수 있나요?

184

예. 고통 받는 것이 싫으니까요.

우리는 모두 같은 것을 배우고 있습니다. 그 생각을 내려놓으려고 하지 마세요. 생각을 내려놓을 수 있는 사람은 아무도 없습니다. 단지 그 생각을 내려놓을 이유를 보는 것입니다. 그 생각을 믿을 이유, 고통을 주지 않는 이유를 볼 수 있나요?

아뇨.

그 생각이 없다면 당신은 어떠할까요?

남편을 그렇게 많이 증오하지는 않을 거예요. 심한 배신감을 느끼지도 않을 거구요. 남편에게 다시 가슴을 열 수 있을지는 모르겠지만, 적어도 조금 더 이해하게 될 것 같아요.

마음이 열리면 가슴도 열립니다. 남편에 대한 당신의 생각을 믿지 않는다면, 당신이 어떤 기분을 느끼게 될지 그리고 남편을 어떻게 대하게 될지 누가 알겠어요? 남편이 다른 여자들을 정리해야 한다는 생각이 없다면, 남편 앞에 있는 당신은 누구일까요? 눈을 감고서 다른 여자들과 함께 있는 남편을 그려 보세요. 그리고 그가 당신을 선택해야 한다는 믿음이 없이 그의 얼굴을 바라보세요. 남편의 얼굴이 보이나요?

예. 아름답네요. 행복해 보여요.

그것이 조건 없는 사랑입니다. 그것이 진정한 당신입니다. 이제 뒤바꾸기를 해 보세요.

나는 나에게 화가 난다. 왜냐하면 나는 나를 나의 유일한 사람으로 선택하지 않았기 때문이다. 나는 다른 여자들을 머릿속에 담고 다녔어요.

다른 뒤바꾸기를 해 보세요.

나는 나에게 화가 난다. 왜냐하면 나는 남편을 내 유일한 사람으로 선택했기 때문이다. 납득이 되네요.

예, 만일 당신이 아내만을 사랑하는 남편을 원한다면, 남편에게 이렇게 말할 수 있겠지요. "여보, 나는 당신을 있는 그대로 사랑해요. 당신이 열 명의 여자를 원하는 것도 좋고, 당신이 원하는 것을 갖기를 원해요. 그런데 이제 당신을 떠나야겠어요. 나는 부부라면 배우자만을 사랑해야 한다고 믿거든요. 그래서 아내만을 사랑하는 남편을 원해요." 그것이 그를 당신의 유일한 사람으로, 당신이 사랑하는 사람으로 선택하는 거예요. 당신은 지금 그와 함께 살고 있지 않습니다. 하지만 남편과 함께 살든 남편을 떠나든, 당신은 가슴을 닫을 필요가 전혀 없어요. 그러면 아마 당신은 다음에 당신 앞에 있는 사람이, 당신과 함께 있는 그 순간에, 당신의 유일한 사람이라는 것을 알아차릴 거예요. 그리고 그가 자기 자신이 아닌 다른 어떤 사람일 필요가 없다는 것도……. 조건 없는 사랑은 어떤 형태도 요구할 필요가 없습니다.

오직 당신만이 자신을 낙원에서 내쫓을 수 있습니다.

만일 당신이 아담이고 완성을 위해 이브를 찾는다면,

당신은 자신을 낙원에서 내쫓은 것입니다.

당신은 자신의 본성을 경험할 수 있습니다.

그것은 자신을 사랑하는 것이며,

그러면 어떤 분리감도 없이 그녀를 사랑하게 됩니다.

하지만 당신이 그녀에게서 무언가를 원한다면,

그녀의 사랑과 인정이 필요하다고 생각한다면,

당신은 고통을 겪습니다.

내가 나를 완성시키기 위해

당신을 이용할 수 있는 방법은 한 가지뿐입니다.

그것은, 만일 내가 당신을 판단한다면,

그 판단을 탐구하고 뒤바꾸는 것입니다.

남자친구가 없으면 나는 아무것도 아니에요.

남자친구가 없으면 난 아무것도 아니다.

남자친구가 없으면 살아갈 수도 없고 존재하지도 못할 것이라는 생각을 믿을 때, 당신은 어떻게 반응하나요?

남자친구를 갖기 위해서라면 무슨 일이라도 할 것 같아요.

아니, 남자친구를 가질 수는 없어요. 그것은 불가능해요. 어떻게 당신이 누군가를 '가질' 수 있을까요? 남자친구는 문제가 아니에요. 그를 갖고 갖지 못하고는 결코 문제가 아니에요. 당신은 그가 없으면 자신도 존재하지 못할 거라고 믿습니다. 그리고 그 믿음을 현실로 만들기 위해 온 힘을 다해 온갖 노력을 다합니다. 당신은 자기의 삶을 위해 싸우고 있으면서도 그를 위한 싸움이라고 생각합니다. 사람들이 총을 들고 연인을 쏘는 이유는 그 때문이에요. "내가 살아갈 수 없다면, 그도 살면 안 돼, 그녀도 안 돼." 그들은 그런 살인이 정당하다고 믿습니다. 연인이 없으면 자신도 살 수 없다고 생각하기 때문이지요. "그가 내 삶을 앗아갔어. 그러니 내가 그의 삶을 앗아가는 것도 당연해." 그것은 지옥을 만드는 생각입니다. "그가 없으면 나는 아무것도 아니야"—이 생각을 믿지 않는다면, 당신은 누구일까요? 이것은 몹시 두려운 질문입니다. 왜냐하면 그것은 당신이 평생 잘못 살아왔다는 것을 의미할 테니까요. 천국으로 오세요. "내가 틀렸어, 나는 혼란스러웠어"라는 겸손함에서 천국이 시작됩니다. "그가 없으면 나는 살아갈 수 없어"—그게 진실인가요?

아뇨, 너무 두려워서 진실을 알아볼 엄두도 내지 못했어요.

당신은 자신의 두려움을 바라보지 않으려고 그를 이용합니다. "나는 그에게 집중하여 그를 사로잡을 거야. 무슨 일이 있어도, 어떤 대가를 치르더라도." 뒤바꿔 보면, "그와 함께 있으면, 나는 살아갈 수가 없고 나는 아무것도 아니야." 당신은 그렇게 살아왔습니다. 그가 없이는 자신이 아무것도 아니라고 생각한다면, 당신은 그와 함께 있을 때에도 자신이 아무것도 아니라고 생각할 거예요. 당신은 그의 완전한 하녀인 척 하면서도 그걸 싫어합니다.

그리고 그의 삶에 지나치게 간섭해요.

그렇게 생각할 때는 언제나. 그것은 사랑이 아니에요.

남자친구에게 그렇게 하고 싶지 않아요.

예, 그래요. 그 말도 뒤바꿔 보세요.

나는 나 자신에게 그렇게 하길 원하지 않는다.

예. 당신이 자신에게 그렇게 할 때, 당신은 남자친구에게 그렇게 하고, 다음에는 그것을 돌려받습니다. 당신은 남자친구에게 하는 대로 자신에게 하고 있기 때문입니다. 만일 당신조차 자신을 좋아하지 않는다면, 왜 남자친구가 당신을 좋아해야 할까요? 만일 당신조차 자신과 함께 있기를 원하지 않는다면, 어떻게 그가 당신과 함께 있기를 기대할 수 있겠어요? 만일 자신이 아무것도 아니라고 생각한다면, 당신은 그 생각을 들고 우리에게 옵니다. 그러면 우리는 당신이 아무것도 아니라는 것을 거울처럼 비춰 줍니다. 그것은 모두 당신의 이야기입니다.

아빠는 너무 수동적이지 않아야 해요.

나는 아빠가 너무 수동적이어서 싫다. 엄마가 저녁 식사를 준비하기 위해 어떤 음식을 먹고 싶은지 물어보면, 아빠는 "당신이 해 주는 음식이라면 아무거나 좋아요"라거나 "모르겠어요, 당신이 결정해요"라고 말씀하신다. 나는 그게 싫다.

아빠가 성자 같네요.

누가 성자 같다구요?

당신의 아빠가요. 아빠는 엄마에게 맡기는군요. 상냥하고 너그러워 보입니다.

하지만 엄마는 아빠가 좋아하는 것을 말하지 않아서 많이 실망하세요.

아빠가 뭔가를 좋아해야 한다고 생각하기 때문이죠. 아마 아빠는 엄마에게 진실을 얘기하고 있을 거예요. 내가 당신의 엄마라면, 나는 남편의 말을 믿고 매일 내가 좋아하는 음식을 만들 거예요. 만일 그 요리가 싫으면 남편은 그렇다고 말할 테고, 나는 그렇다는 것을 알게 될 테고, 그러다가 다시 식사 시간이 돌아오면 나는 그것을 좋아할 테고, 나와 함께 사는 사람을 사랑하고 존중할 거예요. 아빠가 엄마에게 주는 선택의 자유를 보세요. 아마 엄마는 자신이 좋아하는 것이 있기 때문에 아빠도 그래야 한다고 생각할 거예요. 그리고 당신도 아빠가 뭔가 좋아하는 것을 생각해 내야 한다고 생각하지요. 당신은 마음속으로 "엄마를 기쁘게 하려면 뭔가 좋아하는 것을 생각해 내야 해" 라고 생각하나요?

음, 뭔가 좋아하는 것을 생각해 내요. 그러면 엄마가 좋아하세요.

자신에게 진실한 선택을 한다면 그것은 좋은 일이지요. 그런데 혹시 당신은 자신을 배반하지 않았나요? 아빠는 그러지 않았습니다. 아빠는 정말 좋아하는 것이 없었어요. 나는 아빠의 말을 믿겠어요.

우와, 알겠어요. 나는 나 자신을 배반했는데, 아빠는 그러지 않았어요. 나는 엄마가 원하는 것을 엄마에게 주었어요.

참 좋네요. 그런데 그럴 때 당신은 정직했나요? 정직하게 말했나요?

엄마를 기쁘게 하기 위해서 그렇게 했어요. 엄마를 기쁘게 하기 위해서라면 뭐든지 할 거예요.

그래요. 그런데 당신은 엄마에게 무엇을 원했나요? 그것이 무엇이었나요? 방향을 바꾸어 보죠. 당신은 아빠가 엄마에게 한 대답이 분명하지 않았는지 알 수 있나요? "당신 뜻대로 해요. 나는 특별히 좋아하는 것이 없어요." 이 말은 아주 분명한 말로 들리는데요.

그렇게 보니까 그래 보이네요. 음.

"아빠는 엄마가 원하는 것을 주어야 했다"—그게 진실인가요? 당신은 그렇게 하는 것이 아빠나 엄마에게 가장 좋은 일인지 아닌지 알 수 있나요?

글쎄요. 좋아하는 것을 하나 생각해 내는 데 많은 시간이 걸리는 것도 아니고, 그렇게 하면 아빠도 엄마에게 불평 들을 일이 없을 텐데요.

재미있군요. "만일 엄마를 기쁘게 하기 위해 아빠가 뭔가를 생각해 내면, 엄마와 아빠 모두 더 나을 것이다"— 당신은 그게 진실인지 확실히 알 수 있나요?

내가 있는 자리에서 그런 상황이 벌어지지 않았다면 더 좋았을 거예요.

아빠가 당신을 위해 변해야 한다는 생각을 믿을 때, 당신은 어떻게 반응하나요? 당신이 옳다고 느껴지던가요? 당신은 좋은 사람이고 아빠는 그렇지 않은 사람이라고 느꼈나요? 당신은 아빠가 어떠해야 하는지를 보여 주는 본보기였나요? 또 무엇을 얻었나요?

아빠의 질투와 분노를 받았어요.

엄마를 기쁘게 하고, 옳은 사람이 되고, 또 아빠가 좋은 남편이라면 어떻게 해야 한다는 당신의 생각을 실천에 옮겨서 당신이 얻은 것은 또 무엇인가요? 그것이 만족스러웠던 적이 있나요?

만족스럽지는 않았어요. 하지만 엄마와는 좋은 관계를 유지했어요. 아빠도 떠나지는 않았구요.

우리는 말로는 가족이 함께 해야 한다고 하지만, 우리의 내면에서까지 늘 그런 식으로 느끼지는 않습니다. 가끔은 꽤 심한 분리감을 느낍니다.

아빠는 나에게 질투하고 화를 내고 심하게 대해요.

뒤바꿔 보세요.

나는 아빠에게 질투하고 화를 내고 심하게 대한다.

그런가요? 그런 식으로 살면 어떤 기분이 느껴지나요, 특히 마음속에서는?

기분이 정말 안 좋아요.

"아빠는 내가 하듯이 엄마를 따라야 한다. 아빠는 내가 하듯이 엄마의 행복을 위해 자신의 행복을 희생해야 한다." 그것은 혼란입니다. 이 우주에서 유일한 고통은 혼란입니다. 자신의 생각에 질문을 하고 조금씩 명료해지면, 당신은 아빠를 있는 그대로 보게 되고 그 진가를 알아보기 시작할 거예요. 아빠는 당신이 한 행동들을 하나도 하지 않았지만, 엄마는 여전히 아빠와 함께 하고 있고 아빠를 떠나지 않았어요. 엄마와 아빠 사이에는 당신이 이해하지 못하는 아주 좋은 일이 진행되고 있을 수도 있어요. 누가 알겠어요?

나는 많은 인정을 받고 싶어요.

나는 엄청난 인정을 받기를 원해요.

그게 진실인가요? 당신이 정말 원하는 것이 그것인가요?

인정받으면 정말 좋을 거예요.

가망 없는 일이에요! 우리는 너무 바빠서 당신을 인정해 줄 여유가 없답니다. 우리도 역시 당신에게 인정받으려 애쓰느라 너무 바쁘답니다. 그런데 당신이 우리의 인정을 받으면, 그것으로 무얼 하려고 하나요?

모르겠어요.

끊임없이 우리의 인정을 받으려고 할 때, 당신은 어떤 기분을 느끼나요? 그동안 인정을 추구하며 살지 않았던가요?

그다지 편안하진 않아요.

당신이 우리의 인정을 원하지만 우리가 당신을 인정하지 않을 때, 당신은 우리를 어떻게 대하나요? 당신은 우리에게 엄청난 투자를 했어요. 우리의 인정을 받기 위해 삶을 희생해 왔지요. 그런데도 우리가 당신을 인정해 주지 않을 때, 당신은 우리를 어떻게 대하나요?

그다지 좋게 대하지는 않죠.

"우리는 당신을 인정해야 한다"—뒤바꿔 보세요.

나는 나를 인정해야 한다.

예, 왜냐하면 남은 사람은 당신뿐이니까요! 만일 우리가 당신에게 어떤 것을 요구할 때 당신이 그것을 우리에게 주면, 우리는 당신을 인정합니다. 그런데 만일 당신이 그것을 주지 않으면, 우리는 당신을 인정하지 않습니다. 단순합니다. 우리도 당신과 똑같아요. 당신의 뒤바꾸기를 봅시다. "나는 나를 인정해야 한다." 이제 당신이 자신에 관해 인정하는 세 가지를 얘기해 보세요. 진실한 것이라면 어떤 것이라도 좋습니다.

좋아요. 한번 보죠. 나는 사람들에게 돈을 빌려 줄 때, 그들이 바로 갚지 못하거나 전혀 갚지 못해도 그들을 이해합니다. 원망하지 않아요. 그리고 시간 약속을 잘 지킵니다. 약속에 늦는 것을 싫어합니다. 하나 더 말해야 하나요? 나는 좋은 친구입니다.

좋아요. 다른 뒤바꾸기를 찾을 수 있나요?

나는 그들의 인정이 필요하지 않다.

내가 사람들의 인정을 받을 때는 내게 그 인정이 필요할 때입니다. 내게 그들의 인정이 필요하다는 것을 어떻게 알까요? 내가 인정을 받고 있습니다. 내게 그들의 인정이 필요하지 않다는 것을 어떻게 알까요? 내가 인정을 받고 있지 않습니다. 그런데 어느 쪽이든 나와는 아무 상관이 없습니다. 그들이 인정하고 있는 것은 내가 아니라, 나에 대한 그들의 이야기입니다. 중요한 것은 이것입니다. 나는 내가 인정하는 방식으로 살고 있는가? 내 생각들에 질문을 할 때, 나는 나와 더불어 살고 있는 그 마음이 좋습니다. 그것은 나를 홀로 있게 해 줄 뿐 아니라, 당신도 혼자 있게 해 줍니다. 그것은 무척 평화롭습니다. 그리고 나는 그것을 좋아합니다.

나는 그들의 인정이 필요하지 않습니다!

아빠가 저를 심하게 대했어요.

나는 슬프다. 왜냐하면 아빠는 언제나 나를 심하게 대하고 혼냈기 때문
이다. 아빠는 나를 사랑하고 나의 좋은 점들을 보아야 했다. 나는 아빠가
나를 사랑하고, 자기 자신과 자신의 고통에 대해 나에게 얘기하기를 원한
다. 나는 앞으로 다시는 사랑과 인정을 거부당하는 경험을 하고 싶지 않다.

"아빠는 언제나 당신을 혼냈다"—그게 진실인가요?

예. 정말 많은 상처를 받았어요.

아빠가 당신을 언제나 혼냈다는 것이 진실인가요? 모든 순간?

음, 모든 순간은 아니에요.

아빠가 당신을 혼내지 않은 때를 찾을 수 있나요?

아빠가 식사를 할 때나 신문을 볼 때를 말씀하시는 건가요?

예, 그것이 시작입니다. 아빠가 당신에게 잘 대해 준 순간을 찾을 수 있나요?

거의 없어요.

단 한 순간이라도 찾을 수 있나요?

음, 예전에 한 번 나를 동물원에 데리고 간 적이 있어요. 재미있었어요.

그래서, "아빠는 언제나 당신을 혼냈다"—그게 진실인가요?

거의 항상. 대부분 그랬다고 말해야겠네요.

그냥 예, 아니요로 단순하게 대답해 보세요. 다른 무엇도 그 마음을 만족시킬 수는 없습니다. 마음은 진실이 무엇인지를 알아야 합니다. 그렇지 않으면 자기가 생각하는 것을 증명하려 애쓰며 평생을 살게 됩니다. 결코 쉴 수가 없어요. "아빠는 언제나 당신을 혼냈다"—그게 진실인가요?

아뇨.

그런데 아빠가 당신을 언제나 혼냈다고 믿을 때, 당신은 어떻게 반응하나요?

슬프고 원망스러워요. 행복한 어린 시절을 박탈당한 기분. 때로는 아빠에게 미친 듯이 분노하게 돼요.

그 생각이 없다면 당신은 누구일까요?

마음이 조금 더 가벼워질 거예요. 덜 원망하겠죠. 아마 동물원에 갔던 날처럼 다른 좋은 기억들도 떠올릴 수 있을 거예요.

"아빠는 언제나 당신을 혼냈다"—뒤바꿔 보세요.

아빠는 언제나 나를 혼내지는 않았다.

그게 더 진실한가요?

예.

우리는 어린아이와 같아서 우리의 생각을 글자 그대로 믿는답니다. 다른 뒤바꾸기를 찾을 수 있나요?

나는 언제나 나를 혼냈다. 진실이에요. 나는 나 자신에게 몹시 가혹했어요.

예, 그래요. 우리는 조금 혼란스러웠어요. "아빠는 딸의 좋은 점들을 보아야 한다"—그게 진실인가요? 어떤 행성에서요? 어떤 아빠들은 존재하지도 않는 미래에 대한 두려움에 너무 마음을 뺏긴 나머지, 앞에 있는 딸의 존재도 알아차리지 못합니다. 그들은 귀여운 딸들의 미래를 너무 걱정하느라 정작 딸들에게는 관심을 기울이지 못합니다.

나는 정말 아빠가 나의 좋은 점들을 보아야 했다고 생각해요.

현실은 어떤가요? 아빠가 그렇게 했나요?

아뇨.

그렇다면 그것은 당신의 견해 안에서만 진실합니다. 아빠는 그렇게 하지 않았어요, 가끔은. 아빠가 당신의 좋은 점들을 보아야 했는지 당신은 확실히 알 수 있나요? 그것이 궁극적으로 당신에게 가장 좋은 것이었는지 당신은 알 수 있나요?

아뇨. 알 수 없어요.

자, "아빠는 나의 좋은 점들을 보아야 했다"—이 생각을 믿을 때 당신은 어떻게 반응하나요?

땅에서 발을 떼기도 어려운 느낌이에요. 때로는 그만큼 기분이 안 좋아요.

그 생각이 없다면 당신은 누구일까요?

기분이 훨씬 좋을 것 같아요. 더 가벼울 것 같구요. 마음이 많이 무겁거나 많이 실망하지 않을 거예요.

"아빠는 나의 좋은 점들을 보아야 했다"— 뒤바꿔 보세요.

나는 나의 좋은 점들을 보아야 했다. 분명히 맞는 말이에요.

다른 뒤바꾸기를 찾을 수 있나요?

나는 아빠의 좋은 점들을 보아야 했다. 하지만 어떻게 그럴 수 있었을까요? 나는 단지 아빠의 사랑을 원했던 어린 소녀였을 뿐인데요.

우리는 지금 가능성들을 찾고 있을 뿐이랍니다, 스윗하트. 어린 소녀들은 탐구를 모르지요. 다른 뒤바꾸기를 찾을 수 있나요?

으음.

반대로 뒤바꿔 보세요.

아빠는 나의 좋은 점들을 보지 않아야 했다?

자, 아빠가 당신의 좋은 점들을 보지 않아서 당신의 삶이 더 좋은 이유를 세 가지만 찾아보세요.

세 가지 이유요? 한번 찾아보죠. 음, 우선은 내가 아주 독립적인 사람이 된 것 같아요. 그런 나 자신이 좋아요. 두 번째로는, 다른 사람들에게 관심을 갖고 그들의 좋은 점을 보는 법을 배운 것 같아요. 아직 아빠에게는 그렇게 하지 않았지만요. 세 번째로는, 엄마와 더 많은 시간을 함께 해요. 그래서 엄마랑 많이 가까워요.

아빠가 당신을 혼낼 때 어떤 말들을 했나요?

"넌 날 방해하고 있어." "넌 그 일을 제대로 하지 않고 있어." 그런 식이에요, 언제나. 아 참, 아주 많이요.

똑같은 것을 경험한 적이 있나요?

무슨 뜻이죠?

뒤바꿔 보고, 어떻게 들리는지 봅시다. "아빠는 나를 방해하고 있다"—이 말이 진실처럼 들리나요?

예, 아빠를 생각할 때마다 마음이 불편해져요.

더 진실일 수도 있는 다른 뒤바꾸기가 있나요?

아빠가 나를 방해한다고 생각할 때 나는 나를 방해하고 있다. 여전히 아빠의 사랑을 받으려고 하면서 나는 나를 방해하고 있다. 정말 맞는 말이 네요.

"넌 그 일을 제대로 하지 않고 있어"에 대해서는 어떨까요? 이 말을 어떻게 뒤바꿔 볼 수 있을까요?

아빠는 그 일을 제대로 하지 않고 있다. 아빠는 아직 좋은 아빠라고 할 수 없어요.

당신에게는 그렇지요. 여기에 대해서는 나중에 질문할게요.

내가 아빠를 비판하고 있다는 것을 알겠어요.

다음 말을 보죠.

나는 아빠가 나를 사랑하고, 자기 자신에 대해 나에게 얘기해 주기를 원한다.

뒤바꿔 보세요.

나는 나 자신이 나를 사랑하고, 나 자신에 대해 내게 얘기해 주기를 원한다.

그것은 아빠의 일이 아니고, 아빠의 관심사가 아닌 것 같네요. 당신의 말에 따르면⋯⋯.

정말 그래요, 아빠는 한동안 내게 죽은 분이나 마찬가지였어요.

그게 진실인가요? 오늘 여기에는 아빠가 생생히 살아 계신 것 같아 보이는군요. 당신이 어린 소녀였을 때로 돌아가 볼까요? 괜찮나요? 아빠는 일을 멈추고 당신에게 자기 자신에 대해 얘기해야 한다. 당신은 아빠에게 그렇게 해 달라고 요청했나요?

아뇨.

"아빠는 독심술을 가져야 한다"—그게 진실인가요? 당신의 말을 들어 보면, 당신이 아빠에 대해 알고 싶어 하는지, 당신이 아빠의 삶에 관심이 있는지를 아빠는 알 길이 없었습니다. 어린 소녀들은 요청하는 법을 모르지요.

맞아요.

우리는 그 점에 대해 지금 작업을 하고 있고, 그 결과로 당신의 삶이 근본적으로 달라질 수 있습니다. 그래서 이 작업이 무척 소중한 거예요. 그 어린 소녀는 아빠가 아빠 자신의 삶에 대해 얘기해 주기를 원했어요. 그래서 그 소녀는 당신에게 "아빠의 삶에 대해 얘기해 주세요"라고 그냥 요청하도록 가르친 선생님입니다. 우리는 지금 시작합니다. "아빠는 자신의 삶에 대해 내게 얘기해야 한다"라는 생각을 믿는데, 당신은 그것을 아빠에게 요청하지 않고 아빠는 얘기해 주지 않을 때, 어떤 느낌이 드나요? 이것을 한번 봅시다.

나는 아빠를 계속 비판하고 있었고 아빠를 정말 나쁜 사람으로 만들었어요.

그 생각을 믿을 때 당신은 어떻게 살았나요?

음, 기본적으로 아빠를 내 삶에서 배제시켜 버렸어요. 더 이상 아빠가 나에게 다가올 수 없었죠. 아빠가 다가오지 않을 것이라고 마음속으로 굳게 믿었으니까요.

아빠가 돌아가시기 전에도 아빠 없는 상태로 지낼 때, 어떤 느낌이었나요?

소외된 느낌, 추운 느낌이었어요.

많은 사람들이 죽음을 그렇게 본답니다. "나는 아빠가 자신의 삶에 대해 나에게 얘기해 주기를 원한다"라는 생각을 내려놓을 이유를 볼 수 있나요?

예. 그 생각은 마음을 아프게 하니까요, 오로지 아프게만 하니까요.

이 생각이 없다면 당신은 누구일까요?

싱싱할 것 같고 현재를 살 것 같아요, 순간순간. 포기하지 않고 계속 시도할 것 같아요. 내가 원하는 것을 그냥 요청할 거예요.

"나는 아빠가 자신의 삶에 대해 나에게 얘기해 주기를 원한다"—뒤바꿔 보세요.

나는 나의 삶에 대해 나에게 얘기하기를 원한다.

당신이 지금 하고 있는 일이 그것입니다. 우리는 지금 아빠와 함께 성장해 온 당신의 삶과 내면의 삶, 그리고 어떻게 해서 당신이 아빠를 버리게 되었는지 살펴보고 있습니다. 아빠는 당신을 버리지 않았어요. 그 반대였지요. 당신은 요청하지 않았어요.

맞아요.

당신은 지금 시작할 수 있습니다. 다음 진술을 살펴보죠.

아빠는 나를 심하게 대하지 말아야 한다. 아빠는 자신의 아픔에 대해 나에게 얘기해야 한다.

그게 진실인가요?

아뇨. 내가 지금 앉아 있는 이 자리에서 볼 때는 아니에요. 아빠는 예전에 그랬던 대로 나를 대해야 했어요. 왜냐하면 아빠가 그때 그렇게 했으니까. 그때는 아빠가 그럴 수밖에 없었어요. 그리고 아빠는 자신의 아픔에 대해 나에게 말하지 않았어야 해요. 만일 아빠가 그때 그렇게 하지 않았다면…….

뒤바꿔 보세요.

나는 아빠를 심하게 대하지 말아야 한다. 나는 아빠의 아픔에 대해 나 자신에게 얘기해야 한다. 그래요. 듣기는 힘든 말이지만, 정말 진실이에요. 내가 아빠를 어떻게 대했는지 알겠어요. 아빠가 나를 가깝게 느끼지 못한 것은 당연해요. 아빠가 내 말에 동의하지 않거나 내가 원하는 것을 주지 않으면 아빠에게 가슴을 닫아 버렸어요. 아빠의 아픈 표정이 떠오르네요. 나는 그때 열 살밖에 되지 않았어요. 나는 너무 냉정했어요. 아빠가 자신의 아픔에 대해 나에게 얘기하고 싶어 하지 않았던 건 너무 당연해요.

다른 뒤바꾸기를 찾을 수 있나요?

나는 나를 심하게 대하지 말아야 한다. 나는 나의 아픔에 대해 나에게 얘기해야 한다.

그것이 처음 진술만큼 진실하거나 더 진실한가요?

예. 아빠에게 가슴을 닫으면서 나 자신에게 얼마나 상처를 주었는지 알겠어요. 심지어 다른 남자들까지도 아빠와 같을 것이라는 시선으로 보고 있었네요. 기분이 정말 안 좋아요. 이런 기분이 언제까지 계속될까요?

그렇게 길지는 않을 거예요. 당신은 이제 막 혼란에서 벗어나고 있어요. 자신을 너그럽게 대해 주세요. 계속해 보죠.

하지만 나는 너무나 철저히 이기적이었다구요!

당신은 자기의 믿음을 믿고 있던 어린 소녀였을 뿐이에요. 우리는 각자 믿는 바에 따라 살아갑니다. 생각들은 대단한 고통을 줄 수 있어요. 그 생각들에 질문을 해 보기 전까지는요. 그리고 당신은 지금 질문을 하고 있구요.

예.

지금 우리가 하는 일은 그 안에서 당신의 몫이 무엇인지를 알기 위해 살펴보는 것뿐이에요. 고통은 거기에서 만들어지고, 발견되고 사라집니다.

예.

다음 말을 보죠.

나는 아빠의 사랑이 필요하다.

“아빠는 당신을 사랑하지 않았다”—그게 진실인가요? 당신의 삶 전체에서 언제나 그게 진실이었나요?

아니에요. 이제는 알겠어요. 나는 괜찮았어요. 실은 그 이상이었어요. 아빠는 나를 사랑했어요.

“아빠는 나를 사랑하지 않아”라는 생각을 믿을 때, 당신은 어떻게 반응하나요? 어린 소녀였을 때 당신은 어떻게 반응했나요?

나 자신이 너무나 작고 초라하게 느껴져서 이 모든 사랑이 내 안에 있는 줄 알지 못했어요. 나에 대한 아빠의 사랑도 볼 수가 없었죠. 놀라워요. 오늘 그 사랑을 보고 있어요. 마치 처음인 것처럼……

“아빠는 나를 사랑하지 않아”라는 생각이 없다면, 당신은 누구일까요?

그냥 나 자신일 거예요. 정말 자유로울 거예요. 훨씬 쉽게 아빠를 사랑하게 될 거예요.

아마 아빠의 마음을 움직여서라도 사랑받겠다는 동기 때문에 아빠에게 방해가 되지도 않겠지요. 뒤바꿔 보세요.

나는 나 자신을 사랑하지 않는다. 예, 이게 훨씬 진실해요.

또 하나의 뒤바꾸기를 찾을 수 있나요?

아빠는 나를 사랑한다. 예, 이제 그렇다는 것을 알겠어요. 눈물이 나려고 해요.

이 작업은 집에서도 할 수 있답니다. 앉아서 눈을 감고 아빠를, 그리고 아빠가 당신을 사랑한 방식들을 지켜보세요. 아주 어린 시절부터 마지막으로 아빠를 보았을 때까지……. 최대한 많은 기억들이 떠오르도록 놓아두세요. 당신의 이야기 없이 열린 마음으로 아빠를 그냥 지켜보기만 하세요. 며칠 동안 이렇게 해 보고, 아빠를 지켜보다가 당신을 힘들게 하는 믿음들이 떠오르면 종이에 적어 보세요. 그리고 다시 아빠를 가슴속으로 데려오세요. 만일 아빠에 관해 어떤 아픔과 혼란, 불편함을 경험하고 있다면, 그저 당신의 생각을 조사해 보세요. 네 가지 질문을 하고, 뒤바꾸고, 행복하게 사세요. 작업을 제대로 하면, 아빠에 대한 생각이 찾아올 때마다 언제나 즐겁게 만나게 될 거예요. 당신은 자신이 가슴 깊이 아빠를 사랑하고 있으며 어린아이일 때는 그것을 표현할 수 없었을 뿐이라는 것을 깨닫기 시작합니다. 우리가 아빠에 대한 생각을 믿을 때, 우리는 모두 어린아이입니다. 아빠는 당신이 생각하는 방식대로 당신을 사랑하지 않았어요. 그런데 그것은 아빠가 당신을 사랑하지 않았다는 뜻이 아니에요. 우리는 지금 어떻게 하면 자기를 사랑할 수 있는지, 어떻게 하면 자기의 아빠가 될 수 있는지를 배우고 있습니다. 그것은 언제나 시작입니다.

"만일 내가 사람들의 인정을 구하지 않는다면,
나는 그들에게 인정을 받지 못할 것이다.
—당신은 그게 진실인지 정말로 알 수 있나요?
당신은 가끔 마치 자신이 신인 것처럼,
마치 어떤 일들을 일어나게 해야 하는 것처럼 행동합니다.
내가 알게 된 것은 이것입니다.
일들은 내가 있든 없든 일어나고
사람들은 나를 인정하거나 인정하지 않습니다.
그것은 나와 아무런 상관이 없습니다.
이것은 정말로 좋은 소식입니다.
나는 나의 행복만 책임지면 되기 때문입니다.
나는 할 수 있는 만큼 친절하고 지성적으로 살면 될 뿐,
아무것도 할 필요가 없습니다.
당신이 알아보지 못하고 고마워하지 않아도
나는 이해합니다.
내가 다루는 것은 나 자신뿐입니다.
그리고 평생 그것으로 충분합니다.

이혼한 아내는 나를 용서해야 해요.

나는 슬프다. 왜냐하면 헤어진 뒤 10년이 지났는데도 아내는 여전히 나를 용서하려 하지 않기 때문이다.

만일 당신이 용서한다면, 그것은 누구의 일인가요?

나의 일입니다.

아내의 용서는 누구의 일인가요?

나의 일은 아닙니다.

그걸 알아차리니 참 좋네요. 아내가 누구를 용서하는지는 아내의 일입니다. 뒤바꿔 보세요.

헤어진 뒤 10년이 지났는데도 나는 여전히 나를 용서하려 하지 않는다.

그것이 처음 진술만큼 진실인가요?

예.

또 하나의 뒤바꾸기가 있군요. 찾을 수 있나요?

헤어진 뒤 10년이 지났는데도 나는 여전히 아내를 용서하려 하지 않는다.

여기에 대해 얘기해 보세요.

어디서부터 시작해야 할지 모르겠어요.

그녀가 당신을 용서해야 하나요? 어떻게 시작해야 할지를 알게 되면, 당신은 아내를 용서하게 됩니다. 그리고 아내에게 용서에 대해 얘기하게 됩니다. 이해받기를 원할 때 자신이 어떻게 살아가는지 살펴보세요. 그것은 아주 고통스럽습니다. 이해는 당신의 일입니다. 당신을 이해해야 할 사람은 바로 당신입니다. 다음 말을 살펴봅시다.

나는 아내가 마음을 열고 나와 얘기하기를 원한다.

아내가 마음을 여는 것은 누구의 일인가요? 아내가 누군가와 얘기하기를 원하는 것은 누구의 일인가요?

아내의 일이죠.

10년이 지난 뒤에도 당신이 여전히 아내의 생각, 아내의 시간, 아내의 슬픔, 아내의 존재까지 통제하고 싶어 한다는 것을 알겠어요? 당신은 그녀가 얼마나 마음을 열어야 할지까지 통제하기를 원합니다. 당신은 그녀가 누구와 얘기를 해야 하는지도 통제하기를 원합니다. 심지어 그녀의 용서까지도 통제하기를 원합니다. 그것은 가망 없는 일입니다. 이 생각이 없다면 당신은 누구일까요? 정직하고, 진실하게 살며, 용서나 사랑을 구걸하지 않는, 그냥 정직하고 사랑하는 사람, 그녀가 어디 있든지 존중하는 사람이겠지요. 다음 말을 살펴보죠.

나는 아내가 나를 평화롭게 내버려두기를 원한다.

아내가 누군가를 내버려두는 것은 누구의 일인가요? 당신이 그녀의 요청을 승낙할 때, 당신은 그렇게 해 주는 대신 무엇을 원했나요, 당신은 무엇을 얻고 있었나요? 당신은 그녀가 자신을 용서해 주기를, 아들에게 당신에 대해 좋게 얘기해 주기를 원했습니다. 그런데 그 점에 대해 당신은 그녀에게 정직했나요? 당신은 그녀에게 이렇게 말했나요? "거래를 합시다. 당신이 아들에게 나에 대해 좋게 얘기해 주면, 나는 당신에게 돈을 주겠소. 당신이 나를 용서하는 척이라도 해 주면, 나는 당신에게 돈을 주겠소."

아뇨, 정직하지 않았어요.

다음에 그녀와 얘기할 때는 그런 얘기를 하고 싶어질지도 모릅니다. 이것이 정직입니다. 만일 그녀가 "아니, 그렇게 하고 싶지 않아요"라고 말하면, 당신은 그녀의 정직함에 대해 고마워할 수도 있습니다. 그리고 그녀가 당신의 스승이며, 뇌물에 매수되지 않는 것이 얼마나 훌륭한 일인지를 그녀에게 얘기할 수도 있습니다. 결

214

국 당신은 용서가 자동적으로 이루어진다는 것을, 스트레스를 주는 생각을 이해하자마자 용서가 온다는 것을 알게 될 것입니다. 당신의 고통은 결코 그녀의 잘못이 아님을 알게 됩니다. 그리고 만일 그녀가 그것을 알지 못한다면, 그녀는 당신을 진정으로 용서할 수 없습니다. 그것은 당신과는 아무런 상관이 없습니다.

진실을 말하면 여자친구를 잃을 거예요.

다른 여자에게 관심이 있다고 여자친구에게 이야기하자, 그녀는 나를 떠나 버리겠다고 했어요. 정직하게 얘기하면 우리의 관계가 끝날 수 있고 혼자 남을 거라고 생각해요. 진실을 얘기한 탓에 그녀를 잃을까 봐 두려워요.

만일 당신이 그녀를 잃을까 봐, 혹은 당신이 원하는 것을 얻지 못할까 봐 두려워하고 있다면, 당신에게는 분명히 문제가 있습니다. 진실을 말하면 그녀를 잃을 것이라는 생각을 믿을 때, 당신은 어떻게 반응하나요?

두려워요. 속으로만 생각하거나 그녀에게 하고 싶은 말을 하지 않게 돼요. 그녀에게 거짓말을 해요. 그러면 기분이 정말 안 좋아요. 그녀와 멀리 떨어진 것 같고 외로워요. 속으로 내가 실패자라고 생각하죠. 속으로 움츠러들고, 제대로 대처하지 못하는 나 자신을 자책해요.

진실을 말하면 그녀를 잃을 것이라는 믿음이 없다면, 당신은 누구일까요?

편안하고, 아마 나 자신에게 더 정직할 거예요. 여자친구에게도 더 정직하겠죠.

어떤 것을 잃는 것을 두려워하지 않을 때, 정직하기는 아주 쉽습니다. 정직은 가장 단순한 것입니다. 그리고 자신의 바깥에서 얻을 수 있다고 생각되는 어떤 것보다 더 만족을 줍니다. 당신은 지금 있는 것을 사랑하는 사람이 됩니다. 당신은 더 이상 완벽한 관계를 추구하지 않습니다. 추구하는 대신에 발견합니다, 언제나. 우리가 원하는 것은 바로 눈앞에 있습니다. 자, 뒤바꿔 보세요.

거짓을 말하면 그녀를 잃을 것이다. 거짓을 말하면 나 자신을 잃을 것이다. 이 말이 나에게는 더 진실해요. 거짓말을 하면 나 자신과 그녀에게 더 많이 상처를 주죠. 진실을 말하면 나는 어떤 것을 잃지 않을 것이다. 진실을 말한 뒤에도 뭔가를 잃지 않은 경험들을 한 적이 있어요. 사실, 대개는 더 많이 얻었어요.

나의 경험도 똑같아요. 다음 진술을 살펴봅시다.

나는 사람들을 아프게 하거나 실망시키거나 화나게 하지 않는 범위 내에서 진실을 얘기하기를 원한다. 때때로 나는 정직하지 않다. 왜냐하면 그것이 친절하지 않다고 생각하기 때문이다.

"진실을 말하면 사람들에게 상처를 주고 실망시킬 수 있다"—
그게 진실인가요?

그런 것 같아요.

만일 내가 나의 진실을 말하는 것이 누군가의 감정을 아프게 할
것이라고 정말로 믿는다면, 나는 그 진실을 얘기하지 않습니다.
멈춥니다. 어떤 말이 당신을 아프게 할 수 있다는 생각이 들면, 나
는 그 생각을 지나치지 않습니다. 그것은 나 자신을 아프게 하기
때문입니다. 이것은 나 자신이 만들어 놓은 테두리입니다. 나는
그 말이 당신의 감정을 아프게 할지 알 수 없습니다. 나는 나의 감
정을 위해 멈춥니다. 나는 내가 하는 말에 대해 신중히 검토하지
않습니다. 나 자신을 위해 멈출 뿐입니다. 나는 나의 천국이나 지
옥을 책임집니다. 그런데 만일 당신이 내게 진실을 있는 그대로
얘기해 달라고 하면, 나는 당신에게 얘기할 것입니다. 만일 당신
이 묻는다면, 나는 내가 보는 모든 것을 당신에게 주기를 원합니
다. 그것이 당신에게 상처를 줄지 도움을 줄지는 내 대답을 당신
이 어떻게 듣느냐에 따라 결정됩니다. 따라서 우리 모두는 서로
주고받을 때 각자 자기 자신에게 책임을 집니다. 내가 지극한 사
랑으로 어떤 말을 하더라도, 그 말이 누군가의 감정을 아프게 할
수 있습니다. 내 말을 임의로 해석하는 자기의 이야기를 믿을 때,
그들은 자신의 감정을 아프게 합니다. 그밖의 어떤 것도 그들의
감정을 아프게 할 수 없습니다. 만일 내가 당신에게 진실을 있는
그대로 얘기해 달라고 했는데, 당신은 자신의 진실이 나에게 상처

를 줄 것이라고 생각하며 어떻게 대답할지 궁리한다면, 당신은 자기 자신이나 나를 존중하지 않는 것입니다. 정직하게 대답하지 않으면 당신은 아마 충분하지 않다고 느낄 것입니다. 내가 당신에게 있는 그대로 진실을 얘기해 달라고 했다는 것은 내가 그 진실을 감당할 수 있다는 뜻입니다. 당신이 자신의 말로 다른 사람을 아프게 하거나 실망시킬 수 있는지, 당신은 정말로 알 수 있나요?

아뇨. 알 수 없습니다.

그 생각을 믿을 때 당신은 어떻게 반응하나요?

아주 많이 갈등해요. 어찌할 수 없는 상황처럼 느껴져요.

그 생각이 없다면 당신은 누구일까요?

편안해질 거예요. 한없이 자유로울 거예요. 그냥 나 자신으로 살 거예요. 정직하게 살 거예요.

뒤바꿔 보세요.

나는 나를 아프게 하지 않고 실망시키지 않고 화나게 하지 않기 위해 진실을 얘기하기 원한다. 좋네요.

다음 진술을 살펴봅시다.

정직은 간혹 무섭고 두려운 것이다.

뒤바꿔 보세요.

정직은 무섭거나 두려운 것이 아니다. 알겠어요. 내가 두려워하는 것은 정직이 아니에요. 뭔가를 잃을까 봐 두려워했어요.

예, 그래요. 잃음이 곧 얻음이라는 것을 알게 되어 좋네요. 다음 생각은 무엇인가요?

정직은 내가 원하는 것을 얻지 못하도록 방해한다. 이것은 진실이 아니에요. 거짓말이 내가 원하는 것을 얻지 못하도록 방해해요.

우리가 진정으로 원하는 것이 무엇인지에 대해 내가 좋아하는 부분이 바로 그거예요. 그것은 그렇게 놀랍습니다. 정직함은 당신의 진실한 본성에 더 가깝게 사는 것입니다. 그렇다는 것을 내가 어떻게 알까요? 왜냐하면 정직하게 살지 않을 때 당신은 고통을 받기 때문입니다. 그 고통은 지금 이 순간 당신이 믿고 있는 '스트레스를 주는 생각'이 무엇인지 알아차리고, 그 생각에 질문하고 뒤바꿀 수 있는 기회입니다. 모든 고통이 마찬가지입니다. 온전한 정신은 결코 고통을 당하지 않습니다.

다른 사람들을 보며
그들이 자기 자신이 아닌 다른 사람이어야 하고
또 어떻게 해야 한다고 생각하는 것은 마치
저기 있는 나무에게 하늘이 되어야 한다고
말하는 것과 같습니다.
나는 그런 생각을 조사했고 자유를 찾았습니다.

남편은 가정으로 돌아와야 해요.

남편은 가정으로 돌아와야 한다.

당신은 그게 진실인지 확실히 알 수 있나요?

나는 남편이 돌아오기를 간절히 원해요.

그런데 당신은 남편이 돌아와야 한다는 것이 진실인지 확실히 알 수 있나요?

아뇨. 알 수 없어요.

탐구는 오직 현실만을 다룹니다. 현실은 남편이 돌아오지 않았다는 거예요. 남편은 돌아오지 않아야 해요, 남편이 돌아오기 전에는. 남편이 돌아와야 한다는 생각을 믿을 때, 당신은 현실과 다투고 있어요. 그럴 때 당신은 잃습니다, 오직 백퍼센트의 시간을. 그것은 마치 고양이를 개처럼 짖도록 가르치려고 애쓰는 것과 같아요. 당신은 "나는 고양이를 개처럼 짖도록 가르치는 데 내 평생을 바칠 거야"라고 말하고 있습니다. 그리고 당신은 고양이를 가르치고 또 가르치는데, 10년이 지난 뒤에 고양이는 당신을 쳐다보며 웁니다, "야옹." 남편이 돌아오는 것보다 당신을 훨씬 더 행복하게 해 줄 수 있는 것이 있어요. 그런데 당신의 믿음들이 그것을 알아차리지 못하게 가로막고 있지요. 그게 무엇인지 발견할 수 있나요? "남편이 가정으로 돌아와야 한다"는 생각을 믿을 때, 당신은 어떻게 반응하나요?

비참해지고, 화가 나고, 우울하고, 가슴이 쓰라려요.

당신은 남편이 돌아와야 한다고 믿고 있지만 그가 돌아오지 않을 때, 그리고 당신이 이처럼 비참하고 쓰라릴 때, 당신은 남편에게 어떻게 얘기하나요? 자녀들에게는 남편에 대해 어떤 식으로 얘기하나요?

별로 좋게 이야기하지 않아요.

구체적으로 얘기해 보세요. 눈을 감으세요. 자신의 어떤 모습들이 보이나요?

남편을 비난하고, 남편에게 고함치고, 심한 분노를 표출하고, 차갑고 냉담하고, 남편에게 상처를 줄 말들만 골라서 하는 모습들이 보이네요. 남편에 대해 아이들에게 얘기할 때는 남편을 몹시 헐뜯고 비난해요. 남편을 잘못된 사람으로 만들려 해요. 아이들이 남편을 잔인하고 무책임한 사람으로 보기를 원해요. 아이들이 남편을 미워하고 나를 편들기를 원해요.

남편이 돌아와야 한다는 생각이 없다면, 당신은 누구일까요?

이 모든 것으로부터 자유로울 거예요.

"남편은 가정으로 돌아와야 한다"—뒤바꿔 보세요.

나는 가정으로 돌아와야 한다. 예, 아이들은 아마 떨어져 있는 아빠보다 오히려 나를 더 그리워했을 거예요. 내가 곁에 있어도…… . 나도 아이들이 그리워요. 우리는 훨씬 재미있게 함께 지낼 수 있었어요.

다른 뒤바꾸기가 있나요?

나는 나에게 돌아와야 한다.

느껴 보세요. 그것이 치유입니다.

예. 마치 내가 멀리 떠나 있었던 것 같고 집에는 아무도 없었던 것처럼 느껴져요. 이제 현관문을 열고 돌아오는 느낌이에요. 나는 행복한 여자, 행복한 이혼녀가 될 수 있었어요.

뒤바꾸기를 하나 더 찾을 수 있나요?

나는 남편에게 돌아와야 한다.

무슨 말인지 알겠어요?

예.

당신이 그를 사랑하지 못하게 막을 수 있는 사람은 아무도 없습니다. 막을 수 있는 사람은 오직 당신뿐이에요. 당신은 사랑을, 남편과 아이들에 대한 마음속의 큰 사랑을 알아차리지 못하게 가로막는 이야기들을 믿고 있었어요. 그래서 남편이 행복하기를 원하지 않는 척 가장하죠.

나는 눈을 감고서, 남편이 그를 사랑하는 여자의 품에 안겨 있는 모습을 볼 수 있습니다. 그리고 만일 그가 원하는 게 그것이라면, 나는 그것을 원합니다. 그리고 남편 없는 나의 삶을, 그 삶이 얼마나 충만할 것인지를 봅니다. 내 삶에는 언제나 풍부한 사랑이 있습니다. 모든 사람이 그렇습니다. 거기에는 결코 모자람도 없고 지나침도 없습니다. 우리가 아무런 계획 없이 뒤바꾸기에 따라 살고 있을 때, 우리는 이 '작업'이 우리 안에 살아 있다는 것을 알게 됩니다. "나는 가정으로 돌아와야 한다. 나는 나에게 돌아와야 한다. 나는 남편에게 돌아와야 한다." 집에 가면 남편에게 전화를 걸어 얘기하세요. "당신을 사랑해요. 그리고 당신이 그 여자와 함께 있어서 정말 행복해요. 내 마음속을 바라보다가 이것을 발견했답니다. 당신에게 느끼는 이 사랑이 내 마음을 감동시키네요." 남편에 대한 당신의 믿음은 사랑을 잊게 만들려는 시도였어요. 당신이 그 사랑입니다.

우리 자신을 어떻게 사랑할까요?
한 가지 방법은 자신의 바깥에서 인정을 구하지 않는 것입니다.
그것은 나의 경험입니다.
자신의 바깥에서 인정을 구하지 않으면,
그것이 이미 내게 있다는 것을 알게 됩니다.
나는 인정을 원하지 않습니다.
나는 사람들이 자신이 생각하는 방식대로 생각하기를 원합니다.
만일 내가 당신의 인정을 구한다면,
나는 편안하지 않을 것입니다.
그리고 탐구를 통해서 나는 알게 되었습니다.
당신이 좋다고 인정하는 것이 내가 원하는 것이라는 것을……
그것은 사랑입니다.
사랑은 어떤 것도 바꾸지 않을 것입니다.

스승이 나를 실망시켰어요.

나는 영적 스승이었던 여성 때문에 화가 난다. 왜냐하면 그녀는 신의 은총을 얻기 위해서는 세상과 가정을 포기하고 영적 수련을 해야 한다고 가르쳤기 때문이다. 하지만 그녀에게 봉사하는 데 내 삶을 바치고 재산을 모두 바치고 나자, 내게 도움이 필요할 때 그녀는 나를 돕지 않았다.

"그녀는 당신을 돕지 않았다"—그게 진실인가요?

나를 돕지 않은 적이 많아요. 물론 나를 도왔다고 말할 수 있는 때도 있어요. 하지만 가끔 화가 치미는 것을 참을 수가 없고, 또 내가 느끼기에는……

우리 조금 천천히 해 볼까요? 스윗하트, 탐구로 돌아가 봅시다. 그냥 예, 아니요로 대답해 보세요. "그녀는 당신을 돕지 않았다"— 그게 진실인가요?

아니요.

그 사실에 머무르며, 마음이 그 사실을 받아들이도록 허용해 보세요. 우리는 진실을 듣고 싶어 하지 않습니다. 진실은 우리가 믿는 것과 반대입니다. 마음은 질문으로부터 도망쳐서 자기가 믿는 것이 옳다는 것을 증명하려고 합니다. 마치 겁먹은 아이처럼요. 자, 스윗하트, "그녀는 내 돈을 모두 가져가고 나를 돕지 않았다"

라는 생각을 믿을 때는 어떤 느낌이 드나요?

몹시 화가 나고, 실망스럽고, 그녀가 제 삶을 망쳤다고 느껴져요.

예, 그래요. "그녀가 나를 돕지 않았다"라는 생각이 없다면, 당신은 누구일까요?

훨씬 더 평화로운 상태에 있겠죠. 그렇게 화가 나지는 않을 거예요.

예. "그녀는 나를 돕지 않았다"—뒤바꿔 보세요.

나는 나를 돕지 않았다.

그것이 원래 진술만큼 진실하거나 더 진실해 보이나요?

예. 더 진실해 보이네요.

이제 당신이 자신을 돕지 않았던 방식을 세 가지만 찾아보세요.

무슨 말인지 모르겠어요.

그녀가 머물도록 강요했나요?

아뇨.

그러면 그것이 한 가지 이유가 되겠군요. 그녀와 함께 있으면서 당신이 불행할 때 자신을 도왔나요?

아뇨, 그러지 않았어요. 아, 알겠어요. 그녀가 내 모든 재산을 내놓도록 강요한 것도 아니에요. 그렇게 하는 것이 좋겠다고 말했을 뿐이죠.

좋아요. 두 가지가 됐군요. 당신은 그녀에게 돈을 주었고, 조건을 달고 돈을 주었는데, 그렇게 할 때 당신은 자신을 돕지 않고 있었어요.

맞아요. 세 번째는 내가 가정을 포기했다는 거예요.

좋아요, 스윗하트. 그녀가 그렇게 하도록 강요했나요?

아니라고 말해야겠네요. 그녀는 내게 어떻게 하라고 강요하지 않았어요.

당신이 그렇게 한 것은 그녀에게 무언가를 원했기 때문이에요. 그것이 무엇이었나요?

나는 신의 은총을 원했어요. 그리고 그녀가 권유하는 영적 수련을 하고 가정을 포기하고 모든 재산을 바치면 그것을 얻을 수 있다고 생각했죠. 내가 성실히 따르면 그녀가 나를 인정해 줄 것이라고 생각했어요.

"그녀의 인정을 받으면 당신은 신의 은총을 얻을 수 있다"—그게 진실인가요?

음, 이제는 그녀가 정말로 영적인 사람은 아니라는 것을 아니까, 아뇨, 그것은 진실이 아니에요.

"어떤 사람들은 다른 사람들보다 더 영적이다"—당신은 그게 진실인지 알 수 있나요?

안 그래도 이 점에 대해 의심이 들더군요. 아뇨, 알 수 없어요.

그 생각을 믿을 때 당신은 어떻게 반응하나요?

내가 영적인 사람이 아니라고 느껴져요. 고요하고 겸손해지려고 애를 썼고, 내가 찾아낸 가장 영적인 사람을 기쁘게 하기 위해 무슨 일이든 하려고 했어요. 화가 났을 때도 그렇지 않은 척 했죠. 굉장히 노력했어요.

"나는 영적인 사람이 아니다, 그래서 영적인 사람처럼 행동할 것이다."

맞아요. 그러기 위해 정말 열심히 노력해야 한다고 생각했어요.

어떤 사람들은 다른 사람들보다 더 영적이라는 믿음이 없다면, 당신은 누구이며 어떻게 살아갈까요?

자유로운 시간을 아주 많이 가질 거예요.

돈도 더 많겠죠.

다른 어떤 사람처럼 되려고 끊임없이 노력하지도 않을 거예요. 그때그때 주어지는 일을 하며 살아갈 것 같아요.

영적으로 들리는군요. 그리고 자유롭게⋯⋯. 자유라는 것은 그냥 평범하고 행복한 여자로 존재하는 것인지도 모릅니다. 나는 아이들에게 평범함과 친구가 되라고 권합니다. 그곳은 있기에 아주 좋은 자리입니다. 나는 모자라지도 넘치지도 않습니다. 나는 그냥 나입니다. 지금의 나 자신으로 있는 것은 아주 멋진 일입니다. 나는 언제나 그냥 나일 뿐이었어요. 하지만 예전에는 그게 괜찮다는 것을 알지 못했어요.

나도 그렇게 느꼈으면 좋겠어요.

자, "신의 은총을 얻으려면 다른 사람의 인정을 받을 필요가 있다"―그게 진실인가요?

아뇨, 진실일 수 없어요.

"당신은 신의 은총을 받을 필요가 있다"―그게 진실인가요?

나는 신의 은총을 원하지만, 그 은총을 받을 만큼 나 자신이 충분히 괜찮았던 적은 없는 것 같아요.

신의 은총을 받는다면 당신은 무엇을 얻게 될까요?

잘 모르겠어요. 은총으로 가득한 상태일 것 같아요. 모든 것이 완벽해 보이겠죠. 하지만 그게 어떤 상태일지는 상상이 되지 않아요.

만일 스승의 인정을 받는다면 어떤 느낌일까요?

지금은 그것이 내게 아무 의미가 없는 것 같은데, 그때는 온 세상을 의미했을 거예요. 정말 행복했을 거예요.

신의 은총처럼?

예? 아, 맞아요. 내 생각 속에서는 신의 은총과 스승의 인정이 같은 것이었어요. 그 두 가지가 내 불행을 없앨 거라 생각했죠.

자, "나는 신의 은총이 필요하다"—그 생각을 믿을 때 당신은 어떻게 반응하나요?

불행해요. 나 자신이 무가치하게 느껴지고 절망적이 되죠. 마치 천국에서 쫓겨난 것처럼요. 그래서 무슨 수를 써서라도 천국에 다시 들어가야 할 것 같아요.

가정을 포기하고 스승에게 전 재산을 다 바쳐서라도?

맞아요. 정확히 그렇게 느꼈어요.

오, 저런! 스윗하트, 내가 어떻게 신의 은총을 받는지 아시나요? 나는 이 찻잔을 탁자에 내려놓고, 다시 들어 올립니다. 이것은 모든 면에서의 완벽함이며 완전한 인정입니다. 나는 여기에 당신과 함께 앉아 있는 것이, 이 컵을 들고 있는 것이 너무나 감사합니다. 더 나은 어떤 것을 상상할 수가 없어요. 신의 은총이 필요하다는 생각이 없다면, 당신은 누구일까요?

지금 여기에서 당신을 보며 미소 짓겠지요, 지금 이 모습 이대로. 아, 내가 그동안 얼마나 어리석었는지!

그런데 당신이 바보였다는 생각이 없다면, 당신은 누구일까요?

더 환한 미소를 지을 거예요.

예, 당신은 거룩한 바보가 됩니다. 당신이 했던 모든 일, 당신의 모든 과거는 당신이 여기로 오는 데, 그런 미소를 짓는 데 필요한 것이었어요. 이것을 가져다준 그 경험과 함께 잠시 머물러 보세요. 어떤 것을 추구해야 한다는 생각이 없는 상태에 잠시 머물러 보세요. 그것이 신의 은총입니다. 그것을 당신에게 주거나 빼앗아 갈 수 있는 사람은 아무도 없습니다. 오직 조사되지 않은 생각들만이 그것을 빼앗아 갈 수 있어요. "나는 신의 은총을 받아야 해"와 같은 생각들, 스승이 당신을 어떻게 하도록 만들었다는 생각들이 그런 조사되지 않은 생각들이에요. 어떻게 그럴 수가 있을까요? 그녀는 당신을 머물게 만들 수 없습니다. 당신이 사랑을 받기 위해 머물렀어요. 만일 내게 기도가 있다면 이러할 거예요. "신이여, 사랑과 인정, 존중을 받으려는 욕망으로부터 저를 자유롭게 하소서. 아멘." 자, "나는 신의 은총이 필요하다"— 뒤바꿔 볼 수 있나요?

나는 신의 은총이 필요하지 않다?

당신에게 이미 있는 것을 어떻게 필요로 할 수 있겠어요? 스윗하트, 당신이 이제 그 점을 알아가니 참 기쁘네요.

그 무엇도 당신에게서 사랑하는 사람을 앗아갈 수 없습니다.

당신에게서 남편을 앗아갈 수 있는 것은 하나뿐입니다.

당신이 어떤 생각을 믿는 것.

그럴 때 당신은 남편에게서 멀어집니다.

그럴 때 결혼은 끝이 납니다.

당신과 남편은 하나입니다.

남편이 어떤 식으로 바라보아야 하고,

당신에게 어떤 것을 주어야 하고,

남편이 그 자신이 아닌 다른 사람이어야 한다는 생각을

당신이 믿기 전까지는……

그럴 때 당신은 그와 이혼합니다.

그 즉시 당신은 결혼을 잃습니다.

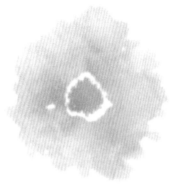

7
상대방의 결점

배우자의 결점이라고 여겨지는 것을 잘 살펴보고,
그것이 그의 진가를 알아볼 기회를 주는 방식들을 알아차려 보세요.
만일 그런 방식들을 분명히 알아차린다면,
당신의 사랑은 한없이 자라고 또 자랄 것입니다.

어떤 사람들은 '작업'이 자신의 관계를, 아무리 문제가 많아도, 그저 수동적으로 수용하도록 옹호하는 것이 아니냐고 묻습니다. 나는 작업은 어떤 것도 옹호하지 않는다고 말합니다. 어떻게 그럴 수 있을까요? 작업은 단지 네 가지 질문과 뒤바꾸기일 뿐입니다. 하지만 때로는 이 질문들과 뒤바꾸기를 받아들이기가 힘들 수 있습니다. 그들은 말합니다. "배우자를 있는 그대로 사랑한다는 것은 그의 결점들까지 받아들이며 그와 함께 살아야 한다는 뜻인가요? 왜 내가 그 사람을 참아야 하죠? 배우자가 정말로 결함 있는 사람이라면 어떻게 해야 하나요?" 무척 흥미로운 질문입니다. 한번 살펴봅시다.

"남편은 너무 부주의해요. 집 안 곳곳에 진흙투성이 발자국을 남기고, 침대보를 새로 깐 침대 위에서 더러운 작업복을 입은 채 신발 끈을 매고, 축구 경기에 열중해서 제가 하는 이야기는 듣지도 않아요." "아내는 코를 골아요." "아내는 일을 제대로 하지 않아요." "남편이 흰옷들을 빨간 양말과 함께 세탁기에 집어넣어서 이제 흰옷들이 분홍색으로 물들어 버렸어요." "아내는 운동을 그만둔 뒤 살이 쪘어요. 꽉 끼는 옷을 입은 아내를 좀 보세요!" "그이는 정장을 차려 입고 취직 면접을 보러 가면서 수염에 계란을 묻힌 채로 그냥 나가요."

왜 이런 일들이 일어나는 걸까요? 처음에는 왜 그러는지 분명하지 않을 수 있습니다. 하지만 시간을 두고 살펴본다면, 그것들은 우리를 서로 더 가깝게 만들어 주는 훌륭한 방식들이라는 것을 발견하게 될 것입니다. 만일 당신이 수동적이지 않다면……. 이것은 일어나는 일들을 사랑의 눈을 통하여 실제 있는 그대로 보는 당신의 능력에 관한 것입니다. 배우자에 관해 작업을 하다 보면, 당신은 자기의 모든 문제들이 나오는 근원은 자기 자신임을 알게 됩니다. 왜냐하면 배우자가 어떤 사람이라고 당신에게 이야기하고 있는 것은 당신의 생각들이기 때문입니다. 만일 어떤 식으로든 그를 결함 있는 사람으로 본다면, 당신은 자기 자신을 보지 못하고 그 순간의 현실과 다투고 있는 자리에 있습니다. (자신의 공격이 지극히 옳고 정당하다고 느끼는 자리가 바로 그런 자리입니다.) 근원으로 돌아가세요. 자기 자신에게 돌아가세요.

수염에 계란을 묻히고 있는 남편을 바라보세요. 당신은 남편을 두 가지 방식으로 바라볼 수 있습니다. 한 가지 방식은 그에게 결함이 있다고 생각할 때입니다. "맙소사, 수염에 계란을 붙이고 나가다니! 여보, 좀 그만해요! 수염에 계란이 묻었다구요! 왜 그렇게 지저분해요? 당신이 무슨 생각을 하면서 사는지 모르겠어요. 얼른 씻으세요! 서둘러요, 늦었어요! 내가 계란을 뗄게요. 당신이 보고 뗄 수도 있었잖아요. 왜 내가 이런 것까지 당신에게 지적해야 하죠? 그래 가지고 어떻게 취직하겠어요? 당신은 날 너무 실망시켜요. 왜 당신과 결혼했는지 모르겠어요. 아니, 그만둬요, 키스하고 싶지 않아요. 날 혼자 내버려두고 얼른 나가요."

또 하나의 방식은, 결함이라는 것이 있을 수 없음을 이해할 때입니다. "남편이 수염에 계란을 묻힌 채 문을 나서고 있네. 정말 우스워. 너무 서두르느라 그것도 알아차리지 못했나 봐. 그이를 위해 수염에 묻은 계란을 닦아 줘야겠어. 이 일이 우리에게, 적어도 나에게 일어난 이유를 아니까. 내가 제때에 그의 수염을 본 건 당연히 오늘 일이 잘 되게 하기 위해서야. 우린 나중에 수염에 계란을 묻힌 채 면접을 보는 모습이 어땠을지 상상하며 웃을 수 있어. 남편을 위해 계란을 닦고 있노라니, 따뜻하고 다정하고 재미있고 친밀하게 느껴져. 잘 다녀오라고 뽀뽀할 시간이 있을 거라고는 생각지 못했는데, 수염에 묻은 계란 덕분에 뽀뽀까지 할 수 있게 됐어. (시간이 없다고 생각했는데 그럴 시간이 이렇게 생기는 것은 얼마나 재미있는지요.) 남편은 새로운 직장을 구할 거야!"

"남편의 결점과 함께 사는 게 지긋지긋해요"—탐구

남편은 언제나 늦는다. 그것은 어린 시절부터 남편의 문제였다. 남편도 인정하고, 시어머니도 인정하고, 나도 인정한다. 그런데 이게 나를 미치게 만든다. 남편은 무관심하고, 이해심이 없고, 신뢰할 수 없고, 서툴고, 아이들에게 좋지 않은 본보기다. 나는 바꾸려는 마음조차 없는 사람과 함께 사는 것이 너무 지긋지긋하다.

좋아요. 그렇다고 해도 당신이 할 수 있는 일은 무엇인가요? 당신은 20년 동안 남편을 바꾸려고 노력해 왔지만 아무 성과가 없었어요. 마음속으로 이런 점들에 대해 질문해 보는 것이 어떨까요?

결국 불행한 사람은 당신 자신이니까요. "그는 언제나 늦는다"—
뒤바꿔 보세요.

하지만 나는 늦는 일이 없어요. 이 뒤바꾸기는 소용이 없어요.

그게 진실인가요? 이제까지 당신이 늦었던 세 번의 경우를 생각
해 낼 수 있나요? 남편과는 다른 면에서 그랬던 때를 생각해 낼 수
도 있을 거예요.

음, 나는 출발이 늦은 유형이었어요. 처음 학교에 들어갔을 때는 둔한
편이었죠. 나중에는 음악과 수학에서 뛰어난 성적을 보였지만요.

그때 어땠나요?

내가 너무 둔하다며 부모님과 선생님이 계속 야단칠 때는 정말 무서웠
어요. 나는 내가 결국은 나아지리라는 것을 항상 알고 있었지만, 그분들
은 그렇지 않았어요. 나에 대한 그분들의 비난이 나를 더욱 더디게 만든
것 같아요. 너무 부끄러웠거든요.

또 다른 경우는요?

청구서를 항상 제때에 지불하지는 않아요.

하나 더 있나요?

할 일을 마지막까지 미룬 적이 한두 번 있어요. 그러면 굉장히 걱정이 되고, 나중에 한꺼번에 서둘러 급히 처리해야 하죠.

"남편은 무관심하고, 이해심이 없고, 아이들에게 좋지 않은 본보기다"—어떻게 뒤바꿔 볼까요?

남편에게 늦었다고 소리 지를 때 나는 이해심이 없다. 그럴 때 내가 정말로 남편에게 관심 갖는 것은 아니다. 그리고 나의 행동이 남편에게 어떤 기분을 느끼게 할지 관심이 없다. 내가 그런 상황에서 사랑하는 사람에게 소리치는 것은 아이들에게 좋은 본보기가 아니다.

그리고 당신이 바뀌려는 마음이 없는 '어떤 사람'과 함께 사는 것을 지긋지긋해 하는 것은 이상한 일이 아닙니다. 그 사람은 바로 당신입니다. 당신이 남편을 놓아두고 자신의 뒤바꾸기에 관심을 갖기 전에는 자기 자신에게서 놓여나거나 벗어날 수가 없어요. 남편을 바꾸는 것은 더 이상 당신의 평생 과제가 아니에요. 당신의 평생 과제가 될 수 있는 사람은 당신 자신이에요. 변화를 믿는 사람은 바로 당신이니까요.

남편의 늦는 버릇을 달리 어떻게 고쳐야 할지 상상이 되지 않아요.

남편이 늦는 것은 남편의 일이에요. 당신은 자신의 일만 돌보면 돼요. 예를 들어, 남편이 제시간에 맞추기를 더 이상 기다리지 않을 수도 있어요. 최악의 상황을 생각해 봅시다. 남편이 어떤 일에 늦으면 최악일까요, 당신이 상상할 수 있는 최악의 상황은 무엇인가요?

하나뿐인 딸이 6월에 결혼을 하는데, 그때 남편이 딸과 함께 예식장에 입장하여 신랑에게 인도해야 해요. 그런데 남편이 결혼식에 늦으면 내가 어떻게 해야 할지 모르겠어요.

한번 시험해 볼까요. 당신은 딸의 결혼식 날에 당신의 할 일을 하는데, 남편이 늦습니다. 내가 당신이라고 가정해 보죠. 나는 남편을 조건 없이 사랑하는 정직한 아내입니다. 남편이 늦습니다. 나와 딸은 결혼식장에 있습니다. [케이티가 엄마의 역할을 맡아 얘기한다] 얘야, 네가 결혼을 하다니 꿈만 같아! 오늘 정말 아름답구나.

[엄마는 딸의 역할을 하며] 아빠는 어디 계시죠?

아빠가 늦으시는구나.

뭐라구요? 이제 결혼식이 시작된단 말이에요!

알고 있단다. 어떻게 하면 좋을까? 너만 괜찮으면 내가 널 데리고 입장해도 될 거야.

말도 안 돼요, 엄마! 아빠를 어떻게 하실 수 없었나요?

할 수 없었단다. 아빠는 지금 최선을 다하고 계셔. 내가 돕겠다고 했지만 아빠는 혼자 알아서 하겠다고 하시더구나.

그래서 엄마는 어떻게 하셨죠?

물론 아빠가 원하는 걸 존중했지.

엄마, 잘못하신 거예요. 아빠를 재촉하셨어야죠. 이건 제 결혼식이라구요! 맙소사, 이제 아빠는 제시간에 올 수 없어요! 다 엄마 잘못이에요!

그래, 얘야. 그런데 우리가 결혼식을 제대로 치르기 위해 지금할 수 있는 게 뭘까? 조금 당황하고는 있지만, 우리 딸 너무 아름답구나.

전 절망적이에요! 좋아요, 엄마가 저와 같이 입장해 주시겠어요?

그러자꾸나. 나에게는 영광이란다. 내가 울어도 괜찮겠니?

왜 울어요?

아빠가 늦는 것이 이렇게 고마운 건 처음이라서 그래. 내가 딸과 함께 입장하게 되다니! 나는 아빠와 널 너무나 사랑한단다.

엄마, 최고예요! 아, 저기 아빠가 와요. 아빠! 빨리요!

배우자의 결점이라고 여겨지는 것을 잘 살펴보고,
그것이 그의 진가를 알아볼 기회를 주는 방식들을 알아차려 보세요.
이런 방식들을 발견하지 못하면,
당신은 결국 화를 내며 그를 비난하게 될 것입니다.
또는 자신이 더 나아지지 못하는 데 대해 좌절하고
자신과 그를 정신적으로 공격할 수도 있습니다.
그러는 동안 당신이 경험하는 이런 공격들은
질문될 필요가 있는 영역들일 뿐입니다.
만일 그런 방식들을 분명히 알아차린다면,
당신의 사랑은 한없이 자라고 또 자랄 것입니다.

얼마나 멋진 얘기인가요! 어떻게 우리는 남편이 늦을 거라고 믿을 수 있었을까요? 어떻게 우리는 '늦는 것'이 가능하다고 믿을 수 있었을까요? 그는 분명히 완벽한 때에 올 것입니다. 이제 나는 자리에 앉아 딸이 꿈꾸던 결혼식을 지켜보고, 남편은 딸을 신랑에게 인도합니다. 어떤 것도 그보다 더 좋을 수는 없습니다.

정말로 나쁜 관계 – 누구와의?

작업의 결과들은 언제나 평화롭지만, 작업은 결코 수동적인 것이 아닙니다. 때때로 당신이 관계를 맺고 있는 사람은 화를 잘 내고, 마음을 아프게 하고, 폭력을 행사하거나 자기 자신을 학대하는 사람일 수 있습니다. 그는 자신의 생각들을 당신에게 투사하고는 당신이 그의 고통의 원인이라고 굳게 믿는 사람일 수 있습니다. 그래야 한다고 여겨지면, 어떻게 해서든 그 관계에서 빠져나오세요. 나쁜 관계는 동일한 대답을 가진 다른 이야기입니다. 자기 자신에게 물어보세요.

만일 내가 심지어 내 몸을 때리고 망가뜨릴 정도로 자신의 생각들을 나에게 투사하는 사람과 함께 살고 있다면, 나는 나의 믿음들에 질문할 필요가 있습니다. 나를 두렵게 하여 떠나지 못하게 만드는 생각들에 질문해 봅니다. 그리고 "그는 나를 때리거나 나에게 소리치지 말아야 한다. 그는 나를 억누르지 말아야 한다"와 같은 생각들에 질문을 하고 뒤바꾸기를 해 봅니다. "나는 나를 때리지 말아야 한다. 나는 그의 손을 이용하여 나를 때리지 말아야 한다. 나는 마음속으로 나에게 소리치지 말아야 한다. 나는 나의 (행복)을 억누르지 말아야 한다." 그게 원래의 생각만큼 진실하거나 더 진실한가요? 그럴 때 어떻게 하면 이런 뒤바꾸기에 따라 살 수 있을까요?

떠나기 혹은 머물기, 평화롭게

당신은 배우자의 명백한 결점을 참으려고 할 수도 있고, 그러지 않으려 할 수도 있습니다. 당신이 어떤 관계를 떠나든 그대로 머물든 늘 두 가지 길이 있습니다. 하나는 평화롭게 사랑으로 그리하는 길입니다. 다른 하나는 전쟁을 벌이고 분노와 비난으로 그리하는 길입니다. 평화롭기를 원한다면, 배우자를 판단하고, 그것을 종이에 적고, 네 가지 질문을 하고, 뒤바꿔 보세요. 배우자의 결점은 당신의 눈 속에 있는 결점이라는 것을 분명하게 보세요. 다음에는 결정이 저절로 이루어지도록 놓아두세요. 결정은 언제나 제때에 이루어집니다. 한 순간의 오차도 없습니다.

이 장의 나머지는 암스테르담에 사는 여성과의 대화로 채워집니다. 이 대화는 우리가 생각을 철저히 믿을 때는 그 생각이 사실처럼 보인다는 것을 보여 주는 훌륭한 사례이기 때문입니다. 이 여성은 남편이 절대로 소통할 수 없는 사람이며 그를 떠나야 한다고 완전히 확신하고 있었습니다. 하지만 명백해 보이는 이런 사실들을 그녀가 탐구했을 때, 그것들은 단지 질문되지 않은 두 가지 생각에 불과하다는 것이 드러났습니다.

나를 이해하는 것은 당신의 일이 아닙니다.

그것은 나의 일입니다.

어서 오세요, 스윗하트. 종이에 적은 내용을 들어 보죠.

내 결혼 생활에 대해 적었어요. 나는 남편을 떠나려 하는데, 이 점에 대해 굉장한 죄책감을 느끼고 있거든요.

"당신은 남편을 떠날 것이다"—그게 진실인가요?

예.

당신은 그게 진실인지 확실히 알 수 있나요?

지금 이 순간에요? 아뇨, 그렇지는 않은 것 같아요.

"나는 남편을 떠날 것이다"라는 생각을 믿을 때, 당신은 어떻게 반응하나요?

죄책감을 많이 느껴요.

그 생각을 믿고 죄책감을 느낄 때, 당신은 남편을 어떻게 대하나요?

남편에게 화를 내요.

예, 마치 남편을 이미 떠난 것처럼. 당신은 남편을 감정적으로 떠납니다. 남편을 떠날 것이라는 생각이 없다면, 당신은 누구일까요? 5일 안에 남편을 떠난다고 해 보죠. 이 5일 동안 그 남자와 함께 살 때, 그 생각이 없다면 당신은 누구일까요?

평화로울 거예요. 남편을 좀 더 온전한 사람으로 볼 것 같아요.

예, 죄책감 없이 남편을 보게 되면 좋은 시간을 보낼 수도 있겠지요. 남편이 짐 싸는 것을 도와 줄지도 모르겠군요.

그러면 좋겠어요.

서로의 행복을 빌어 줄 수도 있구요. "나는 남편을 떠날 것이다"—뒤바꿔 보세요.

나는 남편을 떠나지 않을 것이다.

당신이 짐을 싸서 나온다고 해도 남편을 떠나지 않을 세 가지 예를 찾을 수 있나요?

나는 아직 남편에게 관심이 있어요. 정기적으로 아이들을 보러 오라고 남편을 초대할 거예요. 남편이 나를 필요로 한다면 거기에 있을 거예요.

예, 서로 정말 좋은 친구가 될 수도 있겠지요. 아이들의 아빠를 사랑하고 관심을 갖는 것은 아주 좋은 일이에요. 열린 마음이 주는 선물이지요. 마음이 열리면 가슴도 열립니다. 둘 중에 하나만 열릴 수는 없어요. 서로 헤어져 자신의 생각을 믿고 있는 부모는 차갑고 분노하고 혼란스러울 수 있어요. 그러면 가슴을 경험하기 어렵지요. 우리는 이혼한 뒤에도 조건 없이 서로 사랑할 수 있습니다. 분노에 차서 헤어질 필요는 없어요.

하지만 사랑이 있을 때 헤어지기는 더 어려운 것 같아요. 헤어져야 할 동기가 없으니까요.

"헤어지려면 두려움이나 미움 같은 동기가 있어야 한다"—그게 진실인가요?

아뇨. 그렇지 않다는 걸 알겠어요. 그래도 말다툼을 많이 하고 분노가 많으면 다른 사람한테 설명하기가 더 쉬울 거예요.

자신의 이해에 관해서만 탐구하는 것이 좋아요. 당신이 떠나는 이유를 자신에게 어떻게 설명할 수 있을까요?

내가 남편을 떠나려는 것은 남편이 나와 얘기하려 하지 않기 때문이에요.

좋아요, 다른 사람들에게도 그렇게 설명하면 되겠군요. 사람들이 남편을 떠나려는 이유를 물으면, 당신은 "난 남편을 가슴 깊이 사랑해요. 하지만 나와 대화를 나누려는 사람과 살고 싶어요"라고 말할 수 있습니다.

아.

그리고 남편이 "왜 나를 떠나려는 거죠?"라고 물으면, "당신은 나와 대화를 하지 않기 때문이에요"라고 말하면 됩니다. 당신에게는 자신만의 이유가 있습니다. 그 이유가 나머지 세상 사람들에게는 충분히 괜찮은 이유가 아닐지 모르지만, 당신에게는 충분한 이유가 됩니다. 그 이유 때문에 당신이 평화로우면 당신의 마음은 전쟁 지대가 아닙니다. 당신은 더 이상 분노에 차서 떠나는 방식을 자녀에게 가르치지 않습니다. 다른 방식을 가르칠 수 있어요. 당신은 남편을 떠나려는 자기만의 이유가 있고, 여전히 남편을 사랑하며, 균형 잡히고 따뜻한 관심을 갖는 자신을 사랑합니다. 다음에는 뭐라고 썼나요?

나는 남편에게 화가 난다. 왜냐하면 그는 나를 망치고 결혼 생활을 망쳤기 때문이다.

"남편이 결혼 생활을 망쳤다"—그게 진실인가요?

확실하지는 않아요.

이 작업을 할 때 예와 아니요는 똑같이 훌륭한 대답입니다. 모르겠다고 대답할 수도 있어요. "남편이 결혼 생활을 망쳤다"—그게 진실인가요?

아뇨, 그렇지 않아요.

당신은 아니라고 대답했습니다. 그 대답을 어디에서 발견했나요?

머리가 좀 어지러워요. 더 이상 누구의 잘못인지 잘 모르겠어요.

좋아요. 이제까지 대답은 아니요입니다. "남편이 결혼 생활을 망쳤다"는 생각을 믿을 때, 당신은 어떻게 반응하나요?

우리의 결혼을 위해 내가 어떻게 애썼는지가 기억나요. 그리고 남편이 내 말에 귀를 기울여야 했다고 생각해요. 남편이 방에 들어오면, 내 생각들이 남편을 공격하기 시작하고 남편이 결혼 생활을 망친 모든 방식들을 떠올리죠. 나는 온 힘을 다해 남편을 밀어냅니다.

남편이 방으로 들어올 때, 그가 결혼 생활을 망쳤다는 생각을 믿지 않는다면 당신은 누구일까요?

한 남자가 방으로 들어오는 것을 볼 테고, 아무런 문제도 느끼지 못할 거예요.

예, 남편이 할 말이 있든 없든 당신은 그 자리에 있겠지요. 그리고 남편이 말을 하지 않아도 남편에게서 잘못을 찾아내지 않고 그를 바라보겠지요. 자, "남편은 결혼 생활을 망쳤다"— 뒤바꿔 보세요.

　나는 결혼 생활을 망쳤다.

　당신이 결혼 생활을 망치는 방식을 세 가지만 찾아볼 수 있나요?

　글쎄요. 나는 남편을 아주 많이 비난해요. 내가 요구하지 않은 것들까지 남편이 알아서 해 주기를 원해요. 남편을 너무 많이 들볶아요.

　남편에게 이렇게 얘기하고 싶을지도 모르겠군요. "여보, 내가 결혼 생활을 망쳤어요. 정말 미안해요." 그리고 당신이 이제 막 발견한 것을 자세히 말해 줄 수도 있구요. 다음 진술을 보죠.

　남편은 더 이상 결혼 생활을 계속할 수 없는 나를 이해해야 한다.

　"남편은 나를 이해해야 한다"—그게 진실인가요?

　남편이 그래 주면 좋겠어요.

　"남편은 나를 이해해야 한다"—당신은 그게 진실인지 확실히 알 수 있나요? 이것은 아주 중요한 질문이에요.

　아뇨, 그게 진실인지 확실히 알지는 못해요.

당신은 남편이 당신을 이해해야 한다는 생각을 믿고 있는데 남편은 그렇게 하지 않을 때, 당신은 어떻게 반응하나요?

내가 가질 수 없는 것들을 끊임없이 갈망해요. 언제나 남편에게서 다른 뭔가를 갈망해요. 언제나 남편에게서 해답을 갈망해요. 그리고 남편에게 해답이 없으면 더욱더 좌절하게 되죠.

남편이 여전히 당신을 이해하지 않을 때, 당신은 남편을 어떻게 대하나요?

모두 다 남편의 탓인 것처럼 대해요.

그래도 남편이 여전히 당신을 이해하지 않으면요?

포기해 버려요.

그렇게 포기하지만 여전히 남편이 당신을 이해해야 한다는 생각이 들 때는 어떤가요?

선심을 쓰는 척 하고, 가슴이 쓰라리고, 말을 안 하거나 토라져요. 내가 마치 피해자인 것처럼 느끼고 행동하죠.

"남편은 이해해야 한다"는 생각이 없다면, 당신은 누구일까요?

254

스트레스가 굉장히 줄겠죠. 남편이 말없이 있어도 그냥 놓아둘 거예요.

사람들이 "오, 이해해"라고 말할 때도 그들이 무얼 이해하는지 확실히 알 수는 없답니다. 그것은 불가능해요. 무엇이 가능한지 살펴보죠. "남편은 나를 이해해야 한다"—뒤바꿔 보세요.

나는 나를 이해해야 한다.

예, 이 양식에 당신의 생각을 적어 보는 것만으로 당신은 자신을 아주 많이 이해하게 되었습니다. 자신을 이해하고 싶을 때마다 남편을 판단하고, 그 판단을 종이에 적고, 네 가지 질문을 하고, 뒤바꿔 보세요. "남편은 나를 이해해야 한다"에 대한 다른 뒤바꾸기를 찾을 수 있나요?

나는 남편을 이해해야 한다.

남편은 당신에게 상처를 주면서도 이해하지 못했을 수 있어요. 당신은 이제 남편을 위한 몇 가지 대답을 알게 되었습니다. 그 대답들을 분노 없이 사랑으로 남편에게 알려줄 수 있습니다. 당신이 자신에 대해 발견한 것을 좋은 친구에게 알려주듯이 남편에게 알려주세요. 그리고 남편을 이해하세요. 또 하나의 뒤바꾸기가 있군요.

남편은 나를 이해할 필요가 없다. 그러면 좋겠어요.

만일 우리가 명쾌하고 정직하다면, 우리를 사랑하는 사람들은 우리가 나오는 근원을 훨씬 쉽게 이해할 수 있습니다. 우리는 적을 대하듯이 그들에게 소리치지 않습니다. 우리는 그저 친절하고 사랑하며, 어떻게 우리가 문제에 일조를 했는지 그들에게 분명히 알려주게 됩니다. 우리는 그들이 이해하고 싶어 한다는 것을 압니다. 하지만 그들에게서 어떤 이해를 기대한다면, 우리는 길을 잘못 든 것입니다. 중요한 것은 그들이 이해하느냐가 아니라 우리가 이해하느냐입니다. 왜냐하면 이 자리는 바로 우리가 가장 행복한 곳이니까요.

훨씬 낫게 느껴지네요. 상황에 대한 책임은 나에게 있으니까요.

다음 진술을 읽어 보세요.

남편은 나와 대화를 하지 않아 나를 실망시키지 말아야 한다.

뒤바꿔 보세요.

나는 나와 대화를 하지 않아 나를 실망시키지 말아야 한다.

그래요. 당신은 남편에게서 해답을 찾고 있나요? 해답들은 당신의 내면에 있습니다.

해답을 찾기가 힘들어요.

그런데도 남편은 해답을 찾아야 한다고 생각하는군요. 다음 말을 읽어 보세요.

남편은 지금의 내 마음을 알아야 한다.

"남편은 지금의 내 마음을 알아야 한다"—그게 진실인가요?

그러면 좋겠어요. 그러면 더 평온하고 안심이 될 것 같아요.

다른 식으로 보죠. "남편은 지금의 당신 마음을 모른다"—그게 진실인가요? 당신은 떠나겠다는 말을 남편에게 했나요?

아뇨.

"남편은 지금의 당신 마음을 알아야 한다"—그게 진실인가요?

아뇨.

좋은 발견이에요. 당신은 남편에게 아무 말도 하지 않았어요.

하지만 이렇게 마음먹게 만든 모든 일에 대해서는 남편에게 얘기했어요.

그런데 "남편은 지금의 당신 마음을 알아야 한다"—그게 진실인가요? 남편이 독심술사인가요?

아뇨.

남편은 당신이 떠나려 한다는 것을 모르는데, 그 생각을 믿을 때 당신은 어떻게 반응하나요?

많은 스트레스를 받아요.

뒤바꿔 보세요.

남편은 지금의 내 마음을 알지 않아야 한다.

남편은 알 수가 없겠죠. 왜 남편에게 말하기를 두려워하나요?

남편이 충격을 받고 정신이 나갈까 봐 두려워요.

당신은 남편이 충격을 받고 정신이 나가는 걸 두려워합니다. 다음에는 당신에게 어떤 일이 일어날까요?

책임감을 느끼고 엄청난 죄책감에 사로잡힐 거예요. 그리고 할머니, 시어머니의 분노도 두려워요.

좋아요, 연극을 해 보죠. 당신은 남편의 역할을 맡고, 나는 그를 아주 많이 사랑하는 사람, 당신의 정직한 자아 역할을 맡겠습니다. [케이티가 아내 역할을 맡아서 말한다] 여보, 나는 당신을 떠나기로 마음먹었어요.

[여성은 남편의 역할을 하며] 안 돼, 그럴 수는 없어요.

알겠어요. 그렇지만 떠나겠어요.

하지만 한 번 더 노력해 봅시다.

이미 해 봤어요. 참 이상해요. 나는 당신을 아주 많이 사랑하는데, 당신을 떠나려고 해요.

더 열심히 노력해 봅시다. 어느 관계든 좋을 때도 있고 나쁠 때도 있잖아요.

맞아요. 당신은 아주 잘해 왔어요.

내가요?

나는 그렇게 봐요. 내가 이런 얘기를 하면 당신이 충격을 받고 정신이 나갈 거라고 생각했어요. 그런데 당신은 여전히 거기 서서 나와 얘기하고 있잖아요. [케이티로 돌아와서] 좋아요, 이제 당신이 그토록 두려워하는 할머니 역할을 해 보세요.

[여성이 할머니 역할을 하며] 넌 너무 제멋대로구나. 네가 가진 모든 것과 남편이 널 위해 해 준 모든 걸 생각해 봐라. 넌 네 생각밖에 안 하는 구나.

그래요, 할머니 말씀이 맞아요. 남편은 저를 위해 좋은 걸 아주 많이 해 주었고, 아이들에게도 훌륭한 아빠죠. 참 좋은 사람이에요. 저는 남편을 정말 사랑해요.

그런데 왜 남편을 떠나려는 거냐?

남편이 말을 하지 않아서 그래요. 저와 대화를 하지 않아요.

하지만 애들을 생각해 보렴. 그 애들이 얼마나 힘들지 생각해 봐.

할머니 말씀이 맞을 수 있어요. 저는 최선을 다해 아이들을 보살피고 잘해 주려고 해요. 그 애들이 아빠가 얼마나 좋은 사람인지 알기를 원해요.

그렇다면 헤어지지 말거라!

그럴 수는 없어요. 남편은 저와 대화를 하지 않아요. [케이티로 돌아와서] 스윗하트, 당신은 자신의 생각들에 대해 질문해 보았습니다. 당신은 자신에게 무엇이 진실인지를 알고 있고, 남편이 얼마나 다정하고 사랑하는지, 당신이 얼마나 다정하고 사랑하는지 알고 있습니다. 당신은 모든 사람이 자녀에게 얼마나 많은 관심을 갖는지도 알고 있습니다. 당신은 정직한 사람이기 위해 필요한 모든 것을 가지고 있습니다. 아무도 진실을 두려워할 필요가 없습니다. 우리의 가슴속에 두려움을 집어넣는 것은 우리가 진실의 주위에 쌓아 놓은 방어물입니다. 내가 당신을 대신하여 말한 모든 말은 당신이 양식에 적은 말들을 인용한 것들입니다. 다음 말을 살펴봅시다.

남편은 폐쇄적이고, 완고하고, 속마음을 말하지 않는다. 남편은 무지하고, 이상하고, 가끔 히스테리를 부리고, 화를 내고, 몹시 흥분한다.

뒤바꿔 보세요. "나는……"

나는 폐쇄적이다.

그러면 어느 부분이 폐쇄적인지 찾아보세요. 우선 당신은 남편에게 떠나겠다는 말을 하지 않았어요. 그밖에 또 어떤 면에서 당신은 남편에게, 자녀들에게, 그리고 자기 자신에게 폐쇄적인가요? 어쨌든 당신은 남편을 떠나려고 하니까 이 남자에게 마음을 열 수도 있겠지요. 누가 알겠어요, 당신이 이전에 한 번도 만나 보지 않은 어떤 사람(남편을 가리킴—옮긴이)을 만날 수 있을지. 진실은 아주 많은 것을 변화시킬 수 있답니다. 다음 진술을 뒤바꿔 보세요.

나는 완고하다. 나는 내 의견을 고수하는 경향이 있어요.

예. 예를 들어, 남편의 침묵은 당신에게 좋은 일일 수도 있어요. "여보, 저녁 식사로 뭘 먹고 싶나요?" 침묵. "좋아요, 그럼 내가 요리하지 않아도 되겠군요. 이번 주말에 뭐 하고 싶은 일 있어요?" 침묵. "생각나면 알려줘요." 그리고 당신은 자신의 계획대로 살아갑니다. "날 사랑해요?" 침묵. 나는 집 안을 둘러보고 그 질문에 대답할 수 있습니다. 나는 아이들을 바라보고, 남편이 나를 사랑한다는 것을 압니다. 나는 사진들을 바라보고, 남편이 나를 사랑한다는 것을 압니다. 벽들을 바라보면? 그는 나를 사랑합니다. 방바닥을 바라보면? 그는 나를 사랑합니다. 내 눈이 얼마나 멀었기에 남편에게 물어봐야 하나요? 그런 다음 당신은 남편에게 정직하게 말할 수 있습니다. "사랑해요." 그것이 당신에게 진실이라면 말이에요. 다음 말을 뒤바꿔 보세요.

나는 무지하다.

예, 그래요. 당신은 무지합니다. 당신이 믿었던 그 모든 것을 보세요. 그것들은 자신에게조차 진실하지 않은 것들입니다. 그것이 무지함이에요.

하지만 나는 최선을 다하고 있어요.

예, 모든 사람이 저마다 최선을 다하고 있지요. 우리는 모두 최선을 다하고 있어요. 하지만 우리의 생각을 믿을 때는 이런 생각들에 따라 살아야 해요. 우리의 머릿속에 혼란이 있으면, 우리의 삶에도 혼란이 있습니다. 우리의 생각에 고통이 있으면, 우리의 삶에도 고통이 있습니다. 네 이웃을 네 자신처럼 사랑하라? 나는 언제나 그렇게 살았습니다. 내가 나를 미워했을 때, 나는 당신을 미워했습니다. 그렇게 작용합니다. 만일 내가 누군가를 미워하면, 나는 그들을 나 자신으로 착각하고 있습니다. 그러면 해결책을 찾을 수가 없습니다. 다음 진술을 뒤바꿔 보세요.

나는 가끔 몹시 흥분하고 화를 낸다.

더 정확히 말하자면, "나의 생각이 가끔 몹시 흥분하고 화를 낸다"라고 해야겠지요. 그리고 당신은 이제 질문을 이용해 그 생각을 다루는 법을 배우고 있습니다. 다음 진술을 읽어 보세요.

나는 앞으로 다시는 남편이 나와 얘기하려 하지 않는 것을 경험하고 싶지 않다.

뒤바꿔 보세요.

남편이 나와 얘기하려 하지 않아도 괜찮다. 나는 남편이 나와 얘기하려 하지 않기를 고대한다.

이제 당신이 말없는 남편의 역할을 맡고, 나는 그를 사랑하는 사람, 곧 당신의 역할을 맡겠습니다. [케이티가 아내로서 말한다] 여보, 나와 얘기 좀 할까요?

[여성은 남편으로서 말한다] 내가 꼭 얘기를 해야 해요?

와, 당신이 얘기하고 있군요! 아니, 꼭 얘기해야 하는 건 아니에요. 그럴 필요는 없어요. 정말 고마워요.

좋아요. 나도 고마워요.

저녁 식사로 뭘 먹고 싶나요?

으음, 모르겠어요.

좋아요. 생각날 때까지 아이들을 먼저 먹일게요.

그렇게 해요.

좋아요. 당신은 함께 살기 참 편한 사람이에요!

고마워요.

천만에요. 오늘 하루는 어땠나요?

음. 스트레스를 받긴 했지만, 지금은 괜찮아요.

멋지네요. 당신은 놀라워요! 일을 정말 잘해 내고 있잖아요.

그래요, 내가 봐도 그런 것 같아요.

당신은 평화로운 사람이에요. 무슨 일 때문에 스트레스를 받았나요?

아, 물론 일을 제대로 하지 않는 사람들 때문이죠. 당신도 알다시피, 그런 일이에요.

당신 무릎 위에 앉아도 될까요?

뭐라고요? 지금?

예, 지금요. 당신 무릎 위에 앉아서 당신을 안아도 될까요?

그래요, 좋아요. 이리 와요.

[케이티, 역할극을 끝내며] 이 남자가 내 모든 질문에 대답하고 있다는 걸 알아차렸나요?

예. 그래요.

그럼 이제 당신은 남편이 말을 하지 않아서 떠나는 게 아니라는 것을 알겠군요. 당신은 그냥 그를 떠나려 하고 있습니다.

아마 그럴지도 몰라요. 세상에! 그게 가능한 일인가요?

당신이 떠나려는 이유, 즉 남편이 당신과 대화하지 않는다는 생
각을 지키려면, 심지어 남편이 당신에게 얘기를 하고 있는 동안에
도 당신은 그 생각을 믿어야 합니다. 믿음은 그렇게 강력해요. 나
는 남편이 모든 질문에 대답하는 것을 알아차렸어요. 단지 피곤해
보였을 뿐이에요.

맞아요. 남편은 너무 열심히 일해요.

나는 여기에서 아무런 문제도 보지 못합니다. 남편이 당신에게
대답한 방식을 잘 들어 보세요. 아마 당신이 다른 식으로 접근했
다면 남편은 신이 났을 거예요. 남편은 아무 말도 하지 않는데, 당
신은 자신의 생각을 계속 믿습니다. 남편은 모든 질문에 대답합니
다. 게다가 당신을 그다지 성가시게 하지도 않습니다. 업무 때문
에 힘들 때에도 남편은 업무를 끝내고 집에 옵니다. 그는 당신이
저녁 식사를 요리하든 안 하든 신경 쓰지 않습니다. 그러면 당신
은 즐겁게 살 수도 있어요.

예, 하지만 나는 이 역할극에서 남편이 평소에 하던 것보다 대답을 더
잘한 것 같아요. 그리고 남편의 대답이 없어도 당신처럼 사랑할 수 있을
지 모르겠어요.

아주 좋아요. 남편에게 그의 생활에 대해 물어본 적이 있나요?

어쩌면 당신이 더 말하지 않는 사람일지도 몰라요. 남편과 나누고 싶은 이야기가 무엇인가요?

물론 우리의 관계에 대해 이야기하고 싶어요.

그러면 당신은 남편에게 "여보, 우리의 관계에 대해 어떻게 생각하나요?"라고 물어볼 수도 있어요.

그렇게 말하지는 않아요. 나는 "우리가 대화를 나누지 못해서 정말 속상해요. 우리는 소통을 하지 않아요"라는 식으로 말해요. 그래요, 케이티, 이제 문제가 뭔지 알겠어요.

좋아요. 그래서 당신은 남편이 말하지 않는다고 생각했고, 그 생각을 믿었고, 남편에게 다가가서 말합니다. "당신은 늘 나와 대화를 하지 않아요. 도대체 뭐가 문제예요? 우리는 함께 나누는 게 없어요." 여기에는 대화할 여지가 별로 없습니다. 만일 남편이 정말 당신을 염려하고 당신이 화내는 모습을 보고 싶지 않아 한다면, 남편은 당신과 다투지 않는 편이 낫다고 생각할 수도 있어요. 그러면 더 말을 하지 않게 되죠. 그러니 이제 집에 돌아가면, 당신이 남편과 어떻게 소통하는지를 잘 살펴보세요. 남편이 말을 하지 않는 것은 당신이 소통하는 방식 때문일 수도 있어요. 당신은 남편에게 그런 식으로 다가가고, 남편은 당신의 기분을 상하게 하고 싶지 않은 것이죠.

예, 그럴 수 있어요.

좋아요. 소중하고 좋은 작업이었습니다. 남편이 왜 당신을 사랑하는지 알겠어요. 이제 당신이 두려워할 것은 아무것도 없다는 것을 알았으니, 다음에 혼란스러워지면 남편에 대한 판단을 계속하세요. 멈추지 마세요. 떠나거나 머물 이유들이 생각날 때마다 종이에 적어 보세요. 그것들 가운데 어느 것도 '사실'이 아니며, 어느 것도 남편을 적으로 만들수 없습니다. 할머니를 두려워할 필요도 없어요. 할머니는 당신과 손주들을 사랑하고 있는 것 같으니까요.

탐구를 하는 동안, 이 사랑스러운 여성이 남편을 떠나려는 이유는 지속되지 않았습니다. 그녀는 남편을 떠났을지도 모르지만, 적어도 남편에 대한 사랑을 멈출 필요는 없다는 것을 알았습니다. 자신의 생각에 질문을 할 때, 사랑은 늘 여기에 있었지만 자신이 눈을 감고 있었다는 것을 알게 됩니다. 만일 내가 "대체 그에게 뭐가 문제일까?"라고 생각한다면, 그 순간 바로 나에게 어떤 문제가 있습니다. 내가 우리 둘사이에 장애물을 놓은 것입니다. 그것은 하나의 생각일 뿐입니다. 그런데 내 마음이 그 생각으로 무엇을 하는지 보세요. 그리고 그 사람에 대해 내가 믿는 생각에 질문해 보기 전에는, '작업'을 하기 전에는, 나는 사랑을 알아보지 못합니다. 그래서 나는 그 믿음에 대해 질문을 하고, 그러면 다시 사랑이 보입니다. 만일 내가 당신을 사랑하지 않는다면, 나는 온전한 정신을 잃은 것입니다. 나는 나 자신과 단절됩니다. 나는 나에게 가장 큰 행복을 주는 것과 단절됩니다. 그래서 나는 당신에 대해 가진 어떤 '스트레스를 주는 믿음'에도 질문을 하고 뒤바꿉니다. 그러면 사랑이 살아 있게 됩니다. 사랑을 알아차리게 됩니다. 하지만 질문할 때는 진실하게 해야 합니다. 나의 내면으로 들어가서 진실한 대답을, 나에게 진실한 대답을 발견해야 합니다. 나에게 진실한 것을 발견하면 더 이상 장애물이 없습니다. 나와 배우자 사이에 장벽이 없습니다. 나와 세상의 어느 누구 사이에도 장벽이 없습니다.

배우자가 당신에게 행한 것에서
당신의 몫을 인정할 때,
그것은 세상에서 가장 감미로운 것입니다.
당신은 조금도 자신을 방어하려 하지 않고
그저 겸손할 뿐입니다.
그러면 당신은 완전히 노출되게 됩니다.
이것은 접시에 남기지 않고
완전히 먹고 싶은 음식 같은
그러한 노출입니다.
그것은 아주 맛있습니다.

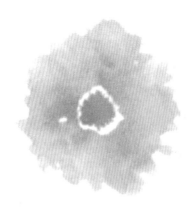

8
자유로운 사랑을 위한
열쇠들

이런 식으로 마음을 훈련시키면 사소한 공포나 고통은 실제로 사라집니다.
절망이나 좌절에 빠지는 시간은 점점 줄어듭니다.
삶 속에서 갑자기 어떤 문제에 부닥칠 때 일어나는 생각에 질문을 하면,
당신의 존재 전체의 질이 근본적으로 변화할 수 있습니다.

이 장에서는 의심할 나위 없이 확실해 보이던 생각들에 대해 질문하는 동안, 당신을 지원하고 도와 줄 몇 가지 방법을 발견할 것입니다.

양말의 짝을 맞추기

사람들이 반드시 필요하다고 느끼는 것들 가운데 익숙한 사례를 살펴봅시다. 당신의 생각은 "그녀는 나에게 돌아와야 해"인데, 그녀는 당신에게 돌아오지 않겠다는 뜻을 분명히 밝혔습니다. "그녀가 내게 돌아와야 한다는 것이 진실인가?"라고 자신에게 물을 때, 이런 부가적인 질문을 해 보세요. "이것이 정말 내게 필요한 것인가? 나에게 궁극적으로 가장 좋은 일이 무엇인지 나는 알 수 있는가? 나는 나의 삶을 계속 살고 있는가? 나는 여전히 숨을 쉬고 있는가? 나는 오늘 양말을 두 짝 다 신고 왔는가? 양말은 짝이 맞는가?" 이런 질문들은 당신을 삶의 현실로 자연스럽게 데려올 것입니다. 지금 이 순간 당신은 그녀 없이도 아주 잘 살고 있습니다. 심지어 그녀 없이는 도저히 살아갈 수 없다고 생각하며, 그녀가 당신에게 돌아와야 한다고 생각하는 동안에도 당신은 아주 잘 살고 있습니다. 이런 질문들은 당신의 생존이 위태롭다는, 어린아이 같은 생각을 내려놓도록 도와 줍니다. 어린아이는 말합니다. "내 가슴이 이렇게 아픈데 양말의 짝이 맞건 말건 무슨 상관이야?" 하지만 당신은 분명히 상관하고 있습니다. 당신의 발에 그 증거가 있습니다. 이것을 알아차리는 것은 아주 중요합니다.

'필요'라는 말은 마음이 언제까지나 변하지 않을 것이라는 점을 암시합니다. "나에게 필요한 것은 그녀가 내게 돌아오는 거야"라고 생각할 때, 당신은 앞으로도 언제나 그렇게 느낄 것이라고 믿습니다. 그러나 당신의 경험을 자세히 살펴보면, 마음은 언제나 변한다는 것을 알게 됩니다. 오늘 당신의 문제들 가운데 얼마나 많은 문제가 미래에 대한 생각을 믿는 데서 비롯되나요? 사랑이 필요하다고 생각하는 순간, 당신은 사랑이 필요하다고 생각하고 있을 미래의 순간들을 상상하고 있습니다. 당신은 지금부터 5년 뒤 어느 곳에서 앉아 있거나 서 있거나 누워 있으면서 "나는 그녀의 사랑이 필요해"라고 생각하고 있는 자신을 상상하고 있습니다. 그것은 몹시 고통스러운 생각입니다.

그런 생각으로 자신을 두렵게 하는 것은 쉬운 일입니다. 그 생각을 믿기만 하면 되니까요. 자신을 두렵지 않게 하는 것도 그만큼 쉽습니다. 짝이 맞는 양말을 신고 거실에 앉아 있는 동안, 순식간에 할 수 있습니다. 먼저, 마술 같은 속임수를 알아차리세요. 자신이 생각 속에서 그런 미래를 불러내고 있다는 것을 깨달으세요. 자신이 어떻게 이 실제 순간들을 허구적인 미래에 갖다 바치는지 보세요. 미래의 어느 때에 어떤 일이 일어날 것이라는 추측에 대하여 네 가지 질문을 해 보세

고통스러운 개념들이 한번 이해와 만나게 되면,
다음에 그 생각이 나타날 때는
흥미롭게 느껴질 수 있습니다.
전에는 악몽이었던 것이 이제는 흥미롭습니다.
다음에 그 생각이 나타날 때는
재미있게 여겨질 수도 있습니다.
그 다음 번에는
그 생각을 알아차리지 못할지도 모릅니다.
이것이 지금 있는 것을 사랑하는 힘입니다.

요. "'지금으로부터 6개월 혹은 5년 뒤에도 나는 그녀가 나에게 돌아오기를 필요로 할 것이다'—그게 진실인가? 나는 그게 진실인지 확실히 알 수 있는가? 그때에도 내가 그녀를 원할 것인지 내가 알 수 있는가? 그 생각을 믿을 때 나는 어떻게 반응하는가? 그 생각이 없다면 나는 누구일까?" 다음에는 그 생각을 뒤바꿔 보고, 뒤바꾼 문장들이 왜 원래의 말만큼 진실하거나 더 진실한지 그 이유를 세 가지 찾아보세요. 열려 있고 두려워하지 않는 마음에는 선택의 자유가 빨리 찾아옵니다.

두려움 없이 할 수 있습니다

어떤 생각들은 너무 두려워서 감히 조사해 볼 엄두가 나지 않을 수도 있습니다. "당신 없이는 할 수가 없어" 혹은 "내 아이가 죽는다면 나는 살아갈 수 없을 거야"와 같은 생각들은 당신을 두렵게 합니다. 그래서 자신이 정말로 그 생각들을 믿는지 묻는 대신, 그 생각들을 억누르거나 마치 그 생각들이 진실인 양 믿고 살아갈 수 있습니다. 그래서 이유를 모른 채 근심하고 불안해 할 수 있습니다. 여기에서는 스스로 탐구하지 못하도록 가로막는 이유들을 알아보겠습니다.

대부분의 사람들에게는 그것이 없으면 살아갈 수 없다고 생각하는 어떤 것이나 어떤 사람이 있습니다. 당신은 남편이나 자식, 돈, 직업, 가정을 잃을까 봐 최선을 다해 조심하고 있을지 모릅니다. 이렇게 조심할 때 흔히 당신은 굉장히 걱정을 하고, 사랑하는 사람들에게 제약들을 가하며, 당신이 두려워하는 불행을 겪지 않도록 그들을 보호하려

할 것입니다.

가끔 현실은 사람들이 그것을 잃으면 견딜 수 없다고 생각하는 것을 앗아가기도 합니다. 그래도 사실, 그들은 살아남습니다. 일어날 수 있는 최악의 일이 일어났을 때, 사람들은 (만일 당신이 용기 내어 물어본다면) 그 일을 두려워하며 사는 것이 실제 일어난 사건보다 더 고통스러웠다고 말할 것입니다. 오히려 그들의 친구와 친척들이 그 사건에 대해 그들보다 더 힘들어 합니다. 여기 한 여성의 경험이 있습니다.

어머니가 췌장암에 걸려 돌아가시기까지 나는 엄마의 침대 곁에서 잠을 자며 4주 동안 보살폈어요. 어머니에게 음식을 먹여 드리고, 목욕을 시켜 드리고, 약을 드렸지요. 어머니를 위해 요리를 하고 어머니를 따뜻하게 돌보았어요. 어머니의 호흡은 나의 리듬이 되었죠. 우리는 함께 눈썹을 정리하고 손톱을 다듬었고, 함께 많이 웃었어요. 우리는 어머니에게 중요했던 모든 것에 대해 얘기했고, 오프라 쇼를 함께 시청했어요. 전에는 어머니와 이보다 더 달콤한 시간을 보낸 적이 없었죠. 사람들이 문병을 와서 어머니에게 죽음을 앞두고 있어 얼마나 괴롭겠느냐고 말할 때, 나는 어머니가 내 눈앞에서 암의 희생자가 되는 것을 지켜보았어요. 어머니는 죽음을 예상하는 것처럼 보였어요. 사람들은 모두 엄숙하고 슬프고 조용한 표정을 짓고 있었죠. 사람들이 돌아가고 방문이 닫히면 어머니와 나는 곧바로 평소 생활로 돌아왔어요. 주고, 받고, 울고, 그리고 많이 웃었죠.

그런 일을 겪어 본 사람이라면, 실제 상실의 경험은 상상했던 것보다는 괜찮았다고 얘기할 것입니다. 탐구는 사랑하는 사람에게 실제로 일어나지 않은 일을 미리 겁내는 마음을 없애 줍니다. 실제로는 모든 사람이 여전히 주위에 있고 잘 살고 있는데도, 당신을 두렵게 만드는 믿음들이 당신의 관계에 어떤 해로움을 미치는지도 보여 줍니다. 그리고 당신의 삶이 가까운 사람들의 안녕에 달려 있지 않다는 것을 이해할 때, 당신의 이해는 그들에게 큰 도움을 주게 됩니다. 만일 당신 자신을 위해 그들이 살아 있어야 한다는 바람을 당신이 갖지 않는다면, 그들은 마음껏 자신을 위하여 살아갈 것입니다.

"아이가 죽으면 난 살아갈 수 없어요"—그게 진실인가요?

이 생각은 자녀가 없는 사람이라도 대부분 공유하는 생각입니다. 많은 부모들, 특히 어린 자녀를 둔 부모들은 자동적으로 반응합니다. "예, 당연히 그것은 진실이에요. 내 아이가 죽으면 난 절대로 감당할 수 없을 거예요."

진정한 답을 찾지 못하도록 가로막는 생각, 심지어 그 생각에 질문하지도 못하도록 가로막는 연관된 생각들은 무엇일까요? 당신이 가질 수 있는 생각 가운데 하나는 이것입니다. "아이가 없이도 내가 살아갈 수 있다는 생각만으로도 나는 내 아이들에게 배신자가 될 거야. 그것은 내가 아이들을 진정으로 사랑하지 않는다는 뜻이야." 이것은 사실 이상한 생각이지만, 누구도 그 생각에 대한 믿음을 그만두려 하지 않습니다. 이 생각을 더 단순하게 바꿔 보면 이 생각이 얼마나 이상한지 더 쉽게 알 수 있습니다. "만일 내가 아이를 잃을까 봐 두려워하지 않으며 살아간다면, 그건 내가 아이들을 사랑하지 않는다는 뜻이야" 혹은 "내가 고통을 당하지 않는다면, 그건 내가 아이들에게 관심이 없다는 뜻이야." 그리고 가끔 마음은 더 깊이 들어가기도 합니다. 사람들은 미신에 사로잡힌 원시인들처럼 "만일 내가 끔찍한 일을 당해도 괜찮을 거라고 생각한다면, 그 끔찍한 일이 일어날 거야"라는 생각까지도 믿을 수 있습니다. 이런 생각들은 힘을 가지고 있지만, 그것은 다른 종류의 힘입니다. 다음 질문은 그 생각들이 어떤 결과를 가져오는지 자세히 보여 줍니다.

그 생각을 믿을 때 당신은 어떻게 반응하나요?

자녀가 죽으면 당신이 살아갈 수 없다는 생각을 믿을 때, 당신은 어떻게 살아가나요? 그 생각을 믿을 때 당신은 자녀들을 어떻게 대하나요? 아마 당신은 아이들에게 이롭지 않은 방식들로 아이들을 통제하고 안전하게 보호하려 할 것입니다. 그리고 마치 당신의 목숨이 아이들에게 달려 있는 것처럼 그들을 대하겠지요. 그 생각에 따르면 그러하니까요. 이것은 마치 자녀들이 당신을 위해 존재하는 것처럼 당신이 그들을 대한다는 뜻입니다. "얘야, 찻길로 들어가면 안 돼. 네가 죽으면 나는 살아갈 수 없으니까." 이런 식으로 행동할 때 당신은 아이들에게 무엇을 가르치고 있는 걸까요? 당신은 세상이 무시무시한 곳이고, 언제든지 어떤 끔찍한 일이 일어날 수 있다고 가르치고 있습니다. 또한 당신을 살아 있게 하는 것이 아이들의 의무이며, 그들이 당신을 책임져야 한다고 가르치고 있습니다. 그런데 그 생각을 믿을 때 당신은 자신을 어떻게 대하나요? 당신은 마음을 두려움과 걱정으로 가득 채웁니다. 자신의 가슴을 억누릅니다. 고통으로 가득한 미래를 상상하며 자신을 괴롭힙니다. 자기 자신과 함께 고요히 있지 못합니다. 당신의 생각들이 아이들을 혼자 내버려두지 못하기 때문입니다.

그 생각이 없다면 당신은 누구일까요?

만일 자녀를 사랑하며 키우는 부모로서 "내 아이가 죽으면 나는 살아갈 수 없을 거야"라는 것을 생각할 수조차 없다면, 당신은 누구일까요? 충분한 시간을 두고 이 질문에 대답해 보세요. 자녀와의 관계에서 두려움을 빼낸다면 어떤 결과가 올지 느껴 보세요. 당신은 두려움 없이 사랑하게 됩니다. 당신은 아이들에게 자신 있고 영리하게 도로를 건너는 법을, 부모인 당신을 위해서가 아니라 아이 자신을 위하여 스스로를 잘 돌보는 법을 보여 주게 됩니다. 당신을 보고 배운 아이들은 설령 사랑하는 사람이 세상을 떠나도 자신은 계속 살아갈 수 있으며 괜찮을 것이라는 점을 알게 될 것입니다.

뒤바꿔 보세요.

"아이가 죽더라도 나는 계속 살아갈 수 있다." 여기에서 주저할 필요가 없습니다. 상상할 수 없다고 생각되는 것, 아이들 없이도 살아갈 수 있는 삶을 상상해 보세요. 이것은 아이를 배신하는 것이 아니라 불행을 배신하는 것입니다. 그리고 그런 삶의 장점을 몇 가지 찾아보세요. 여기에는 무서울 것이 아무것도 없습니다. 핵심은 두렵게 하는 믿음의 속박을 깨뜨리는 것입니다. 당신의 자녀가 없이도 삶이 더 나아질 수 있는 세 가지 이유를 찾아보세요. (이 방법은 강력한 만능 해결책입니다. 어떤 것을 견딜 수 없다고 생각할 때마다, 실제로는 그것을 감당할 수 있는 세 가지 증거를 찾아보세요.) 그 세 가지 이유가 진짜라면 우스워 보이는 이유라도 괜찮습니다. "아침에 가장 먼저 샤워할 수 있을 거야." "아이 돌볼 사람을 부르지 않고도 영화를 보러 갈 수 있어." "내가 항상 원했던 선생님이 될 수 있을 거야."

당신은 아마 자녀들과 함께 사는 것에 비해 이런 이유들이 우스꽝스러울 만큼 가볍다고 생각할지 모릅니다. 하지만 당신은 어느 하나를 다른 것과 비교하여 무게를 재고 있는 것이 아닙니다. 여기에서 우리는 당신의 공포를 그보다 더 정직한 어떤 것, 곧 "아이가 죽더라도 나는 계속 살아갈 수 있어"와 만나게 하려는 것입니다. 그러면 당신은 새로운 방식으로 현실로 돌아올 수 있습니다.

아이가 당신에게 와서 이렇게 묻는다고 상상해 보세요. "엄마, 내가 없어도 엄마는 괜찮을까요?" 이제 당신은 아이의 눈을 들여다보며 이렇게 얘기할 수 있습니다. "나는 언제나 너를 사랑한단다. 네가 정말 그립겠지. 그래도 나는 괜찮을 거야."

"정말이에요, 엄마? 내가 없으면 엄마는 뭘 하실 거예요?"

"글쎄, 한번 보자꾸나. 아침에 그렇게 일찍 일어날 필요가 없겠지. 샤워도 먼저 할 수 있을 테고, 기분이 내키면 언제든지 외출할 수 있겠지. 그런데 있잖아, 나는 너를 언제나 사랑해. 그 무엇도 내 가슴에서 널 앗아갈 수 없단다." 여기에는 두려움이 없습니다. 사랑은 두려움이 아닙니다. 당신은 이것을 배웠고 아이들도 따라 배웁니다.

지금 이 순간은 일어나야 합니다

불행해지고 혼란스러워지는 방법이 있습니다. 그것은 먼 미래까지 이어지는 필요를 생각해 내는 것입니다. ("지금 당장은 괜찮지만 내년까지는 남편이 필요할 거야.") 또 하나의 방법은 지금 이 순간과 반대되는 생각을 믿는 것입니다. 두 가지 방법에는 공통점이 아주 많습니다. 두

가지 경우에 당신은 '지금 있는 것'으로부터 자신을 분리시키는 생각들 속에서 살고 있습니다. 당신은 지금 있는 현실을 그저 다루거나 누리는 대신, 그것과 다투고 있습니다.

내 친구의 친구는 몹시 추운 한겨울에 미시간 주의 건설 현장에서 일하고 있었습니다. 바람이 휘몰아치는 영하 10도의 추운 날씨였는데, 지붕의 큰 합판이 강풍에 밀려 벗겨졌습니다. 눈 더미를 인 채로 합판은 어느 일꾼의 머리 위로 떨어졌습니다. 나머지 일꾼들이 그 목수를 지켜보는 동안, 그는 일어서서 눈을 털어 내고 다친 데가 없는지 몸을 살펴보았습니다. 일꾼들은 목수가 화를 내며 욕설을 내뱉을 것이라고 생각하고 있었습니다. 하지만 그 목수는 "난 이런 일이 좋아"라고 말하며 웃음을 터뜨렸습니다. 그러자 나머지 일꾼들도 배꼽이 빠져라 웃어 대며 데굴데굴 굴렀습니다. 그들의 뺨에서는 눈물이 얼어붙고 있었습니다. 이보다 더 좋은 일이 일어날 수는 없었습니다.

이 이야기가 사랑과 무슨 관련이 있을까요? 그것이 바로 사랑입니다.

사랑의 반대는 지금 일어나고 있는 일을 완전히 싫어하는 순간들일 것입니다. 전적으로 거부하거나 충격을 받거나 낙담하는 순간들일 것입니다. 비행기가 추락한 뒤 블랙박스를 복구했을 때, 거기에 녹음된 마지막 말이 대개 무엇인지는 모든 사람이 압니다. 그 말은 당신이 열쇠를 차 안에 두고 자동차 문을 잠갔을 때나 모임에 늦었을 때, 혹은 마지막 순간에 데이트를 취소당했을 때 하는 말과 똑같습니다.

많은 사람들의 삶은 지금 일어나는 일에 대한 거부감을 표출하는 사소한 화나 짜증들로 계속 중단됩니다. 이런 순간들에 올라오는 생각들은 무엇일까요? "나는 정말 바보같아", "그가 그렇게 하지 않았더라면……", "그녀는 만날……", "더 잘할 수 있었는데." 대다수의 이런 생각들은, 만일 당신이 더 잘 알았더라면, 그런 일이 일어날 줄 알았더라면, 혹은 기억하고 있었더라면 당신이 어떻게 했을 행동에 관한 것들입니다. 당신은 과거에 이미 해 버린 행동과 달리 어떻게 했더라면 사건들을 뜻대로 통제할 수 있었을 것이라고 생각합니다. "이런 젠장!"이라는 말은 실제 현실과 당신의 계획이 갈라지는 지점을 나타냅니다. 일들은 당신의 뜻대로 진행되지 않는 것 같아 보이며, 당신은 최선을 다해 실제 현실과 싸우려 합니다. 비록 당신이 할 수 있는 일이라곤 욕설을 내뱉거나, 돌멩이를 걷어차거나, 사랑하는 사람을 힘들게 하는 것에 불과할지라도.

자신의 뜻대로 통제를 해야 한다는 믿음을 고수할수록, 당신의 삶 속에는 이런 순간들이 더 많아지게 됩니다. 어떤 사람들은 언제나 실제 현실과 싸우는 지경에 이르기도 합니다. 그들은 아무도 자기 말을 따르는 것 같지 않은데도 "내가 세상에 명령을 내리고 있다"라는 생각을 믿으며 그렇게 반응합니다. 그들의 마음속은 전쟁터입니다.

대안이 있습니다. 그것은 현실이 당신의 계획에 따르지 않기를 기대하는 것입니다. 당신은 다음에 무슨 일이 일어날지 모른다는 것을 깨닫습니다. 그러면 당신이 원하는 대로 일들이 진행될 때 기분 좋게 놀라게 되고, 그러지 않을 때도 기분 좋게 놀라게 됩니다. 후자의 경우, 어떤 새로운 가능성들이 있는지 아직 모르지만, 삶은 머지않아 곧 그것들을 펼쳐 보여 줍니다. 그리고 과거에 세워 놓은 계획들은 당신이 물 흐르듯 효율적으로 살아가는 데 방해가 되지 않습니다. 당신은 자신의 계획과 기대를 넘어 펼쳐지는 삶을 환영합니다.

어떤 순간을 떠올려 보세요. 잠긴 자동차 안에 차 열쇠를 두었음을 알게 된 순간, 얼음판 위에서 미끄러져 다리가 부러진 순간, 고대하던 데이트를 취소하는 전화를 받는 순간, 그가 돌아오지 않을 것이라는 것을 알게 된 순간…… 화가 나서 내뱉는 말 다음에 이어지는 생각들을 찾아보세요. "그녀가 나와 헤어지려나 봐", "내 인생은 끝났어." 그리고 물어보세요. "그게 진실인가? 나는 그게 진실인지 확실히 알 수 있는가? 그 생각을 믿을 때 나는 어떻게 반응하는가? 그 생각을 믿지 않는다면, 지금 이 순간 나는 누구일까?" 다음에는 뒤바꾸기를 해 보고, 당신이 앞으로 나아갈 새로운 길, 아직 당신이 알지 못하는 길을 삶이 보여 주도록 허용하세요. 어느 정도 연습을 하고 나면 일부러 네 가지 질문을 계속하지 않아도 됩니다. 질문은 당신의 일부가 되고, 스트레스를 주는 생각들이 당신에게 영향을 미치기도 전에 사라지게 합니다. 당신이 세워 놓은 과거의 계획이 무산될 때, 당신의 마음은 즉시 새로운 가능성들로 가득 채워집니다.

당신은 여자친구의 비행기 도착 시간에 맞추기 위해 직장에서 조퇴를 하고 공항에 갑니다. 공항 출구 옆에 계속 서서 기다리지만 모든 승객이 다 빠져나간 뒤에도 여자친구는 보이지 않습니다. 여기저기 전화해 본 뒤에야 그녀가 돌아오는 날짜를 잘못 적어 놓았다는 사실을 발견합니다. 여자친구를 위해 들고 온 꽃다발은 가까이 있던 어느 소녀에게 건넵니다. 지하철을 타고 집으로 돌아오는 긴 시간은 이제 자신을 위한 자유 시간입니다. 전부터 읽고 싶었던 소설책을 꺼내 듭니다. 친구를 초대하여, 여자친구를 위해 정성껏 준비해 놓은 음식으로 맛있는 저녁 식사를 함께 합니다. 좋은 날입니다.

이런 식으로 마음을 훈련시키면 사소한 공포나 고통은 실제로 사라집니다. 절망이나 좌절에 빠지는 시간은 점점 줄어듭니다. 삶 속에서 갑자기 어떤 문제에 부닥칠 때 일어나는 생각에 질문을 하면, 당신의 존재 전체의 질이 근본적으로 변화할 수 있습니다.

우리는 커피숍에서 나와 차의 뒷좌석에 함께 탑니다. 내 손에는 뜨거운 커피가 들려 있습니다. 남편은 내 자리를 정리해 주고 나에게 미소를 짓습니다. 그리고 무거운 배낭을 내 옆에 내려놓는데, 커피를 들고 있는 내 손이 배낭에 부딪히며 커피가 내 무릎과 손 위로 쏟아집니다. 앗, 뜨거워라! 출근하기 위해 단정하게 입고 나온 옷이 이제 얼룩지고 젖었습니다. (직장에 도착하려면 두 시간을 더 가야 하는데, 우리는 출근 시간에 맞추기가 빠듯한 상태입니다.) 커피에 데고 흠뻑 젖은 다리와 손, 손가락들이 크림과 감미료 때문에 끈적끈적합니다. 괜찮습니다. 진실은 내가 완전히 괜찮다는 것입니다. 나는 물집이 생기는지 지켜보지만, 물집은 생기지 않습니다.

남편이 "정말 미안해요"라고 말합니다. 무척 놀란 얼굴입니다. 나는 "당신은 내가 뜨거운 커피를 들고 있다는 걸 알고 있었잖아요?"라는 생각이 일어나는 것을 알아차리고, 만일 그 생각을 믿는다면 화가 폭발할 것이라는 것을 알아차립니다. 그리고 내가 그것을 알아차리자마자 그 생각은 나온 곳으로 얌전히 가라앉습니다. 나는 좋은 농담을 들을 때 나오는 가벼운 미소가 뒤따라 나오고 있다는 것도 알아차립니다. (커피를 살 때 남편이 나와 함께 있긴 했지만, 남편이 배낭을 내려놓는 순간 내 손에 들려 있는 커피를 보았는지 나는 알 수가 없습니다.) "남편은 내 손에 커피가 들려 있다는 것을 기억해야 했다." 아뇨, 그것은 진실이 아닙니다. 나 역시 기억하지 못하는 것을 기억할 수는 없습니다. 그것은 불가능합니다. "남편은 주의하지 않는다." 어떻게 정말 그런지 내가 알 수 있겠어요? 그리고 또 얼마나 우스운지! 남편은 평생 관심을 기울이고 주의

우리에게 예기치 않은 일들이 일어나는
아름다운 이유들을 알아차리고 찾아보다 보면,
결국 불가사의라는 것을 깨닫게 됩니다.
만일 당신이 진정한 이유들을 놓친다면,
친절한 본성에 꼭 들어맞는 자비로운 이유들을 놓친다면,
당신이 그것들을 놓쳤다는 것을 알려주기 위해
우울이 나타날 것입니다. 우리는 언제든지
분노하고 좌절하고 상대를 공격하는 이유들을 생각해 낼 수 있습니다.
그런데 무엇을 위해 그렇게 하나요?
모든 것이 왜 좋은지를 보는 데 관심이 없는 사람들은
자신이 옳기를 바랍니다.
하지만 스스로 옳다고 믿어도
거기에는 불만이 따르며, 종종 우울과 분리감이 동반됩니다.
우울은 심각할 수 있습니다.
그래서 "예기치 않은 이 사건이 '나에게'가 아니라
'나를 위해' 일어난 진정한 이유들을 찾아보는 것"은
놀이에 불과한 것이 아닙니다.
그것은 삶의 본성을 관찰하는 연습입니다.
그것은 당신 자신을 현실로,
사건들의 친절한 본성으로 되돌리는 길입니다.

하며 살고 있습니다. 더구나, 나는 내가 주의하지 않는 순간에 주의할 수 있는가? 역시 그것은 불가능합니다.

차를 타고 가는 동안, 내 마음은 그 사건에 대해 이따금 평가를 하려 합니다. 하지만 화를 내거나 괴로워하거나 원망하거나 공격하거나 혹은 분리감을 느낄 정당한 이유는 하나도 찾을 수 없습니다. 젖은 부분을 화장지로 닦아 낸 뒤에는 남편의 손을 잡고 뉴잉글랜드의 아름다운 봄날 풍경을 즐기는 것 말고는 할 일이 없습니다. 우리는 커피를 쏟은 일에 대해 농담을 하고 미소를 지으며 즐거운 여행을 계속합니다.

"내게 필요한 건 바로 이거야."
: 자신의 필요를 충족시키는 직접적인 길

당신은 누군가와의 관계에서 자신에게 필요하다고 생각되는 것에 완전히 빠져들기 쉽습니다. "내게 필요한 건 내가 볼 수 있는 자리에 당신이 앉아 있는 거예요. 내게 필요한 건 당신이 자기 생각을 말해 주는 거예요. 내게 필요한 건 당신이 진실을 말해 주는 거예요. 나는 당신이 나를 떠나지 않기를, 나를 신뢰하기를, 나를 믿어 주기를, 약속시간에 늦지 않기를, 약속을 지키기를, 웃어 주기를, 사람들 앞에서 내손을 잡아 주기를, 더 사교적이기를, 내 말에 귀 기울여 주기를, 언제나 만나 줄 수 있기를, 나를 도와 주기를, 나와 결혼해 주기를, 내 곁에 머물기를, 나와 함께 잠자기를, 나에게 돈을 주기를, 나를 격려해 주기를, 내 말에 동의하기를, 자신이 틀렸다는 것을 알기를, 내가 혼자 있고 싶을 때를 알아차리기를, 아무 말 하지 않아도 내게 필요한 것을 알기를, 덜 민감하기를, 더 민감하기를, 내가 좋아하지 않는 사람에게 다정하게 대하지 않기를, 내 친구들에게 더 잘 대해 주기를, 음악을 바꿔 주기를, 나를 사랑해 주기를 필요로 해요."

아마 지금쯤 당신은 그런 필요들에 익숙할 것입니다. 그리고 당신은 그 필요들이 충족되어야 한다고 믿지만 그런 일이 일어나지 않는 것처럼 보일 때, 그것이 당신의 삶에 어떤 결과를 미치는지 알고 있습니다. 그 결과는 분리감과 좌절, 원망으로 가득 찬 끝없는 추구입니다. 이제까지 당신은 지금 이 순간 자신에게 정말로 필요한 것이 무엇인지를 스스로 묻기 위해 네 가지 질문을 이용하는 법을 보았습니다.

자신의 필요들을 이해하는 직접적인 길이 있습니다. 그 직접적인 길은 뭔가를 시험해 보는 것입니다. 당신이 준비가 되었다면, 그것은 마치 길고 긴 여행을 하며 떠돌다가 집으로 돌아온 것처럼 커다란 안도감을 줄 수 있습니다. 아직 준비가 되지 않았다면, 자신을 더없이 다정하게 대해 주세요. 자신에게 필요하다고 생각되는 것에 진실하세요. 어떤 필요가 고통스러워질 때는 탐구를 이용하여 그 생각에 질문해 보세요. 그래도 그것이 진실해 보인다면, 그것을 요청하세요. "나는 당신이 내 생일을 기억해 주고 내게 연락해 주면 좋겠어요. 수첩에 적어 놓으세요." 이것은 그 순간 자신에게 정직하게 살아가는 것입니다.

직접적인 길은 '지금 있는 현실'을 자신의 필요들을 보여 주는 안내자로 삼는 것입니다. 즉, "내게 필요한 것은 지금 내가 가지고 있는 것이다." 이것을 믿을 필요는 없습니다. 단지, 당신이 믿든 믿지 않든 그것이 지금 이 순간의 현실이고 진실입니다. 그것이 어떻게 보이나요?

당신에게 사람들이 필요하지 않을 때를 어떻게 알까요? 그들이 당신의 삶에 있지 않을 때입니다. 당신에게 그들이 필요하다는 것을 어떻게 알까요? 그들이 당신의 삶에 있을 때입니다. 당신은 좋아하는 사람들이 오고 가는 것을 통제할 수 없습니다. 당신이 할 수 있는 일은 그들이 오거나 가거나 상관없이 잘 사는 것입니다. 당신은 그들을 초대할 수 있습니다. 그들은 오거나 오지 않을 것이며, 결과가 어떻든지 그것은 당신에게 필요한 것입니다. 현실이 바로 그 증거입니다.

당신이 서 있을 필요가 없다는 것을 어떻게 알까요? 당신은 앉아 있습니다. 이런 식으로 삶은 훨씬 단순해집니다. 당신이 어떤 일을 할 필요가 있을 때를 어떻게 알까요? 당신이 그 일을 할 때입니다. 당신이 어떤 일을 하고 있지 않을 때 그 일을 할 필요가 있다고 생각하는 것은 거짓말입니다. 그것은 당신을 불편한 자리, 부끄러움과 죄책감, 좌절감이 가득한 자리로 데려갑니다. 침대에 누워 있으면서 당신은 "일어나야 해"라는 생각으로 자신을 나무랍니다. 하지만 진실은, 당신이 일어날 필요가 없다는 것입니다. 실제로 일어날 때까지는.

어떤 일을 할 필요가 있다는 생각으로 자신에게 동기 부여를 하려고 애쓰면서도 결국은 아무 일도 하지 않나요? 그것은 흥미로운 발견일 수 있습니다. "나는 그 일을 할 필요가 있어"는 단지 하나의 생각일 뿐입니다. 뒤바꾸기를 해 보세요. "나는 그 일을 할 필요가 없어." 그리고 어떤 일을 할 필요가 있는 유일한 때는 당신이 그 일을 할 때라는 것을 알아차려 보세요. 이것은 놀라운 실험입니다. 작은 것부터 시작하세요. 자신을 괴롭히지 말고 그냥 침대에 평화롭게 누워 있으세요. 자신이 침대에서 일어나고 있다는 것을 알아차리기 전까지는.

어떤 결정을 내릴 필요가 있다고 생각하나요? 그럴 필요가 없습니다. 결정이 내려지기까지는. 어느 날 문득, 실제로 결정을 내린 것은 당신 자신이 아님을 알게 될 것입니다. 결정은 당신이 필요한 모든 정나는 지금 있는 것을 사랑합니다.

내가 영적인 사람이라서가 아니라,

지금 있는 현실과 다투면 내가 고통을 받기 때문입니다.

세상의 어떤 생각도 그것을 바꿀 수는 없습니다.

지금 있는 것이 있습니다.

내게 필요한 모든 것은 지금 여기에 있습니다.

내가 필요하다고 생각하는 것이

실제로는 필요하지 않다는 것을 어떻게 알까요?

나는 그것을 가지고 있지 않습니다.

그래서 내게 필요한 모든 것은 언제나 주어집니다.

보를 갖는 순간에, 제 시간에, 스스로 이루어집니다. (당신이 필요한 정보를 가졌다는 것을 어떻게 알까요? 왜냐하면 결정이 내려졌기 때문입니다.)

이 직접적인 길은 당신으로 하여금 지금 자신에게 있는 것을, 지금 자신 앞에서 일어나고 있는 일을 원하게 하고 사랑하게 합니다. 그리고 지금 당신 앞에 있는 것은, 충만하다는 말조차 너무 작은 말이 될 때까지 계속해서 확장됩니다.

내게 필요한 크리스마스

다음은 자신이 이미 가지고 있는 것을 필요로 했던 사례입니다.

우리 가족은 매사가 즐겁기만 할 것 같은 카리브 해의 섬에서 크리스마스를 보내고 있습니다. 크리스마스 날에 우리 가족은 저녁 식사를 위해 식당을 찾아 나섭니다. 남편은 골프 친구가 운영하는 고급 식당을 찾으려 하고 있습니다. 나는 크리스마스에 어울리는 물건을 찾고 있습니다. 우리 아들은? 뭐든지 재미있기만 하면 됩니다. 우리는 기묘할 정도로 조용하고 컴컴해지는 멕시코 코즈멜 섬의 거리를 헤매고 있습니다. 아들은 자꾸만 걸음을 멈추고 가게의 쇼윈도 안에 있는 울긋불긋한 전구들을 세고 있습니다. 나는 그런 아들을 재촉합니다. 우리는 남편을 따라 원형 광장으로 가고, 남편은 친구의 식당을 찾으려 애씁니다. 나는 남편과 아들 때문에 짜증이 나고 있고, 멋진 크리스마스에 대한 기대를 점점 잃어 가고 있습니다.

우리가 하려던 일은 하나도 이루어지지 못했습니다. 기분이 상한 우리 가족은 화가 난 채 피자 가게로 들어섭니다. 나는 플라스틱 의자에 앉습니다. 앞에는 지저분한 탁자가 놓여 있습니다. 이보다 더 실망스러울 수가 없습니다. 우리는 요란한 음악 프로를 방영하는 텔레비전을 멍하니 쳐다보며 피자를 기다립니다.

나는 거기에 앉아서 계속 "이건 내게 필요한 크리스마스 저녁 식사가 아니야"라고 생각합니다. 그러는 사이에 남편과 아들은 스페인어로 우스꽝스럽게 팝송을 부르는 텔레비전 쇼에 빠져듭니다. 그들은 웃기 시작하고, 나도 그들의 바보 같은 모습에 동화됩니다. 피자가 나옵니다. 뜨겁고 맛있습니다. 나는 더 이상 내 생각을 붙들고 있을 수가 없습니다. 그리고 이런 생각이 떠오릅니다. "내게 필요한 크리스마스 저녁 식사는 바로 이거야. 정확히 이거야." 나는 이보다 나를 더 행복하게 할 수 있는 것은 아무것도 없다는 것을 깨닫습니다.

나는 지금 누구의 일을 하고 있는가?

다른 사람의 일에 신경을 쓰면 혼란스럽고 고통스러워집니다. 특히 사랑하는 사람의 일에 간섭할 때는 더욱 그렇습니다. 그러면서도 자신이 그러고 있다는 것을 알아차리지 못할 때가 많습니다. 다른 사람의 생각이나 감정을 짐작하려고 할 때마다, 또는 무엇이 그들에게 좋거나 나쁜지 안다고 믿을 때마다, 당신은 자신의 일에서 벗어나 다른 사람의 일에 간섭하고 있습니다.

예를 들어, 아내가 기분이 나빠 보이고 당신을 피하려 하는 것 같습니다. 그녀는 당신의 말을 가로막고 톡 쏘아붙입니다. 무슨 일이 있느냐고 물으면, 아무 말도 하고 싶지 않다며 한동안 혼자 있고 싶다고 말합니다. 마음속으로 그녀의 일에 간섭한다는 것은 그녀가 무슨 생각을 하고 있는지에 대해 걱정한다는 뜻입니다. 당신은 그녀가 무슨 생각을 하고 있고 어떤 감정을 느끼고 있는지 알 수 있나요? 아닙니다. 그것을 알 수 있다고 믿을 때 당신은 어떻게 반응하나요? 당신은 거기에 대한 이론들을 만들어 냅니다. "그녀는 나에게 화가 났어. 그녀는 날 정말로 사랑하지 않아. 내가 뭔가 잘못했나 봐."

그녀에 대한 이런 생각들로 자신을 두렵게 하는 동안, 당신은 자신을 어떻게 대하고 있나요? 당신은 자신의 삶을 미루고 있습니다. 만일 그녀가 저기에서 그녀의 삶을 살고 있고, 당신도 저기에서 (마음속으로) 그녀의 삶을 살고 있다면, 지금 여기에는 당신을 위한 사람이 없습니다. 당신은 자기 자신을 등한시하고, 자신이 즐기는 활동들을 옆으로 제쳐 둡니다. 당신은 분리감과 외로움을 느끼고, 그녀가 그 원인이라고 생각합니다.

만일 그녀에 대한 당신의 이론들 가운데 어느 하나라도 믿게 되면, 당신은 그 믿음에 따라 쉽사리 행동하게 될 것입니다. 당신은 그녀에게 설명을 요구할 수도 있습니다. 그녀는 분명히 혼자 있고 싶다고 말했지만, 당신에게 더 중요한 것은 자신의 이론을 입증하는 것입니다. 왜 그렇게 생각할까요? 당신은 고통을 받고 있고 혼란스러워져서, 그녀가 그 원인이라고 생각하게 되고, 그래서 그녀에게 설명을 요구할 권리가 있다고 느끼기 때문입니다. 이제 당신은 문자 그대로, 실질적으로 그녀의 일에 간섭하고 있습니다. 그녀는 당신의 간섭에 화를 내며 당신과 대화하기를 거부합니다. 당신의 마음속에서, 그녀의 행동은 당신의 의심을 확인시켜 줄 뿐입니다. 이처럼 다른 사람의 일에 간섭하는 삶은 고통을 주는 고문실과 같습니다. 일단 이 점을 알아차리게 되면, 자신이 대부분의 시간 동안 그녀와 다른 사람들의 주변에서 살고 있다는 것을 발견하게 됩니다.

자신의 일에 머문다는 것은 무슨 의미일까요? 이 경우, 당신은 자신에게 이렇게 물어볼 수 있습니다. "그녀가 무엇을 생각하는지 알아야 하고 또 알 수 있다는 생각이 없다면 나는 누구일까?" 이 질문을 통해 당신은 자신의 삶을 살게 되고, 그녀가 그녀의 삶을 살도록 놓아둡니다. 그리고 자신의 삶을 산다는 것이 무슨 뜻인지를 아마 난생 처음 알게 될 것입니다.

당신이 자기 자신과 다른 모든 사람을 위해 할 수 있는, 가장 사랑하는 행동 가운데 하나는 이렇게 물어보는 것입니다. "바로 지금, 지금 이 순간, 나는 누구의 일을 하고 있는가?" 예를 들어, "그녀를 힘들게 하는 문제는 누구의 일인가?" 물론 대답은 "그녀의 일"입니다. "내가 어떻게 느끼는지, 내가 사랑받고 있다고 느끼는지 여부는 누구의 일인가?" 물론 그것은 "나의 일"입니다.

마음속으로 누군가의 일에 간섭하지 않는 것보다 그 사람과 함께 하며 그를 더 사랑하는 길은 없습니다. 그가 어떻게 해야 하고, 어떻게 느껴야 하고, 누구를 사랑해야 하고, 당신을 어떤 눈길로 보아야 하는가—이 모든 것은 당신의 일이 아니라 그의 일입니다. 이 점을 이해하면, 누군가가 암묵적으로 혹은 큰 소리로 "너나 잘해"라고 말하거나 "날 내버려둬"라고 말할 때, 당신은 그 말을 좋은 충고로, 사랑으로 들을 수 있습니다.

당신은 누군가의 느낌들이 형성되는 그의 내면의 방으로 정말 들어가고 싶나요? 당신은 그의 마음을 통제하고, 그 내면의 방에 침입하여, 그가 가졌으면 하는 생각과 느낌들을 끼워 넣기를 원하나요? 그게 가능하기나 할까요? 사랑하는 사람이 당신에 대해 어떻게 생각하는지 두려워질 때, 그때는 자기 내면의 방으로 들어가 자신의 생각을 점검할 시간입니다.

　당신과 배우자는 몸으로는 가까이 있을 때에도 서로 여전히 다른 세계에서 살고 있습니다. 그런데 거기에는 대단한 아름다움이 있습니다. 당신과 함께 살고 있는, 익숙하지만 당신이 모르고 있는 사람의 아름다움이……. 배우자에 대한 자신의 이론들을 더 이상 믿지 않을 때, 당신은 자기 삶의 현실로 돌아옵니다. 당신은 단단한 자리에 서 있고, 그 자리에서 배우자의 진가를 깊이 알아보며, 그녀의 느낌들이 형성되는 사적인 방에 침범하려는 충동을 조금도 갖지 않게 됩니다. 그녀가 진정 누구인지를 알게 됩니다. 온 가슴으로 그녀를 사랑하게 되며, 어떤 보답도 기대하지 않습니다. 당신이 더 이상 침범하지 않을 때, 그녀를 통제하거나 그녀의 마음을 원하는 대로 움직이려 하지 않을 때, 당신은 상상할 수 없을 만큼 놀라운 어떤 사람을 만나게 됩니다.

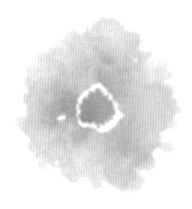

9
변화된 부부 이야기

작업은 나에게 선물로 다가왔고, 우리의 결혼 생활은 완전히 변했어요.
더욱이 남편과 함께 작업을 하기 시작한 것은 큰 행운이에요.
처음부터 작업이 이해되기는 했지만, 우리가 이처럼
행복한 결혼 생활을 하게 된 데 대해 우리는 여전히 경이로워 해요.

관계를 맺고 있는 두 사람이 함께 작업을 할 때 그것이 관계에 미치는 결과는 기적적일 수 있습니다. 솔직한 소통은 어떤 비밀도 없이 모든 것이 열려 있게 합니다. 반드시 두 사람이 꼭 작업을 해야 하는 것은 아닙니다. 한 사람만 상대에 대해 작업을 해도 결혼 생활이 근본적으로 변화될 것입니다. 하지만 두 사람이 함께 작업을 하면 그 힘은 두 배 이상으로 강력해집니다.

여기 한 사례가 있습니다. 부부 모두 상대에 대한 작업 양식을 작성했고, 차례로 종이에 쓴 내용을 큰 소리로 읽습니다. "나는 당신에게 화가 난다. 왜냐하면 당신이 음식 쓰레기를 버리지 않아, 주방에서 어제 저녁에 먹고 남은 음식 냄새가 나고 있기 때문이다. 나는 당신이 약속을 지키기를 원한다. 당신은 나를 배려해야 한다. 당신은 내가 입덧 때문에 쉽게 메스꺼워진다는 것을 잊지 말아야 한다. 당신은 시간을 이기적으로 사용하지 말아야 한다. 당신도 뱃속에 아기를 갖고서 아침에 일어나, 어제 저녁에 먹고 남은 음식 냄새를 맡고서 구토가 나올 정도로 속이 메스꺼울 때 어떤 기분이 드는지 느껴 보아야 한다. 당신은 무관심하고, 할 일을 망각하고, 자기중심적이고, 불친절하다."

남편이 할 일은 귀 기울여 듣고, 그녀의 눈을 바라보면서, 방어하거나 끼어들거나 합리화하지 않으면서 그녀의 말을 받아들이고, 그녀의 말에 옳은 점이 있는지를 알아보는 것입니다. 그녀가 다 읽으면, 남편은 그 말을 받아들이고 그녀의 눈을 바라보면서, "고마워요"라고 말합니다. 다음에는 역할을 바꾸어서 이번에는 남편이 양식에 쓴 내용을 그녀에게 읽어 줍니다. 만일 서로 무엇을 생각하고 느끼는지 정말로 듣기를 원한다면, 이런 식의 소통은 굉장한 치유가 될 수 있습니다. 그들이 꼭 작업을 해야 하는 것은 아닙니다. 단지 마음을 열고 귀 기울여 들으면 됩니다.

　물론 서로 도와 가면서 이 과정을 계속한다면, 그 경험은 훨씬 더 강력합니다. 한 사람이 상대에게서 보고 싫어하는 흠이나 결점들은 결국 각자가 느끼는 고통입니다. 스트레스를 주는 생각들에 질문을 하고 뒤바꾸기를 하면, 그녀도 혜택을 받고 그도 혜택을 받으며, 모든 비밀이 공개됩니다. 추측들은 더 이상 필요하지 않으며, 만일 추측을 한다면 그것은 상대방을 위한 것입니다. 이런 추측들은 효과가 있을 뿐 아니라 친절과 사랑으로 느껴집니다. 이와 같은 가족에서는 매 순간 사랑을 알아차리게 되고 마찰이 사라집니다. 결국 사랑이 힘입니다.

　배우자가 생활 속에서 작업을 실천하면 실제 생활에서 어떤 일이 일어날까요? 이 장에서는 실망스럽고 뒤죽박죽이었던 결혼 생활이 작업을 통해 어떻게 단순한 사랑에 이르게 되는지를 살펴보겠습니다. 다음 이야기는 프라하에 사는 젊은 부부의 이야기입니다. 그들은 모두 작업을 이용해 혼자서 그리고 함께 그들의 생각에 질문을 했습니다. 아내의 이야기입니다.

우리의 결혼 생활은 혼란스럽기만 했고 우리가 따로 떨어져 지내는 시간이 점점 더 늘어났어요. 너무 자주 싸웠거든요. 대부분의 대화는 싸움으로 변하고 말았죠. 매일 상처를 받고 좌절했어요. 이제는 그동안 겪은 고통에 대해 쓸 수 있지만, 예전의 기억을 더듬어서 써야만 해요. 그 뒤로 작업을 알게 되었으니까요. 남편과의 고통스러운 싸움은 다시 일어나지 않았어요. 재미있지 않나요? 모든 일이 너무나 순식간에 변해서 우리 모두 충격을 받을 정도였답니다. 그 과정을 어떻게 설명하는 게 좋을까요. 내가 한 작업 가운데 일부를 보여 드리고 그것이 어떻게 모든 것을 변화시켰는지 얘기하는 게 좋겠군요.

나를 정말 고통스럽게 한 것은 남편에게 사랑받고 싶은 마음이었어요. 그래서 먼저 남편의 사랑이 필요하다는 생각을 탐구했어요. 이전에는 이 생각이 진실인지 아닌지 알아보려고 시도해 보지도 못했죠. 그러는 것조차 너무나 두렵게 느껴졌거든요. 나는 그냥 생각들에 대해 질문을 계속해 나갔어요.

"나는 남편의 사랑이 필요해." 그 생각을 믿을 때 나는 어떻게 반응하는가? 음, 만일 내가 그 생각을 믿고 있는데 남편이 나에게 미소를 지으면, 문제가 없어요. 하지만 만일 남편이 너무 바쁘거나 지쳐 있거나 출장 중이어서 내가 남편에게 다가갈 수 없다면, 그런데 남편의 사랑이 필요하다고 믿으면, 공허감이 느껴지고 속이 불편해져요. 그럴 때는 남편에게 전화를 하는데, 만일 남편과 통화가 되지 않으면 내 생각은 통제 불능으로 치닫죠. "왜 그이가 전화를 받지 않는 거지? 그이에게 무슨 일이 생겼나? 혹시 그이가 내게 뭘 속이고 있는 걸까?" 그리고 여러 가지 판단들이 이런 생각들과 뒤섞입니다. "그이는 자상하지 않아. 그이는 내 마음이 어떨지 알고 제때에 전화해야 해." 한 시간쯤 지나고 나면 나는 제

정신을 잃고 생각이 꼬리에 꼬리를 물고 이어지지요. "내가 결혼을 잘못했어. 그이는 나에게 관심이 없어. 내가 이렇게 기다리는데도 전화 한 통하지 않아."

그날 저녁에 남편이 응답 전화를 하면, 나는 법정에서 검사가 피고측 증인을 다루듯이 꼬치꼬치 힐문합니다. 사실 나는 남편이 "사랑해"라고 말해 주기를 기다리지만, 남편에게는 말하지 않아요. 그리고 만일 남편에게서 그 말을 듣지 못하면, 나는 남편의 무뚝뚝하고 배려 없는 행동이 지긋지긋하다며 이런 식으로는 계속 살 수 없다고 말해요. 통화를 끝내고 나면 남편과 나 자신에게 화가 나고 슬퍼집니다. 그리고 두통을 느끼며 다시 담배를 피우죠. 남편이 얘기한 말들을 하나하나 곱씹으면서 그 말들을 내가 아는 다른 것들과 비교하며 모순이 없는지 확인해요. 잠을 이루지 못하다가, 아침이 되면 남편에게 다시 전화해요.

만일 남편이 집에 있는데 기분이 좋지 않거나 다른 일로 바쁜데, 그런데 나는 남편의 사랑이 필요하다고 믿으면, 나는 우선 남편의 기분을 좋게 해 주려고 애쓰고, 남편이 바쁘다고 말하는데도 얘기를 하려 해요. 내 노력이 무산되면 실망하죠. 그리고 남편에게 왜 집에 와서도 바쁘게 일하느냐고, 우리의 관계를 개선시키기 위해 시간을 내어 노력해야 한다고 말하며 간섭해요. 예전에 남편에게 상처 받은 일들을 끄집어내어 얘기하죠.

기분이 정말 나빠졌을 때는 남편과 얘기도 하지 않고 잠자리도 같이 하지 않았어요. 남편이 집에 오면 밖으로 나가 버렸죠. 함께 요리하거나 식사하지도 않고, 집안일을 팽개치고, 남편의 옷을 세탁하지도 않고, 남편에게 온 전화를 전해 주지도 않고, 물어보면 "잊어버렸다"고 했어요. 모든 게 온통 몹시 슬프고 외롭게 느껴졌어요. 그럴 때면 생각했어요.

"나도 결국은 엄마처럼 혼자가 될 거야. 이 사람과 결혼하는 게 아니었어. 우리는 이혼하게 될 거야. 나를 좋아하던 다른 남자가 있었는데, 그 사람을 선택해야 했어." 남편에 대해 하찮은 점들까지 비난을 했어요. 때로는 남편의 마음을 움직이기 위해 몸이 아프기까지 했죠. 어릴 때는 그 방법이 먹혀서 내가 아프면 사람들이 다정하게 대해 주었으니까요. 그래서 이 방법을 남편에게도 써먹어야겠다고 생각했어요. 기진맥진해 있으면서도 이런 불화를 더 확대시키곤 했죠.

나는 남편의 사랑이 필요하며 남편의 사랑 없이는 살아갈 수도 없다는 생각을 너무나 강하게 믿었어요. 그래서 나의 질투는 우리의 결혼 생활에 큰 문제였죠. 나는 남편과 함께 외출한 적이 거의 없었어요. 남편이 다른 여자들과 재미있게 농담하며 웃는 모습을 볼 때마다 끔찍하게 싫었거든요. 남편은 그냥 얘기하기만 했고 간혹 가볍게 포옹할 뿐이었지만……. 한번은 용기를 내어 남편과 파티에 갔는데, 집으로 오면서 계속 다투었어요. 싸움은 며칠 동안 계속되었고 굉장히 심각해졌죠. 마치 우리가 죽을 때까지 싸우려는 것 같았어요.

앞에서 말했듯이, 이제까지 한 이야기는 모두 기억으로 떠올린 과거의 일들이에요. 이 이야기들은 내가 "남편의 사랑이 필요하다는 생각을 믿을 때 나는 어떻게 반응하는가?"라는 질문을 던졌을 때 발견한 것들이에요. 작업은 나에게 선물로 다가왔고, 우리의 결혼 생활은 완전히 변했어요. 더욱이 남편과 함께 작업을 하기 시작한 것은 큰 행운이에요. 처음부터 작업이 이해되기는 했지만, 우리가 이처럼 행복한 결혼 생활을 하게 된 데 대해 우리는 여전히 경이로워 해요. 어떻게 그런 일이 일어났는지 깨닫긴 하지만, 가끔 우리는 그런 일이 일어났다는 사실에 무척 놀라워하죠.

나는 내 생각들에 진지하게 질문하기 시작했어요. 질투 때문에 일어난 싸움이 극에 달했을 때 "그게 진실인가?"라고 물었어요. 처음에는 남편이 아름다운 여자에게 미소를 짓거나 그녀와 얘기할 때 일어나는 일들을 탐구했어요. 나는 그것이 어떤 의미인지 알고 있다고 생각했죠. 그런데 작업을 하면서 맨 처음 놀란 점은, 내 생각들이 진실인지를 확실히 알 수는 없다는 것이었어요. 다음은 내가 가지고 있던 생각들이에요.

"남편은 나를 떠날 거야."

"남편은 다른 여자와 사랑에 빠질 거야."

"그 여자는 나보다 더 지적이고 젊고 아름다워."

"남편은 나에게 관심이 없어."

"남편은 나를 잊었어."

"나는 너무 늙었어. 나는 사랑스럽지 않아."

"남편은 모든 사람들 앞에서 나에게 창피를 주고 있어."

"남편은 나를 배려하지 않고, 나에게 충실하지 않고, 나에게 다시 거짓말을 하고 있어."

"나는 평생 남자들에게 쓴맛만을 보았어."

"내 결혼 생활은 웃음거리밖에 안 돼."

"이런 일을 참고 있다니 나는 바보야."

"사랑은 항상 슬픔으로 끝나 버려."

몹시 고통스러운 이런 생각들은 남편이 나를 괴롭히는 방식이라고 믿고 있었지만, 사실은 내가 나를 괴롭히는 방식이라는 것을 알게 되었죠. 충격적인 깨달음이었어요! 나는 이 생각들을 자명한 사실로 받아들이고 있었어요. 어떻게 그렇게 오랫동안이나 이처럼 잘못 알고 있을 수 있었을까요? 그런데 남편은 여전히 내 곁에 있었어요! 내가 남편에 대해 생각했던 것이 진실이었다면, 어떻게 그럴 수 있었을까요? 그것은 상황을 바라보는 완전히 다른 방식이었어요.

그 뒤 다시 남편과 함께 외출하기 시작했어요. "나는 앞으로 다시는 남편이 다른 여자들과 재미있게 지내는 모습을 보고 싶지 않아"와 같은 생각을 탐구한 뒤, 그 생각을 "나는 남편이 다른 여자들과 재미있게 지내는 모습을 기꺼이 보고 싶다"로 뒤바꾸었죠. 그 다음에 그런 일이 일어났을 때, 나의 느낌은 달랐어요. 남편이 다른 여자와 얘기하고 있을 때, 나도 그쪽으로 가서 함께 얘기를 나누며 즐거운 시간을 보냈어요. 예전에는 번번이 그 자리에서 도망쳐 나왔고, 남편이 나를 버렸기 때문에 내가 외롭다는 생각을 계속 믿고 있었죠.

물론 이 모든 일들이 한꺼번에 이루어진 것은 아니었어요. 하지만 파티에서 예전의 감정들이 다시 올라올 때면 나는 화장실로 가서 공책을 꺼내 들었어요. 그 자리에서 내 생각들을 적고 작업을 했죠. 나 자신의 일로 돌아올 때, 즉 남편의 생각이 아니라 나의 생각을 들여다볼 때, 내 기분은 금세 좋아졌어요. 가끔 남편은 나를 찾으러 다니다가, "남편은 방금 알게 된 저 여자 때문에 나를 버릴 거야—그게 진실이야?"와 같은 질문을 하고는 배꼽을 잡고 웃고 있는 나를 발견하곤 했어요. 전에는 나를 그렇게 많이 분노하게 하고 슬프게 만들던 터무니없는 믿음들이 갑자기 웃지 않을 수 없는 농담이 되어 버렸죠.

남편이 출장을 가서 만날 수 없을 때에도 같은 일이 일어났어요. 남편이 필요하다는 느낌이 다시 올라왔어요. 그러면 나는 탐구를 시작했어요. "그이가 사고를 당했나 봐, 많이 다쳤을 거야, 죽을지도 몰라", "우리는 다시 만나지 못할 거야", "내 인생은 끝장날 거야"—그게 진실인지 내가 확실히 알 수 있어? 그 질문만으로 내게 평화가 찾아왔어요. 질문을 하면 생각들이 해결되었어요. 어떤 믿음들은 내가 알지도 못하는 사이에 사라졌구요. 내가 알아차린 것은, 예전 같으면 끝없는 문제들을 일으켰을 상황에 처해 있을 때도 이전의 감정들이 일어나지 않았다는 거예요. 어떤 생각들은 더 자주 조사해야 했어요. 새롭게 변형된 모습들로 나타났거든요. "나는 그다지 괜찮은 사람이 아니야", "사랑은 언제나 고통을 줘", "사람들은 나를 이해해야 해", "사람들은 약속을 지켜야 해", "나의 있는 그대로의 모습은 사랑스럽지 않아", "행복을 위해서는 매 순간 대가를 치러야 해"와 같은 생각들이었어요. 지금은 이 생각들이 우스워 보이지만 말이에요.

우리가 작업을 시작한 지 이제 1년이 되었어요. 우리의 결혼 생활은 몰라볼 정도로 달라졌죠. 우리는 고요하고 평화로운 방식으로 서로의 진가를 알아봐요. 두 사람 사이에 문제가 생기면 우리는 각자의 방으로 가서 자신의 생각들을 써내려 가요. 다음에는 서로 탐구를 도와요. 그게 얼마나 재미있을 수 있는지요! 전에는 위기를 가져왔던 생각들, 너무나 고통스러워서 헤어지고 싶게 만들었던 생각들이 요즘은 30분 정도의 탐구만으로 여름 하늘의 구름처럼 지나가 버려요. 그리고 우리가 탐구하는 모든 오해, 우리가 서로에게 덧씌운 모든 믿음과 더불어 우리의 사랑이 무럭무럭 자랍니다. 우리는 좋지 않은 감정들을 실제로 고대해요! 그리고 이제 우리의 관계에는 그런 감정들이 많지 않아요. 우리는 작업을 통해 이런 이야기들은 그저, 우리가 어디에서 사랑과 이해의 길을 벗어나 헤매게 되었는지를 알려주고 있을 뿐임을 발견합니다.

나는 이제 피해자가 아니라는 것을 알아요. "나는 남편의 사랑이 필요해"—그게 진실인가? 어떻게 그게 진실일 수 있을까요? 나의 삶, 나의 건강, 나의 감정, 그리고 나의 행복에 책임 있는 유일한 사람은 바로 나 자신입니다. 사랑받고 싶은 마음이 사라졌을 때, 남은 것은 사랑이었습니다. 작업은 내게 하나의 도구 이상이에요. 그것은 기쁨과 이해로 가는 길입니다.

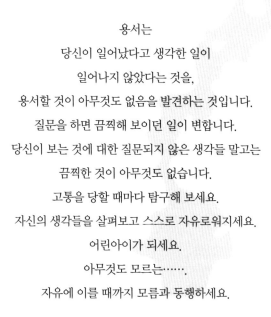

용서는

당신이 일어났다고 생각한 일이

일어나지 않았다는 것을,

용서할 것이 아무것도 없음을 발견하는 것입니다.

질문을 하면 끔찍해 보이던 일이 변합니다.

당신이 보는 것에 대한 질문되지 않은 생각들 말고는

끔찍한 것이 아무것도 없습니다.

고통을 당할 때마다 탐구해 보세요.

자신의 생각들을 살펴보고 스스로 자유로워지세요.

어린아이가 되세요.

아무것도 모르는······.

자유에 이를 때까지 모름과 동행하세요.

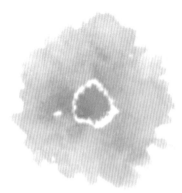

10
자기를 사랑하기

나는 그 믿음들에 질문을 했고
그것들이 꿈처럼 사라지는 것을 보았습니다.
눈 속의 괴물을 똑바로 바라보자, 거기에는
나의 사랑을 갈구하는 한 어린아이가 있었습니다.

자기의 사랑을 받으려고 노력하는 것은 다른 사람의 사랑을 추구하는 것만큼이나 고통스러운 일이며, 그 결과도 마찬가지로 만족스럽지 않습니다. 추구를 그만두려는 것도 마찬가지입니다. 자신에 대한 조사되지 않은 생각들을 진지하게 탐구하면, 사랑은 저절로 나타납니다.

상대가 배우자든 어머니든 직장 동료든 고통스러운 관계에 대해 탐구할 때마다, 스트레스의 원인은 자신의 생각이라는 것을 늘 발견하게 됩니다. 당신의 문제는 외부에 있는 사람이 아닙니다. 그것은 불가능합니다. 그리고 뒤바꾸기를 할 때 당신은 고통스러운 생각의 정반대가 어떻게 해서 그 생각만큼 진실하거나 더 진실할 수 있는지를 보게 됩니다. 그러다가 어느 지점에서 당신은 "나는 나 자신에게 충실해야 해", "나는 나를 이해해야 해", 그리고 궁극적으로는 "나는 나를 사랑해야 해"와 같은 말들에 도달하게 됩니다.

이것은 당신에게 새로운 소식이 아닐 수도 있습니다. 대부분의 사람들이 친구들이나 가족 혹은 상담가들로부터 자기 자신을 사랑해야 한다는 말을 듣습니다. 하지만 어떻게 자신을 사랑하나요? 뒤바꾸기에 따라 살 수는 없을 것 같다는 사실이 심지어 또 하나의 괴로움이 될 수도 있습니다. "대체 나에게 뭐가 문제지? 왜 나는 나 자신을 사랑하지 못할까?" 이 과정은 억지로 할 수 있는 것이 아닙니다. 당신이 할 수 있는 일은 단지 생각을 탐구하고 무엇이 진실인지를 발견하는 것뿐입니다.

만일 당신이 고통스러운 생각의 매듭을 풀지 않았다면, 당신은 촛불을 켜 놓고 욕조에 들어가 거품 목욕을 하며 긍정적인 확언들을 반복하고 자신을 더없이 다정하게 대해 줄 수 있지만, 욕조에서 나오면 똑같은 생각들이 다시 돌아와 당신을 괴롭힐 것입니다. 그것은 유혹을 연출하는 것과 비슷하며, 당신이 유혹하려고 애쓰는 단 한 사람은 바로 당신입니다.

이 장은 자기 자신을 유혹하거나 속이기 위한 것이 아닙니다. 그 반대입니다. 그것은 당신 자신을 속이지 않으려는 것입니다. 다른 사람들을 사랑하지 못하도록 가로막는 단 하나의 장애물은 자신의 생각을 믿는 것입니다. 그리고 당신은 그것이 자기 자신을 사랑하는 데도 유일한 장애물이라는 것을 알게 될 것입니다. 결국 자신에게 진실이 아닌 믿음들을 발견하기 위해서는 자신의 은밀한 마음에 관해 질문들을 던질 필요가 있습니다. 당신이 부끄러워하는 것은 무엇인가요? (그렇게 하지 말아야 한다고 생각하면서도) 당신이 아직 원망하고 있는 사람은 누구인가요? 아직 자신을 용서하지 못하고 있는 점은 무엇인가요?

탐구는 조작이 아닙니다. 탐구는 진실을 사랑하는 마음으로 자기 내면으로 들어가서 자기의 대답을 발견하는 것입니다. 자기를 사랑하는 것이 힘들면 당신의 작업은 아직 끝나지 않았습니다.

"나는 나를 사랑해야 해"라고 생각하는 사람은
사랑이 무엇인지 모릅니다.
우리가 이미 사랑입니다.
그러므로 자신을 사랑하지 않을 때
자신을 사랑해야 한다고 생각하는 것은 완전한 망상입니다.
이 생각의 뒤바꾸기가 더 진실하지 않나요?
"나는 나를 사랑하지 않아야 해."
자신을 사랑하지 않아야 한다는 것을 어떻게 알까요?
당신은 자신을 사랑하고 있지 않습니다!
지금 당장은 그렇습니다.
진실은 영적인 개념을 존중하는 것이 아닙니다.
"나는 나를 사랑해야 해." 와아, 어느 행성에서요?
사랑은 행위가 아닙니다.
당신이 해야 할 일은 아무것도 없습니다.
자신의 마음에 질문을 할 때,
당신이 사랑으로 존재하지 못하도록 막고 있는 유일한 것은
스트레스를 주는 생각임을 알게 됩니다.

자기 사랑을 가로막는 장애물

당신이 가장 부끄러워하는 것

당신이 가장 부끄러워하는 것이 좋은 출발점입니다. 이것이 드러나는 데는 얼마간의 시간이 걸릴 수도 있습니다. 우리는 부끄럽게 여기는 것을 너무나 비밀스럽게 숨겨서 심지어 자신에게도 그것을 숨기려 애씁니다. 우리는 자기를 존중해야 한다는 주장에 집착하지만, 그러는 사이에도 자신이 얼마나 형편없이 초라하며 자신이 저지른 일들이 얼마나 용서받을 수 없는지에 관한 생각들은 거듭하여 되풀이되고 있습니다. 비밀들은 탐구되기를 갈망하고 있습니다. 비밀을 감추고 있는 한, 당신은 자유로울 수 없습니다. 그리고 결국에는 우리가 부끄럽게 여기던 것들이 우리가 주어야 하는 가장 위대한 선물임이 드러납니다.

우리는 자신이 이겨낸 역경을, 그리고 어떻게 하여 이겨냈는지를 정직하게 얘기하는 사람을 존경합니다. 커다란 난관을 열린 가슴으로 극복한 사람들을 만날 때, 우리는 그들 안의 진실에 이끌리며, 그들은 우리가 우리 자신의 진실을 발견하도록 돕습니다.

나는 당신을 힘들게 한 것이 무엇인지 정확히 보는 것, 그리고 스스로 부정하기를 그만두는 것이 위험하지 않고 안전하다는 것을 보여 드리고 싶습니다. 당신이 다른 사람들에게 전해 줄 수 있는 놀라운 선물을 발견하기만 한다면 얼마나 좋을까요. 나도 한때는 비밀들을 간직하고 있었습니다. 나는 그 비밀들을 다른 누구보다도 먼저 나 자신에게 더욱 숨기려 했습니다. 그런데 내 안에서 발견한 것들은 이제 여러분과 나누는 선물이 되었습니다. 나는 비밀들이 들통날까 봐 두려워하는 마음 없이 어디든지 갈 수 있고, 고통스러운 믿음들을 가진 그 누구와도 함께 할 수 있습니다. 왜냐하면 나 자신의 고통스러운 믿음들 속으로 깊이 들어가 보았기 때문입니다. 나는 그 믿음들에 질문을 했고 그것들이 꿈처럼 사라지는 것을 보았습니다. 눈 속의 괴물을 똑바로 바라보자, 거기에는 나의 사랑을 갈구하는 한 어린아이가 있었습니다. 내가 가진 것 중에 나 자신의 소중한 삶보다 더 가치 있는 것이 무엇일까요? 한때 나는 고통으로 미쳐 있었습니다. 만일 내가 다음 연습을 할 수 있다면, 당신도 할 수 있습니다.

연습 "가장 부끄러워하는 것"

다음 과정을 천천히 밟아 나가세요. 이 연습을 시작하는 것이 어려울 수도 있습니다. 당신이 쓴 것을 누구에게도 보여 줄 필요가 없다는 것을 기억하세요. 이 연습은 당신을 위한 것입니다. 그러니 최대한 정직하게 두려움 없이 하세요. 이제 당신은 또 다른 수준의 자유로 들어가고 있습니다.

1단계

짧고 간단하게 쓰세요.

"내가 가장 부끄러워하는 것은 _____이다."

예를 들어, "내가 가장 부끄러워하는 것은 내가 아이들을 버렸다는 것이다."

이것이 의미한다고 여겨지는 바들을 써 보세요. 예를 들면, "나는 아이들을 버렸다. 그것이 의미하는 바는, 내가 형편없는 엄마라는 것이다. 아이들은 결코 나를 용서하지 않을 것이다. 만일 사람들이 이 사실을 알게 되면, 그들은 나를 지독히 혐오하며 나와 만나려 하지 않을 것이다. 아이들도 형편없는 부모가 될 테고, 영원히 상처를 간직할 것이다." 이런 식으로 자기 자신의 목록을 적어 보세요.

3단계

당신의 목록에 있는 각각의 '의미'를 하나씩 탐구하세요. 예를 들면, "나는 형편없는 엄마다." 자신에게 물어보세요. "그게 진실인가? 나는 그게 진실인지 확실히 알 수 있는가? 이 생각을 믿을 때 나는 어떻게 반응하는가? 이 생각이 없다면 나는 누구일까?" 그리고 뒤바꾸기를 해 보세요.

첫 번째 '의미'에 대해 자세히 탐구하고 나면, 다음 의미들을 하나씩 탐구해 보세요. "아이들은 결코 나를 용서하지 않을 것이다"—그게 진실인가? 등등.

스스로 자신의 진실을 물어보세요. 질문을 할 때는 깊이 명상하듯이 하세요. 질문을 한 뒤에는 가슴에서 대답이 떠오를 때까지 조용히 기다리세요.

충분히 시간을 가지세요. 과거에 이 생각에 대해 수백 번이나 숙고했더라도 이미 대답을 알고 있다고는 생각하지 마세요. 당신이 오랫동안 믿었던 대답은 지금 이 순간 당신에게 진실한 대답이 아닐 수 있습니다. 그리고 오늘의 대답은 당신을 놀라게 하거나 심지어 충격적일 수도 있습니다. 자신에게 진실한 대답을 발견하세요. 그것이 어떤 대답이든지, 그리고 사람들이 그 때문에 당신을 심하게 비난할 것처럼 보여도.

뒤바꾸기가 어려워 보이더라도, 원래의 진술만큼 진실하거나 더 진실한 세 가지 진짜 사례를 찾아보세요. 그 사례가 아무리 시시해 보여도 괜찮습니다. 예를 들면, "나는 형편없는 엄마가 아니다. 왜냐하면 아이들이 아팠을 때 보살폈고, 항상 아이들에게 밥을 챙겨 주었고, 아이들의 생일을 기억했기 때문이다."

당신의 가장 어두운 비밀들에 대해 질문을 하고 뒤바꾸기를 할 때, 당신은 그 비밀이 의미한다고 생각했던 모든 것이 꼭 진실한 것은 아니라는 것을 발견합니다. 이 여행을 통해 마음은 당신에게 다른 진실들을 제공합니다. 그 진실들은 당신의 좋은 점들을 보여 줍니다. 어떤 것도 자신에게 숨길 필요가 없습니다. 당신을 자유롭게 하는 것은 진실입니다.

또 하나의 부끄러움 연습 "나에 대해 당신이 알기를 원치 않는 것"

우리들 대부분은 자신에 대해 사람들이 모르기를 바라는 것들을 마음속에 많이 간직하고 있습니다. 이런 생각들에 질문을 하면 어떻게 될까요?

1단계
당신에 대해 어떤 사람(아내, 어머니, 자녀 등)이나 세상 모든 사람이 알기를 원치 않는 것들을 열거해 보세요.

여기 한 여성의 목록이 있습니다.

나에 대해 당신이 알기를 원치 않는 것: 내 나이가 실은 마흔다섯이라는 것. 내 몸무게가 실은 72킬로라는 것. 두 번 낙태했다는 것. 당신을 진심으로 염려한다고 말했지만 실은 거짓말이었다는 것. 실제로는 나의 안정된 생활을 위해 당신과 결혼한 것. 당신 몰래 세 번 외도한 것. 한 번도 진심으로 당신을 사랑한 적이 없다는 것. 세금을 속이고 탈세한 것. 나무들을 아름답게 여기지 않으며, 모두들 나무를 보고 아름답다고 말하면 불안해지는 것. 가끔 어떤 사람을 좋아하지 않는데도, 솔직히 말하면 사람들이 나를 혐오할까 봐 좋아하는 척 하는 것. 당신이 보지 않을 때 과자를 먹고는 안 먹었다고 거짓말하는 것. 당신 몰래 음식을 숨기는 것. 때로는 너무 많이 먹고 나서 구토하는 것. 너무 빨리 차를 모는 것. 이 나라에 투표하는 것이 시간 낭비라고 생각하는 것. 어느 정당이 이기더라도 부자들과 대기업이 모든 것을 지배한다고 생각하는 것.

2단계

뒤바꾸기를 하세요. 당신의 목록을 다시 읽되, 이번에는 "나에 대해 당신이 알기를 원하는 것은 _____이다"라고 적어 보세요. (이것을 상대방에게 얘기할 필요는 없습니다. 당신 스스로 경험하세요. 그것들 가운데 어느 것이 원래의 진술만큼 진실하거나 더 진실한지를 발견하세요. 할 수 있다면 당신의 목록을 방어하거나 정당화하지 않고 누군가의 앞에서 큰 소리로 읽어 보세요.)

다음은 위의 여성이 쓴 사례입니다.

나에 대해 당신이 알기를 원하는 것: 내 나이가 실은 마흔다섯이라는 것. 내 몸무게가 실은 72킬로라는 것. 두 번 낙태했다는 것. 당신을 진심으로 염려한다고 말했지만 실은 거짓말이었다는 것. 실제로는 나의 안정된 생활을 위해 당신과 결혼한 것. 당신 몰래 세 번 외도한 것. 한 번도 진심으로 당신을 사랑한 적이 없다는 것. 세금을 속이고 탈세한 것. 나무들을 아름답게 여기지 않으며, 모두들 나무를 보고 아름답다고 말하면 불안해지는 것. 가끔 어떤 사람을 좋아하지 않는데도, 솔직히 말하면 사람들이 나를 혐오할까 봐 좋아하는 척 하는 것. 당신이 보지 않을 때 과자를 먹고는 안 먹었다고 거짓말하는 것. 당신 몰래 음식을 숨기는 것. 때로는 너무 많이 먹고 나서 구토하는 것. 너무 빨리 차를 모는 것. 이 나라에 투표하는 것이 시간 낭비라고 생각하는 것. 어느 정당이 이기더라도 부자들과 대기업이 모든 것을 지배한다고 생각하는 것.

연습 사과의 편지

다른 사람을 용서하지 않을 때는 자신을 용서할 수 없습니다. 지금은 이 점이 분명히 다가오지 않을 수 있습니다. 다음 연습을 해 보세요.

1단계

당신에게 깊은 상처를 주었던 사람을 생각해 보세요. 그 사람에게 다음의 안내에 따라 편지를 써 보세요. (이 편지는 자신에게 쓰는 편지가 아닙니다.)

당신이 그 사람에게 상처를 준 세 가지 일을 생각해 보세요. 그리고 사과하세요. 그 사람에게 잘못한 것을 바로잡기 위해 당신이 할 수 있

나는 실재입니다

이 말은 내가 바로 나일 수 있는 완벽한 존재이며,

다른 누구도 나일 수 없다는 뜻입니다.

내가 나이기 위해서는 이 키여야 합니다.

정확히 이 키여야 하고, 지금 예순두 살이어야 하고,

이 체중이어야 하고, 여성이어야 하며,

정확히 지금 이대로 컴퓨터 키보드 위에

내 손가락이 놓여 있어야 합니다.

나이기 위해서는 이러해야 한다는 것을 압니다.

그리고 이 완벽한 세상에는 실수가 없습니다.

지금 있는 것과 다투지 않는 사람의 눈에는 이 세상이

순수한 기쁨과 아름다움으로 짜인 형형색색의 주단으로 보입니다.

나로 있는 길에는 두 가지가 있습니다.

하나는 미워하는 길이고, 하나는 사랑하는 길입니다.

(나는 나일 뿐 다른 선택권이 없으니) 어떻게 해야 할까요?

나는 나로 있겠습니다.

그리고 모든 면에서 내게 완벽해 보일 때까지,

심지어 완벽함을 넘어 달콤해 보일 때까지

나에 대한 생각들에 질문을 하겠습니다.

이 세상에서 누군가는 행복해야 합니다.

그 사람이 나여서 좋습니다.

나는 분명히 행복하기를 자원합니다.

는 일이 무엇인지 그 사람에게 물어보세요. 그리고 그 사람이 해 준 일 가운데 당신이 고맙게 여기는 세 가지 일을 얘기하세요. 원한다면 "사랑해요"라는 말로 편지를 끝맺고 당신의 이름으로 서명하세요.

여기 사라라는 여성이 쓴 편지가 있습니다. 그녀는 이틀간의 집중 강좌에 참석했는데, 그녀의 세 자녀는 그녀가 이혼한 뒤 5년 동안 그녀와 만나기를 거부한 적이 있습니다. 이 5년은 그녀의 삶에서 가장 괴로운 시간이었습니다.

사랑하는 토니, 도나 그리고 데일에게,

이혼 절차를 밟던 그 끔찍했던 시기에 내가 너희에게 아빠에 대해 너무 안 좋게 얘기해서 정말 미안하구나. 너희들이 아빠에 대해 좋게 얘기하기만 하면 너희를 혼내서 정말 미안해. 너희에게 많은 것을 배울 수도 있었는데 그러지 못했어. 내가 너무 마음을 닫고 있었고, 너희 말을 듣지 않았고, 너희를 너무 가혹하게 대했어. 사과할게. 너희 앞에서 아빠와 난폭하게 싸웠고, 너희가 울면서 내게 그만 싸우라고 애원할 때 너희에게 고함을 질렀지. 사과할게. 너희에게 잘못한 걸 바로잡기 위해 내가 지금 할 수 있는 게 뭔지 알려주렴. 내가 할 수 있는 일이라면 뭐든지 할 거야.

나는 너희 모두에게서 조건 없는 사랑에 대해 아주 많이 배웠단다. 내가 너희를 아무리 무정하게 대했어도 너희는 여전히 나를 사랑하고, 나를 부양하고, 나를 돌봐 주고, 언제나 가슴을 열고 나를 만나 주지. 너희는 아이들과 조카들에게 좋은 부모와 좋은 고모, 좋은 삼촌이야. 나는 그 모습을 지켜보며 손주들을 귀히 여기는 법을 배웠단다. 너희는 내게 다정함과 용기를 가르쳐 주었어. 그리고 언제나 나에게 "한번 해 보세요"

라고 격려하고, 내가 실천에 옮기면 나를 도와 주지. 애들아, 고마워. 너희 때문에 나는 사랑할 수 있고, 너희와 다른 사람들을 사랑할 수 있고, 아빠까지 사랑할 수 있단다. 내가 그럴 수 있다고 상상했던 것 이상으로. 정말 고맙구나.

사랑해,
엄마가

2단계

이 편지는 부치지 않아도 됩니다. 어떤 사람들은 실제로 편지를 읽는 대신, 상대를 직접 만나서 자신이 발견한 내용을 얘기하며 자신의 느낌을 표현하는 것을 더 좋아합니다. 다른 사람들은 상대방에게 편지를 읽어 주어도 되겠느냐고 물어본 뒤, 편지에 쓴 내용을 그대로 읽습니다. 그리고 상대의 말을 방어하지 않고 듣습니다. 또 다른 사람들은 편지를 보내지도 않고 상대를 만나지도 않습니다. 당신이 어떻게 할 것인지는 남은 삶 동안 결정할 수가 있습니다.

마음이 준비되면 최대한 빨리 행동하기를 권합니다. 상대가 보일 반응이 뻔해 보여도 자기 자신을 위해서 그렇게 하고 싶어지면, 행동하세요. 상대의 반응은 당신의 일이 아니며, 이 편지는 상대의 삶이 아니라 자신의 삶을 위한 것임을 기억하세요. 당신이 깨끗이 청소하고 있는 것은 자신의 삶입니다. 아무리 바빠도 그렇게 할 수 없을 정도로 바쁠 수는 없습니다.

3단계

이제 마치 편지를 자기 자신에게 쓴 것처럼 뒤바꿔 보세요. 다른 사람을 용서하면 얼마나 편안해지는지를, 그리고 적이라고 생각했던 사람을 사랑하는 것이 얼마나 놀라운 일인지 아마 알게 될 것입니다. 편지의 내용을 뒤바꾸는 것은 또한 자기 자신을 발견하고 용서하기 위한 것입니다. 인내심을 가지고 자신이 쓴 내용을 뒤바꿔 보세요. 당신의 순진하고 사랑스럽고 오해받고 있던 자아를 발견해 보세요. 뒤바꾼 내용 가운데 이해되지 않는 곳은 그냥 넘어가고, 이해되는 부분은 잘 살펴보세요. 이 편지를 읽고 당신이 쓴 내용이 어떻게 진실한지 보세요.

다음은 사라가 자녀들에게 보낸 편지를 뒤바꾼 내용입니다. 여기에서 '너'는 사라 자신을 가리킵니다.

사랑하는 나에게,

이혼 절차를 밟던 그 끔찍했던 시기에 내가 너에게 너의 남편에 대해 너무 안 좋게 얘기해서 정말 미안하구나. 네가 남편에 대해 좋게 생각하기만 하면 너를 혼내서 정말 미안해. 너에게 많은 것을 배울 수도 있었는데도 그러지 못했어. 내가 너무 마음을 닫고 있었고, 너의 말을 듣지 않았고, 너를 너무 가혹하게 대했어. 사과할게. 네 앞에서 너의 남편과 난폭하게 싸웠고, 네가 울면서 너 자신에게 그만 싸우라고 애원할 때 너에게 소리 질렀어. 사과할게. 너는 너 자신에게서 조건 없는 사랑에 대해 아주 많이 배웠단다. 네가 너 자신을 아무리 무정하게 대했어도 너는 여전히 너를 사랑하고, 너를 부양하고, 너를 돌봐 주고, 언제나 열린 가슴으로 너를 만나 주지. 너는 네 아이들에게 좋은 부모야. 그 모습을 지켜

사람들은 당신에게 뭔가 문제가 있다고 생각할 것이라고
당신은 생각합니다.
스스로 자신에게 뭔가 문제가 있다고 생각하기 때문에
다른 사람들도 그렇게 생각할 것이라고
당신은 생각합니다.
그래서 그들이 자신처럼 생각하지 못하도록 막기 위해
당신은 그들의 인정을 받으려 노력했습니다.
일어날 수 있는 최악의 상황은
그들이 당신과 똑같은 것입니다!
그들이 당신과 똑같은 생각을 하든 안 하든
그것은 그들의 일입니다,
자신의 생각에 질문할 때,
진실은 당신을 웃게 만들 것입니다.
그리고 당신이 웃을 때, 그들도 웃을 것입니다.
모든 사람이 언제나 자신의 일을 하고 있습니다.
자신의 생각 체계를 만나는 것이 무척 재미있는 이유는
그 때문입니다.

보는 것만으로도 나는 너의 손주들을 귀히 여기는 법을 배웠단다. 너는 내게 다정함과 용기를 가르쳐 주었어. 너는 언제나 너 자신에게 "한번 해 봐"라고 격려하고, 네가 실천에 옮기면 너 자신을 도와 주지. 소중한 나야, 고마워. 너 때문에 너는 사랑할 수 있고, 너와 다른 사람들을 사랑할 수 있고, 너의 남편까지 사랑할 수 있단다. 네가 그럴 수 있다고 상상했던 것 이상으로. 정말 고맙구나.

사랑해,
사라가

비판과 친구 되기

만일 당신이 정말로 자유롭기를 원한다면, 다른 사람들의 비판도 선물이 될 수 있습니다. 어떤 비난을 받고 고통을 느끼거나 자신을 보호하려는 충동을 조금이라도 느낀다면, 그것은 당신이 자신에 대해 인정하지 않고 사랑하지 않는 것이 남아 있다는 의미입니다. 이것은 당신이 숨기고 싶어 하는 바로 그 부분입니다. 당신은 사랑받고 이해받기를 원하지만, 그 부분에 대해서만은 그러기를 원치 않습니다. 그리고 앞에서 보았듯이, 숨기게 되면 다른 사람들뿐 아니라 자기 자신에게서도 분리됩니다.

사람들에게 듣고 싶지 않은 최악의 말은 무엇인가요? 당신이 너무 공격적이라는 말인가요? 당신은 가끔 공격적인가요? 그러면 그들의 말이 맞습니다. 따라서 일어날 수 있는 최악의 일은 그들이 당신에게 진실을 말하는 것입니다. 당신이 원하는 것은 그것이 아닌가요? 어떤 사람이 "당신은 너무 공격적이에요!"라고 말하면 당신은 이렇게 말할 수 있습니다. "잘 아시는군요, 내가 봐도 그래요." 그러면 평화가 있습니다. 아니면 당신은 이렇게 말할 수도 있습니다. "아니, 난 그렇지 않아요! 당신이야말로 공격적이에요!" 그리고 당신은 다음에 어떤 일이 일어날지 잘 압니다.

누군가가 당신에게 또는 당신에 대해 무슨 말을 하든지, 만일 당신이 스트레스를 경험한다면, 그 순간 당신은 고통을 받고 있는 사람입니다. 스트레스는 자신의 생각에 질문할 때라는 것을 알려주는 신호입니다. 비판을 듣고 그 가치를 경험하는 법을 이해하게 되면, 당신은 다음의 연습을 자신에게 선물로 주고 싶어질 것입니다.

연습 비판

1단계

누군가가 당신을 비판하며 당신이 잘못했고, 불친절하고, 모호하며, 무관심하다고 말하면, 그것을 느껴 보세요. 느끼며 가만히 있어 보세요. 그리고 자신에게 물어보세요. "그게 진실인가? 그녀의 말이 맞을 수 있는가? 누군가가 어떻게 해서 나를 그렇게 볼 수도 있는지 이해되는가?" 대답이 떠오를 때까지 기다리세요. 그리고 그냥 이런 식으로 반응할 수 있는지 보세요. "그걸 알려줘서 고마워요. 당신 말이 맞을 수 있어요." (그 사람에게 이 말을 마음속으로 말할 수도 있고, 소리 내어 말할 수도 있습니다.) 이제 어떤 느낌이 드나요?

2단계

비판을 받은 뒤에 자신에게 물어보세요. "이런 말을 들을 때 스트레스를 받는가?" 만일 그렇다는 대답이 나오면, 그것은 그 비판이 당신에게 진실하다는 의미입니다. 그리고 당신이 그 문제를 다루지 않았거나, 자신의 아픔을 이해할 만큼 충분히 깊이 들어가지 않았다는 것을 의미합니다. 당신이 방어하게 되는 생각들에 질문할 때 어떤 일이 일어나는지 보세요.

예를 들어, 친구가 "넌 내 말에 귀를 기울이지 않아"라고 말할 때, 당신은 아픔을 느낄 수 있습니다. 당신을 아프게 하는 생각은 "그녀는 나에 대해 잘못 알고 있어"일 수 있습니다. 그 생각에 질문을 해 보세요.

"그녀는 나를 잘못 알고 있어"—그게 진실인가? 아니, 그렇지 않다. 진실은 가끔 내가 남의 말에 귀를 기울이지 않는다는 것이다.

그녀가 잘못 알고 있다고 믿을 때 나는 어떻게 반응하는가? 나는 즉시 화가 나고 부당하게 비난받는다고 느낀다. 나를 방어하기 시작한다. 마음속으로 그녀를 공격하기 시작한다. 내가 불쌍하게 느껴진다. 그녀의 말을 듣지 않는다.

"그녀는 나를 잘못 알고 있어"라는 생각이 없다면 나는 누구일까? 그녀의 말에 귀를 기울일 것 같다. 그녀가 하는 말에 마음을 열 것 같다. 나 자신을 더 깊이 들여다볼 것 같다.

뒤바꿔 보세요. "그녀가 나를 잘못 알고 있다고 생각할 때, 나는 그녀를 잘못 알고 있다."

인정을 구하는 데 더 이상 에너지를 쏟지 않을 때, 당신은 비판을 반박하거나 방어하는 대신, 비판을 선물로 보며 두 팔 벌려 환영할 수 있습니다. 자신에게 정직하면, 아픔을 감수하고 가슴을 열면, 감추고 싶은 비밀이 노출되고 남에게 이용될 것이라는 환상이 끝나게 됩니다. 당신이 정말로 겸손할 때는 비판이 당신에게 상처를 입힐 수 없습니다. 오히려 비판은 당신에게 도움을 줄 뿐이라는 사실이 경험을 통해 분명해집니다. 명쾌한 마음은 이처럼 효과적으로 행동하게 하며, 그러면 당신은 남들에게 친절하고 자기 자신에게도 친절합니다.

방어는 전쟁의 첫 번째 행위입니다.

만일 당신이 내게 이기적이고, 거절을 잘하고,

냉정하며, 불친절하고, 부당하다고 말하면,

나는 말하겠습니다.

"고마워요. 나는 내 삶에서 이 모든 것을 찾을 수 있답니다.

나는 당신이 말한 모든 것이었고, 그 이상이었어요.

당신이 보는 것을 모두 얘기해 주세요.

내가 이해할 수 있도록 우리 함께 도우면 좋겠어요.

나는 당신을 통해서 나를 알게 됩니다.

내 눈에 보이지 않는 내 안의 불친절한 부분들을,

당신이 없이 내가 어떻게 알 수 있겠어요?

당신은 나를 나 자신에게 데려옵니다.

그러니 내 눈을 들여다보며 다시 얘기해 주세요.

당신이 내게 모든 것을 주기 원해요."

우리는 이렇게 친구로 만납니다.

그렇게 우리는 하나가 됩니다.

나는 모든 것입니다.
만일 당신이 나를 불친절한 사람으로 본다면,
그것은 내가 내면으로 들어가서
이제까지 어떤 모습을 보였는지 살펴볼 기회입니다.
내가 불친절한 적이 있었는가?
나는 그랬던 때를 찾을 수 있습니다.
내가 부당하게 행동한 적이 있는가?
이것을 인정하는 데는 시간이 오래 걸리지 않습니다.
만일 그랬던 일이 기억나지 않으면,
내 아이들이 알려줄 수도 있습니다.
내가 내 삶에서 발견하지 못했지만
누군가가 상기시켜 줄 수 있는 것이 무엇일까요?
만일 당신이 내게 어떤 말을 했는데
내가 방어하려는 충동을 느낀다면,
그것은 바로 내 안에서 발견되기를 기다리던 진주입니다.

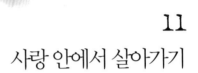

11
사랑 안에서 살아가기

생각에 대한 질문이라는 이 단순한 비결을 알게 되면,
당신은 사랑을 느끼고, 하고 싶은 일을 하고,
사랑의 행위를 하며 행복하게 살아갈 것입니다.

진정한 사랑을 발견하기 시작하면, 그동안 사랑이라고 여겼던 것을 얻기 위해 사람들의 마음을 원하는 대로 움직이려 이용한 방법들이 갑자기 분명하게 드러납니다. 그러면 당황스러울 것 같지만, 사실은 우스워 보일 때가 많습니다. 그리고 자기에 대한 사랑으로 자기를 용서하는 것이 쉬운 일임을 알게 됩니다. 인정을 구하던 과거의 방식들은 단지 오해였을 뿐임을 깨닫고, 그 점에 대해 감사합니다.

나는 사람들에게 탐구 작업이 어떤 효과가 있었는지를 묻는 이메일을 보냈습니다. 답장들은 5백 쪽이 넘도록 계속 들어오고 있습니다. 답장들을 읽으면서 나는 얼마나 많은 사람들이 얼마나 다양한 방식으로 고통을 당했는지 보면서, 또한 그들이 삶에서 일어나고 있다고 생각했던 꿈에서 깨어나며 그리고 실제로 일어나고 있는 일을 보며 경험한 기쁨을 읽으면서 가슴이 뭉클했습니다. 탐구 작업은 그들이 길고 놀라운 여행을 마치고 집으로 돌아올 수 있는 마법의 세계 같았고, 화롯불 주위에 둘러앉아 자신이 위기들을 극복한 이야기를 들려주며 옛 친구들과 웃음을 터뜨리는 집과 같았습니다. 스트레스를 주는 생각들을 믿지 않을 때, 남아 있는 것은 사랑과 웃음뿐입니다.

다음은 그런 답장들 가운데 몇 편을 발췌한 내용입니다.

키스하지 않기

레나에게 4년 동안 구애를 했지만 아무런 소용이 없었어요. 그녀의 컴퓨터도 고쳐 주었고, 그녀가 좋아하는 양파 튀김도 계속 먹었고, 재미있는 이야기들도 시시때때로 들려주었고, 그녀를 얼마나 원하는지도 은근히 보여 주었죠. 아무 소용이 없었어요.

그러던 중 그녀와 주말을 함께 보낼 수 있는 기회가 생겼습니다. 그녀는 어떤 형태의 성적인 접촉도 안 된다는 점을 분명히 밝히더군요. 손을 잡는 것도, 포옹하는 것도, 볼에 키스하는 것도 허락하지 않았어요. 할 수 있는 게 아무것도 없었죠. 애정을 보이고 싶은 충동이 올라올 때마다 행동을 자제해야 했어요. 그래서 나는 대신 내 생각들을 알아차리기로 마음먹었죠. 그리고 몇 가지를 알게 되었어요. 과거에는 여자들이 나를 좋아하도록 만들기 위해 온갖 방법들을 사용했죠. 하지만 그 주말 내내 나는 나 자신을 억누르고 있다고 느끼지 않았어요. 그리고 그런 단순한 육체적인 행위들이 실제로는 내가 느끼고 있던 사랑하는, 즐거운, 성적인 느낌을 흩뜨린다는 것을 알 수 있었죠. 과거처럼 배출하지 않아도 그런 느낌들은 내 몸에서 계속 흐르고 있었어요. 순전히 플라토닉하기만 했던 주말이 끝날 무렵, 나는 더없이 행복했고 사랑으로 가득 찼어요!

그녀의 사랑을 얻으려는 노력을 멈춘 순간은, 아무리 줄여서 말해도, 한없는 편안함이었어요. 온 몸이 편안히 이완되었죠. 행복하기 위해서는 그녀와의 관계 또는 어떤 사람과의 관계가 필요하다는 생각을 더 이상 믿을 수가 없었어요. 더 이상 나 자신의 바깥으로 나가야 한다고 느끼지 않았고, 행복이 존재하지도 존재할 수도 없는 곳에서 행복을 찾으려는 노력을 그만두었어요. 평생 동안 계속해 온 노력들을 그만두었죠. 그리고 처음으로 안정되고 정직하며 완전하다고 느꼈어요.

나는 이 여자의 사랑을 얻으려는 노력을 멈추었고, 우리가 커플이 되어야 한다는 나의 생각에 그녀도 동의하도록 만들기 위해 그동안 애쓴 모든 방식들에 대해 사과했어요. 나에게는 정말로, 나 자신도 이 점에 대해 충격을 받았는데, 그녀와 결혼이라는 관계를 맺고 그녀와 함께 있고자 하는 욕망이 전혀 없었어요. 그리고 그런 식으로 나와 함께 살기를 원하지 않는 여성을 사랑했다는 사실에 대해 대단한 만족감을 느꼈죠. 그런데 정말 아이러니했던 것은, 그녀의 사랑과 인정을 받으려는 노력을 그만두는 순간, 그녀와(또는 다른 누구와) 함께 해야 할 '이유'를 더 이상 찾을 수 없게 되었을 때, 그녀가 나를 바라보며 "내가 언제나 원했던 자유, 그 자유를 이 남자와 함께라면 찾을 수 있겠어. 아, 좋아. 그는 정말 멋져!"라고 생각했다는 거예요. 그리고 그녀는 내게 몸을 기대며 키스를 했어요.

그로부터 4년이 지난 지금, 우리는 결혼한 지 1년이 되었어요. 그리고 우리의 실제 관계는 내가 그동안 상상했던 것보다 훨씬 좋답니다.

사랑의 요리

내가 사람들에게 요리를 해 주면 그들에게 사랑을 주고 있는 것이라고, 그리고 그들은 나에게 사랑으로 보답할 것이라고 믿고 있었어요. 그렇게 믿고 있다는 것을 깨달았을 때, 나는 충격을 받았죠. 나 자신을 어떻게 해야 할지 알 수가 없었어요. 사람들에게 요리를 해 줄 수 없다면, 나는 무엇을 주어야 하는 걸까?

내가 오로지 다른 사람들을 기쁘게 하기 위해 노예처럼 살았다는 사실이 분명해지기 시작하자, 너무나 놀랐고 혼란스러웠고 당황스러웠어요. 뭔가 무척 소중한 것을 잃어버린 느낌이었어요. 무척이나 울었답니다. 나라고 하는 이 여자는 대체 누구일까? 그녀가 원하는 것은 대체 무엇일까? 알 수가 없었어요. 실마리조차 잡을 수가 없었죠.

바깥에서 사랑을 볼 수 있으려면 먼저 나 자신을 사랑해야 한다는 것을 알게 되었어요. 하지만 나를 사랑하려면 어떻게 해야 하지? 내 안에서 일어나는 생각들에 대해 끈질기게 질문하고 뒤바꾸기를 계속했어요. 생각들을 더 많이 조사할수록, 다른 사람들의 인정을 받으려는 데에는 점점 흥미가 줄어들더군요. 중요한 것은 나 자신의 인정을 받는 것이라는 점을 깨닫게 되었어요.

이제는 누군가를 위해 요리할 때, 그들이 그 음식을 좋아하는지 여부에는 분명 관심이 있지만, 그들의 인정에 의존하지는 않아요. 그들이 음식을 좋아하는지 보기 위해 걱정하며 기다리지도 않고, 그들이 좋아하지 않아도 낙담하지 않구요. 만일 누군가가 음식에 대해 혹평을 하면, 상처를 받고 그 말을 거부하거나 무시하는 대신, 그 말이 맞을 수 있는지 알아봐요. 그들의 말이 도움이 될 때가 많아요. 이젠 음식이 내가 계획했던 만큼 좋지 않게 완성되었어도 그럭저럭 괜찮을 때는 호들갑을 떨거나 사과하지 않고 그냥 음식을 내오고 함께 식사를 즐겨요. 예전 같으면 절대로 그렇게 할 수 없었을 거예요. 나는 더욱 평화롭고 여유로워졌어요. 그리고 무슨 일이든 지금 일어나는 일을 편안히 받아들일 수 있게 되었구요.

토스터 오븐

　과거에 나는 언제나 남들의 비위를 맞추면서 살았어요. 지금은 내가 해야 한다고 생각하는 일들이 아니라, 내가 정말로 원하는 일을 해요. 예를 들어, 교회에서 만난 여성이 집을 구할 때까지 우리 집에 머물도록 한 적이 있었어요. 그런데 어느 날 저녁, 집에 돌아와 보니, 그녀는 토스터 오븐에 냉동식품을 넣고 오븐을 켜 놓은 채로 술에 취해 잠을 자고 있더군요. 그 광경을 보니, 집을 모두 불태워 버릴 수도 있는 사람이라고 여겨졌어요. 그래서 나는 그녀에게 나가 달라고 말했죠. 예전 같으면, 그녀가 집을 얼른 구하기를 속으로 바라면서 두려움에 떨며 함께 살았을 거예요. 이번에는 내가 두려워하는 바를 그냥 솔직히 얘기했어요. 그녀는 마음에 드는 집을 금세 찾아냈고, 내 마음을 분명하고 정중하게 얘기해 주어 고맙다고 말했어요.

변덕스러운 그녀

　그때 나는 결혼 전이었는데, 사귀고 있던 여자는 번번이 약속 시간이 다 되어 데이트를 취소하곤 했습니다. 그러면 버림받은 기분이 들었고 나 자신이 불쌍하게 느껴지더군요. 마치 영화 《황금광 시대》의 찰리 채플린처럼……. 그럴 때마다 그녀에게는 그럴 수 있다고, 나는 괜찮다고 말하곤 했습니다. 사실은 그렇지 않았지만, 만일 내가 그녀에게 매달리고 사랑을 요구하면 그녀가 나를 완전히 버릴 것이라고 생각했거든요. 그래서 이 문제에 대해 작업을 했습니다. 그녀를 맹렬히 비판했고, 종이에 적었고, 네 가지 질문을 했고, 뒤바꾸었습니다. 그리고 뭔가를 깨달았죠. 하지만 그녀가 나와 만나려 하지 않을 때는 여전히 비참한 기분이 느껴지더군요. 그러던 어느 토요일 저녁, 텅 빈 나의 집을 향해 걸어가는데 마치 흥미로운 누군가를 곧 만날 것처럼 가벼운 흥분을 느꼈습니다. 잠시 어리둥절했어요. 손님이 오기로 한 걸 내가 잊고 있었나? 그리고 알게 되었죠. 내가 집에서 곧 만날 흥미로운 사람은 바로 집을 향해 걷고 있는 나 자신이라는 걸. 그때는 그것이 사소해 보였지만, 버림받았다는 그 느낌은 다시 돌아오지 않았습니다. 그리고 그 변덕스러운 여자친구는 더 이상 데이트를 취소하지 않았고, 지금은 나의 변덕스러운 아내가 되어 있습니다.

친구가 알아주지 않아도

한동안 내 마음을 집중적으로 탐구했어요. 주로 헤어진 아내에 관해서 작업했죠. 의식적으로 탐구하지 않을 때도 새로운 사실이 계속 드러났습니다. 하루는 몇 달 동안 만나지 못했던 친한 친구와 점심을 먹으러 갔어요. 내가 아주 많이 존중하는 친구였고, 만날 때마다 늘 즐거운 친구였습니다. 그런데 이번 만남은 또 다르더군요. 그와 이야기를 나누는 것은 완전히 새로운 경험이었고, 과거 어느 때보다도 더 그와 가깝게 느껴졌습니다. 그 친구의 행동은 예전과 다를 게 없었어요. 변화는 내 안에서 일어나 있었고, 생각들은 저절로 풀려 가고 있었죠. 예를 들어, 내가 무척 자랑스럽게 여기는 최근의 성과에 대해 얘기할 때도, 내가 얼마나 대단한 일을 한 것인지 그 친구가 알아주든 말든 관심이 없었어요. 대화 도중에 전화벨이 울리고 그 친구가 전화를 받았지만, 나 자신이 무시당했다고 여기지도 않았습니다. 오히려 그 친구가 직장 동료와 통화할 때 그에 대한 애정이 흐르는 것이 느껴지더군요. 그 친구는 전화가 울릴 때마다 받아야 한다고 생각하는 사람이라는 것이 이해되었습니다.

그와 이야기하고 있는 나의 내면의 소리를 들으면서, 지난번에 만나 얘기했을 때와 지금의 차이가 분명하게 보이더군요. 예전에 나는 마치 의자 앞 끝에 엉덩이를 걸치고 그를 향해 몸을 기울인 채 끊임없이 그의 인정을 구하는 것 같았습니다. 내가 하는 말에 그가 관심이 없어 보이면, 상처를 받고 뒤로 물러났고, 그가 도중에 전화를 받으면 내가 조금 무시당하고 있다는 기분이 들었지요.

그런데 이제는 그 모든 것이 사라지고 없었어요. 나는 그에게서 아무것도 필요로 하지 않는다는 것을, 그가 내 말에 관심이 있건 없건 아무런 문제가 되지 않는다는 것을 깨달았습니다. 내가 내 말에 흥미를 느꼈고, 내가 나를 인정했고, 내가 나를 즐겼어요. 사실 나는 주로 친구의 얘기를 그냥 귀 기울여 듣기만 했습니다. 그가 한 말 중에 일부는 아주 재미있었고, 일부는 덜 재미있었지만, 대화 내내 나는 그에 대한 사랑으로 가득 차 있었고, 중요한 것은 그것이었습니다. 그 친구에 대해서는 작업을 하지도 않았는데 말이에요!

남편과 옆집 여자

지금으로부터 5년 전······ 2주일 동안 여러 가지 일들이 일어났어요. 아버지는 스스로 목숨을 끊으셨고, 나는 직장을 잃었고, 남편은 옆집으로 이사 온 여자와 함께 살기 위해 집을 나갔어요. 남편과 새 애인은 시시때때로 내 눈앞에 나타나서 무슨 일이 일어났는지를 계속해서 상기시키더군요. 마치 물고문 같았어요. 그들이 함께 차를 타고 외출하거나 들어오는 모습, 정원 잔디밭에서 일하는 모습, 남편이 우리 집 잔디 대신 그 여자의 잔디를 깎는 모습, 내가 외출하거나 들어올 때 그 여자의 현관 앞에 함께 앉아 있는 모습……. 심지어 우리 집 부엌에서 6미터쯤 떨어져 있는 그녀의 침실에 함께 있는 두 사람이 느껴지는 것 같았어요.

나는 남편에게 돌아오라고 애원했어요. 나를 떠나면 천벌을 받을 것이라고 으름장도 놓았구요. 남편을 집으로 보내 달라고 그 여자에게 애원했어요. 시어머니에게도 남편을 설득해 집으로 돌아오게 해 달라고 부탁했고, 아이들까지 그 집으로 보내 남편을 설득하게 했죠. 그녀의 집 앞에서 남편에게 무릎을 꿇고, 이렇게 힘든 시기에 나를 혼자 남겨 두고 떠나지 말아 달라고 애원하기도 했답니다. 나는 마치 대단한 순교자 같았어요! 남편이 돌아와서, 아무리 많은 시간이 걸려도 내게 충분히 보상이 될 때까지 나에게 잘해 주기를 원했어요. 내가 당했던 것만큼 남편도 고통 받기를 원했죠.

하지만 남편은 돌아오지 않았어요. 나의 소원을 들어주려 하지 않았고, 사랑에 빠져 즐거운 시간을 보내고 있었어요. 탐구를 시작한 뒤에야 비로소 알게 되었죠. 남편을 벌주려고 애쓰면서 사실은 나 자신을 벌주고 있었다는 것을! 나쁜 뿐 아니라 내 아이들까지도……. 만일 남편이 원하는 대로 하도록 놓아두었다면, 나는 내 삶을 살아갔을 테고, 남편을 기분 나쁘게 만들려고 애쓰지 않았을 거예요(그런데 어느 누가 자기를 기분 나쁘게 만들려고 애쓰는 사람에게 돌아가고 싶겠어요?). "남편은 나에게 돌아와야 한다"—그게 진실인가? 아니, 그렇지 않다. 그 생각을 믿을 때 나는 어떻게 반응하는가? 분노하고, 비참하고, 비열하게 굴고, 그의 마음을 내가 원하는 대로 움직이려 한다. 뒤바꾸기는 특히 놀라웠어요. "나는 나 자신에게 돌아와야 한다." 이 뒤바꾸기는 번개처럼 내 머리를 때렸어요. 나는 내 삶으로 돌아와야 했고, 내 아이들에게 돌아와야 했어요. 이 점이 이해되자, 이별의 아픔이 치유되기 시작했어요. 이전에는 남편을 원망하느라 아이들과 많은 시간을 함께 보내지 않았죠. 그 후로는 아이들과 함께 더 많이 놀아 주고, 책을 읽어 주고 이야기들을 들려주며 더 많은 시간을 보내고 있어요.

전 남편은 자신의 선택을 해야 했고, 내 믿음이 아니라 자신의 가슴이 시키는 대로 행동해야 했어요. 탐구는 내게 보여 주었어요. 그는 자신의 행복을 책임져야 하고, 나는 나의 행복을 책임져야 한다는 것을……. 세상의 어떤 독선적인 고통도 그것을 변화시킬 수 없었죠. 내 생각들에 진지하게 질문하기 시작하면서 고통이 멈추었어요. 마침내 나는 나 자신을 불행하게 만드는 것은 전 남편이 아니라 나의 생각이라는 것을 이해하게 되었죠. 나는 전 남편을 괴롭히고 바꾸려는 노력을 그만두었어요. 불쌍한 모습을 보여서 사람들의 동정을 받으려는 노력도 그만두었구요. 대신, 남편은 나를 한 번 떠났지만 나는 그 후로 4년 동안 하루도 빠짐없이 수천 번이나 나 자신을 떠났다는 것을 이해하게 되었답니다.

탐구는 나를 자유롭게 해 주었어요. 그리고 이제는 나 자신을 보며 웃을 수 있고 전 남편의 행복을 빌어 줄 정도로 내 마음을 깨끗하게 해 주었어요. 아, 그 대단한 이야기를 놓아 버린 뒤로는 얼마나 기분이 좋아졌는지요!

왜냐하면 지금 그러고 있으니까

나는 남편에게 떠나겠다고 위협하곤 했어요. 그런데 이제는 이것이 나의 일이 아니라는 것을 알아요. 내가 남편과 함께 있는 동안에는 남편과 함께 있을 필요가 있겠죠. 내가 남편을 떠날 필요가 있을 때는 오로지 실제로 남편을 떠날 때뿐이구요. 그런데 지금까지 나는 남편을 떠난 적이 없어요. 우와, 멋지지 않나요? 이것은 내 생각들에 대해 질문하기 시작한 뒤로 내게 일어난 가장 좋은 일 가운데 하나예요. 나는 아주 많이 자유로워졌어요. "내가 여기서 뭘 하고 있는 거지? 대체 내가 왜 이러고 있는 거지?"라고 생각하며 더 이상 걱정하지 않아요. 나는 남편과 함께 살고 있어요. 왜냐하면 지금 그러고 있으니까. 끝. 가장 힘들 때, 내 생각들이 미친 듯이 가지를 칠 때, 적어도 나는 그 '사실'에 의지할 수 있어요. 이것은 평화의 섬이에요. 내가 발 딛고 서 있을 수 있는 견고한 바닥이구요.

화를 잘 내는 동료

직장에서 화를 잘 내는 동료가 있었습니다. 그녀가 화를 낼 때마다 내 안에서는 언제나 방어적인 반응이 일어났어요. 하지만 이번 주에 그녀가 내게 와서 화를 내며 비난했을 때, 나는 완전히 내 안에 자리 잡고 있었습니다. 그녀의 화는 나와 아무런 상관이 없다는 것을 알았어요. 그녀를 사랑으로 대할 수 있었죠. 나는 그녀의 비난이 정당하다고 말했습니다. 그러자 그녀의 화는 사라졌고, 그녀는 내게 장난기 어린 묘한 미소를 지었습니다. 마치 못된 짓을 하다 걸린 장난꾸러기 아이처럼.

엄마를 사랑하게 되었어요

엄마는 너무나 오랫동안 중병을 앓았어요. 그래서 나는 엄마를 원망했고, 엄마가 아빠와 나에게 지워 준 짐을 원망했죠. 우리가 삶을 희생해 가면서까지 엄마를 간병했지만 엄마는 우리에게 조금도 고마워하지 않는다고 생각했어요. 그것이 내 고통의 원인이었던 거죠. 엄마에 관한 고통스러운 생각들에 몇 달 동안 질문했어요. 그리고 깨달았죠, 내가 속이고 있었다는 걸! 나는 엄마에 대한 사랑으로 간병한 것이 아니었어요. '고생하는 착한 딸'이 되어 사람들의 관심을 받고 있었던 거예요. 나는 사람들의 동정을 받기 위해 이 근사한 이야기를 지어내고 있었지만, 실은 엄마와 통화할 때마다 엄마의 목소리가 싫어서 듣고 있을 수도 없었어요. 나의 착각들을 이해하게 되자, 나는 평생 아프지 않은 적이 거의 없었던, 강인하고 독립적이며 사랑이 가득한, 이 완벽하게 아름다운 여인을 알아볼 수 있게 되었어요. 나는 엄마와 사랑에 빠졌어요. 진심으로 엄마 곁에 앉아 있고 싶었고, 필요한 일이라면 무엇이든 하고 싶어졌어요. 엄마가 돌아가시기 전 사흘 동안 나는 이러한 사랑의 마음으로 엄마 곁을 지켰어요. 엄마가 살아 계시는 동안 엄마를 사랑할 수 있게 되어 어찌나 기쁜지 몰라요.

얼마나 필사적으로 사랑과 인정을 받으려 했는지

나는 애인과 열정적으로 만나기를 원했어요. 남편보다 더욱 자극시켜 주기를 원했죠. 사회적인 규범을 위반하여 내 삶에 다시 모험을 가져오고 싶었어요. 애인이 나를 모험적이고, 매력적이며, 젊고 아름다운(나는 30대 후반이에요) 여인으로 봐 주기를 원했어요. 그리고 지적이고, 조리 있게 말하고, 모든 면에서 탐날 만한 여인으로……. 나는 완벽하기 위해 노력했고, 그의 모든 요구에 응하려 애썼고, 언제나 그를 위해 준비되어 있으려 했어요. 어떤 상황이 와도 감정을 드러내지 않고 처리하려고 노력했구요. 나의 배신을 감추기 위해 남편의 주위에는 거짓의 장막을 둘러쳤어요. 애인의 모든 요구를 들어주려 했던 건 거절당할까 봐 두려워서였어요. 그의 마음을 얻으려면 그가 내게 기대하는 모습대로 되어야 한다고 믿었죠. 그것이 내가 아는 유일한 방법이었으니까요. 하지만 이런 방법은 마치 자석의 반발 작용 같은 예기치 못한 결과로 이어졌어요. 나는 그의 마음을 얻지 못했고, 오히려 그는 내게서 멀어졌어요.

이 과정을 겪는 동안 나는 나를 좋아하지 않았어요. 내 기대들 때문에 마음이 힘들었어요. 마음속에서 신뢰하지 못하고 안전하다고 느끼지 못해서 남편을 배신했던 것 같아요. 나를 거의 존중하지 않았으니 나 자신도 배신한 셈이죠. 끊임없이 죄책감을 느꼈어요. 계속해서 넘지 말아야 할 선을 넘고 있었고, 그러는 나를 자책했어요. 나는 지금 이 순간을 살고 있지 않았어요. 언제나 현실이 지금과 다르기를 원했죠. 남편에게는 애인처럼 더 거칠고 더 섹시하기를 원했고, 애인에게는 남편처럼 안정되고 변함없기를 원했어요.

그러다가 작업을 통해서, 내가 얼마나 필사적으로 사랑과 인정을 받으려 했는지 알게 되었어요. 그냥 그랬을 뿐인데 내 삶이 엄청나게 변화하기 시작했답니다. 갑자기 감당할 수 없을 만큼 사랑이 밀려왔죠. 애인이 나를 떠난 뒤, 내가 속할 수 있는 존재는 오로지 나 자신뿐이라는 것을 깨달았어요. 내가 맺고 있던 관계들이 모든 면에서 나아지더군요.

전에는 남편을 보고 너무 자기중심적이라며 늘 원망했어요. 이제는 그런 생각이 마음속에 들어오면, 그 생각에 대해 질문을 해요. 내 생각들을 검열하지 않고 화난 아이처럼 남편을 판단해요. 그리고 내 생각들을 하나하나 조사하고 뒤바꿔요. 남편을 있는 그대로 놓아둬요. 남편을 바꾸려 하지 않아요. 이제는 남편에게 거절의 말을 하는 것이 훨씬 쉬워졌어요. 그렇게 해도 기분이 좋구요.

나는 이제 사랑이 나의 내면에서 나온다는 것을 알아요. 모든 순간이 지금 이대로 소중해요. 화나고 고통스러운 생각들은 내면을 더 깊이 들여다보도록 가르쳐 주죠. 예를 들어, 전에는 남편이 너무 많이 출장 다니지 않기를 바랐지만, 지금은 남편이 있을 때나 없을 때나 그냥 즐길 뿐이에요. 남편이 무엇을 하건 그것은 남편의 일이고, 이제는 남편의 행동이 내 가슴속의 행복에 거의 영향을 미치지 않아요.

이제 나는 모욕과 비난을 받을 수도 있고, 누군가가 내게 침을 뱉고 저주를 할 수도 있겠지만(내겐 10대의 자녀들이 있어요), 나의 내면에는 평화가 자리 잡고 있어요. 스트레스를 주는 생각들에 질문을 하는 한, 나는 고요하며 사랑할 수 있어요.

집은 청소되거나 청소되지 않는다

남편은 집 안 청소하는 것을 좋아하지 않아요. 그런 남편이 지긋지긋해진 나머지, 남편과의 결혼 생활을 끝내고 나를 더 존중하고 더 잘 도와주는 사람을 만나야겠다고 생각하곤 했어요. 그런데 이제 나는 결혼 생활에 이전보다 더욱 충실히 임하고 있답니다. 집은 청소되거나 청소되지 않습니다. 나는 집이 언제나 완벽하게 깨끗해야 할 필요가 없다는 것을 깨달았어요. 어쨌든 집은 완벽했던 적이 없었어요. 과거에 집은 완벽하지 않았고 우리는 수없이 다투었죠. 지금은 완벽하지 않지만 나는 평화로워요.

가족이 변한 줄 알았는데

　주말의 여가를 이용하여 바이런 케이티의 《네 가지 질문》을 읽었는데, 손에서 책을 놓을 수가 없었어요. 다음 날인 일요일, 아내와 아이들이 이상할 정도로 나에게 잘해 주고 있다는 느낌이 자꾸만 들더군요. 마치 그날이 내 생일인 것처럼……. 참다못해 아내에게 물었습니다. "도대체 무슨 일이에요? 지금 무슨 일을 꾸미고 있나요? 왜 모두들 나한테 이렇게 잘해 주는 거예요?"

　아내는 나를 빤히 쳐다보더니 웃음을 터뜨리기 시작했습니다. "우리가 달리 뭘 하고 있는 게 아니에요. 바뀐 건 당신이에요. 더 다정하게 행동하는 사람은 바로 당신이라구요!"

변기를 청소하다가

　우리는 집 안 허드렛일로 번번이 다투었어요. 내가 정말 화가 났던 이유는 우리 가족 가운데 집 안을 청소하고, 설거지를 하고, 세탁을 하고, 화장실과 변기를 청소하는 사람은 언제나 나였기 때문이에요. 우리 가정에서 직장 생활을 하는 사람은 나밖에 없는데도 말이에요. 이런 상황이 나를 미치게 만들었죠. 정기적으로 탐구를 시작한 뒤 얼마 지나지 않았을 때였어요. 화장실 변기를 청소하고 있었는데, 갑자기 삶에 대한 감사가 물밀듯이 밀려들었어요. 변기를 청소한다는 것은 내가 아이들에게 음식을 만들어 주는 훌륭한 엄마이며, 그 음식이 아이들의 아름다운 몸속에서 바뀌고 남은 것을 청소한다는 걸 의미했어요. 나는 더 이상 누가 청소하고 있고 누가 청소하고 있지 않은지에는 관심이 없었어요. 그저 나의 내면에서 시키는 대로 따르고 있을 뿐이었죠. 그 일 이후로 가족들은 화장실을 청소하는 데 점점 더 많은 관심을 갖고 참여했어요. 놀라운 일이었죠.

나는 성자가 아닐지 모르지만

나는 교회에 가기를 좋아해요. 나는 교회에서 사람들이 나를 단순히 영적인 사람이 아니라, 예수님이나 테레사 수녀 같은 사람으로 봐 주기를 언제나 원했어요. 사람들이 나를 단순히 좋은 사람이라고 생각하는 것이 아니라, 드라마 《천사와의 만남(Touched by an Angel)》에 나오는 천사들처럼 황금빛 광선이 뿜어져 나오는 사람으로 보기를 원했죠. 사람들이 나의 경이로움에 감탄하면서 자신들이 아직 도달하지 못한 나의 경지를 약간 시샘하기를 원했어요. 이 말이 우스꽝스럽게 들리겠지만, 나는 나를 이렇게 보이게 만들어 줄 것이라고 진심으로 믿었던 활동들에 평생을 바쳤답니다.

그러다가 여자 교도소에서 정기적으로 주말 강의를 하게 되었어요.

나는 이 여성들이 하는 말을 진정으로 귀 기울여 듣거나 그들이 어떻게 느끼는지를 알기 위해 시간을 낸 적이 한 번도 없었어요. 오로지 그들을 가르치는 데에만, 그리고 그들이 나를 위대하고 거룩한 선생님으로 보게 만드는 데에만 관심이 집중되어 있었죠. 그러던 어느 날 밤, 한 여성이 바닥에 풀썩 쓰러지더니 자기의 아기를 죽였다며 울부짖기 시작했어요. 그녀는 몇 시간 동안이나 고통으로 몸부림치며 절규했어요. 갑자기, 내가 이 여성들의 말에 귀를 기울이지 않았고 관심을 보이지도 않았다는 것을, 내 관심은 오로지 그들이 나를 어떻게 보고 있는지에만 쏠려 있었다는 것을 깨달았어요. 아마 그들에게 필요한 것은 용서였을 거예요. 그들은 자신들이 과거에 무슨 짓을 했든 이제 자신들이 괜찮고 계속 살아갈 수 있다는 것을 누군가가 보여 주기를 원했어요. 아니, 그 반대였어요. 실은 용서가 필요한 사람은 나 자신이었죠. 내가 과거에 무슨 짓을 했든 이제 내가 괜찮고 계속 살아갈 수 있다는 것을 그들이 보여 주기를 원했던 거예요.

나는 나의 오만함에 깊은 충격을 받았어요. 나는 나에게 실망했고, 평생 나 자신을 속이고 있었다는 것을 불현듯 알게 되었어요. 충격을 받은 나는 그처럼 거짓된 삶으로 이끈 생각들에 질문하기 시작했어요. 나 자신의 진실을 찾기 위해 정말 진지하게 노력했죠. 날마다 수십 장씩 '이웃을 판단하는 양식'을 작성했는데, 그 가운데 많은 부분은 내가 세상과 내 삶의 모든 고통 때문에 얼마나 신에게 분노하고 있는지를 보여 주었어요.

이제 일대일 무료 상담은 계속하고 있지만, 청중 앞에서 하는 모든 무료 강의는 그만두었어요. 나를 과시하기 위해 자신과 남들을 힘들게 하는 일을 그만두었지요. 예수처럼 되려는 노력도 그만두었어요. 내 생각들에 대해 더 많이 질문할수록, 나 자신에게 더 많이 만족하게 되더군요.

나의 불행 때문에 신을 비난하는 것도 그만두었고, 내 삶에 대해 진정으로 책임을 지기 시작했어요.

지금 나는 훨씬 더 많은 평화로움을 느껴요. 나의 가치를 남들에게 증명하기 위해 애쓸 필요가 전혀 없음을 아는 것은 놀라운 일이에요. 나의 좋은 점들을 보기 시작했고, 남들의 칭찬과 인정을 받기 위해 거룩함을 만들어 내려고 애쓰지 않게 되었어요. 이제 많은 사람들이 나와 함께 있는 것을 좋아해요. 내가 잘 웃고 다른 사람들을 웃게 만드니까요. 나는 성자가 아닐지 모르지만, 성자가 될 필요를 느끼지 못해요. 나는 오늘 더 행복하고 더 친절한 사람이에요. 나는 나 자신을 정말로 점점 더 좋아하고 있어요.

규칙들을 버리다

나에게는 규칙이 많았어요. 남편이 외출할 때는 작별 키스를 해 줘야 한다는 규칙이 있었죠. 만일 키스를 해 주지 않으면, 남편을 불러 키스를 하게 했어요. 남편이 아이들을 사랑하고 다정하게 대해야 한다는 규칙도 있었어요. 남편이 그렇게 하지 않으면, 남편과 싸우거나 남편을 몹시 냉정하게 대했죠. 남자가 해야 한다고 생각되는 일들, 이를 테면 포도주를 따라 주거나, 전구를 갈거나, 바비큐를 준비하는 일들을 남편이 책임져야 한다는 규칙도 있었어요. 남편이 나에게 이런 일들을 맡기면 화가 났어요. 그리고 남편은 요리하기를 좋아하는데, 남편이 내 방식대로 요리하지 않으면 남편을 설득하여 내 방식대로 하도록 만들었죠.

정기적으로 탐구를 시작하면서 그 모든 것이 바뀌었어요. 남편이 원하면 내게 키스를 하게 놓아두지만, 원하지 않으면 하지 않아도 괜찮아요. 나는 우리 아이들을 사랑하지만, 남편은 그럴 필요가 없어요. 그것은 그의 일이에요. 그리고 남편이 아이들과 함께 시간을 보내지 않아도 나는 괜찮아요(물론 나는 남편이 함께 놀아 주는 걸 좋아해요). 남편이 포도주를 따라 줄 때가 많지만, 그러지 않을 때는 내가 따라 마셔요. 전구를 갈거나 바비큐를 준비하는 것도 마찬가지에요. 그리고 이제는 남편이 해 주는 요리를 즐겨요.

나는 사랑이 어디로도 가지 않는다는 걸 점점 더 이해하고 있어요. 사랑은 언제나 여기에 있어요. 이런 이해가 언제나 자리하는 건 아니지만, 점점 더 많이 경험하고 있어요. "나는 당신의 사랑이 필요해"라는 생각이 여전히 올라오지만, 그런 생각이 올라오자마자 저절로 묻게 돼요. "그게 진실이야?" 그러면 미소가 피어올라요.

다툼의 날들

우리는 과거에 자주 싸웠습니다. 이제 아내는 나에게 화가 나면 '이웃을 판단하는 양식'을 쓰고, 나에 대한 불만들을 내 앞에서 읽지요. 만일 나에 대한 아내의 판단들 가운데 이해되지 않는 점들이 있으면, 나는 그것들이 진실인 근거들을 찾아보고 아내의 판단이 어떤 부분에서 어떻게 옳은지 말해 줍니다(아내는 대개 그런 근거들의 절반도 모르고 있더군요!). 그러면 아내의 행동에 대해 내가 어떻게 생각하건, 문제가 있는 사람은 바로 나 자신입니다. 그리고 만일 아내의 판단을 듣고서 그 말이 진실이라는 것을 발견하면(아내는 아직 틀린 적이 없습니다), 문제로 보였던 것은 무엇이든지 사라집니다. 사실, 내가 어떤 기법으로서가 아니라 진심으로 그렇게 하면, 다음에 아내가 자주 하는 말은 "내가 당신을 비난했지만, 나도 똑같이 그러고 있네요"입니다.

예전에 아내는 나의 심기를 건드릴 만한 얘기를 두려움 때문에 말하지 못했습니다. 이제 아내는 내게 무슨 말이든 할 수 있고, 그 최종적인 결과는 (때로는 즉각적일 때도 있고 때로는 몇 시간쯤 걸리지만) 우리가 더욱 가까워지는 것임을 알고 있지요.

나는 아내가 어떤 일들을 해 주지 않는다며 (마음속으로만) 불평하곤 했어요. 그러다가 아내를 원망하고, 아내에게 쏘아붙이고, 싸움을 걸고, 그래서 우리 둘 다 불행하게 만들곤 했습니다. 우리의 결혼 생활이 내 기대에 못 미친다고 말하면 아내가 화를 낼까 봐 두려워서 이런 얘기를 꺼낼 수가 없었어요.

이제는 내가 원하는 것들이 내게 필요하지 않다는 것을 압니다. 그것들을 요구하는 대신에 대화할 수 있지요. 그러면 나는 아내의 이유들을 내 문제들의 원인으로 보는 대신, 아내의 말에 귀를 기울일 수 있고, 아내의 말을 실제로 듣고 이해할 수 있게 됩니다. 그리고 아내가 대화를 하다가 기분이 나빠져서 화를 내더라도, 나는 자리를 피해 도망치거나 아내의 기분을 좋게 하기 위해 노력할 필요를 느끼지 않습니다.

신의 일은 신에게

탐구를 하면서 가장 놀랍게 좋아진 것은 나 자신과의 관계였어요. 나는 나 자신과 함께 있는 것을 사랑해요. 아주 많이 웃고, 때로는 그 모든 것이 너무 아름다워 그냥 울기도 해요. 가끔은 스트레스를 주는 믿음에 휩싸이지만, 곧 웃음이 터져 나옵니다. 내가 중요하지 않았을 때도 나 자신이 얼마나 중요하다고 생각했는지를 깨달을 때 느끼게 되는 겸손함을 사랑해요. 나는 나의 일과 신의 일을 혼동하고 있었어요. 신에게 조언하기를 포기하자 마음이 얼마나 편안해졌는지 몰라요. 삶은 지금 나를 통해 흐르는 것 같아요. 나는 내가 지금 무엇을 하고 있는지 알아차리고, 다음에는 다음 일을 알아차려요. 이제는 계획을 많이 세우지 않지만, 모든 일이 잘 되어 갑니다.

조언으로 인정받기

나는 모든 친구들에게 어떻게 살아야 하는지 조언해 주곤 했어요. 그런데 그렇게 조언하느라 아주 많은 시간과 에너지를 소모했는데도 아무도 내 말에 귀를 기울이지 않았고, 정작 내게 문제가 생겼을 때는 주위에 아무도 없더군요. 그래서 화가 났어요. 지금은 그것이 정말 우스워 보이네요. 나는 정작 나 자신을 돕지 않았으니까요. 내 생각들에 질문을 하고 친구들에 대한 관리를 그만두자, 몇몇 친구들과의 관계는 끝나 버렸죠. 하지만 다른 친구들과의 관계는 훨씬 깊어졌어요.

부정적인 남편

나는 남편의 부정적인 시각을 싫어했어요. 이제는 받아들여요. 왜냐하면 남편의 부정적인 시각은 내가 내 안의 어떤 부분들을 부정적으로 보고 있는지를 보여 주기 때문이에요. 남편의 부정적인 시각에 대한 내 생각들을 믿지 않으면 화날 일도 없다는 것을 깨닫게 되었죠. 이제는 남편이 나를 비난해도 마음의 문을 닫지 않아요. 남편이 하는 말을 귀 기울여 들으며, 그 말이 어떤 면에서 진실인지를 발견하죠. 나는 정말 놀라운 남자를 알아가고 있어요. 결혼한 지 9년 만에야……

여객선 선착장에 서서

나의 탐구 사례는 무척 단순하지만, 30년 이상 주위 사람들과의 관계를 가로막고 있던 장애물을 없애 주었습니다. 나는 아내와 대가족을 부양하고 있습니다. 날마다 아내는 아침이면 나를 여객선 선착장까지 차로 태워 주고, 저녁에 도시에서 돌아올 때면 마중 나와 태워 옵니다. 그런데 가끔 늦게 마중 나올 때가 있었습니다. 특히 아내가 무용단을 위해 일할 때는 일에 너무 몰두한 나머지 한참 늦게 온 적도 있고, 아예 잊고 오지 않은 적도 있었지요.

이런 일이 일어날 때마다 기분이 무척 나빴습니다. 아내가 나를 사랑하지 않는 것 같았고, 내가 날마다 가족을 위해 얼마나 힘들게 일하는지는 눈곱만치도 모르면서 자기는 좋아하는 일만 하는 것 같았지요. 보수도 제대로 받지 못하면서 말입니다. 아내가 어디에 있는지 알기 위해 전화하면, 그제야 아내는 나를 잊고 있었다는 것을 깨닫고 미안해 하지만 나는 아내에게 불같이 화가 나곤 했습니다. 왜냐하면 보수도 제대로 받지 못하는 아내의 파트타임 일이 아내에게는 나보다 더 중요한 것 같았으니까요.

그러다가 바이런 케이티의 작업을 알게 되었습니다.

어느 날 나 자신에게 물어보았습니다. "아내가 늦는 것은 날 사랑하지 않기 때문이라는 생각이 진실인가?" 그 생각이 진실이라고 할 수는 없었습니다. 또 물어보았어요. "나를 제 시간에 태우러 오는 것을 잊어버린다고 해서 아내가 나를 사랑하지 않는다는 것이 진실인지 나는 확실히 알 수 있는가?" 정말 그런지는 알 수가 없었습니다. 다시 물었어요. "아내가 나를 사랑하지 않는다는 생각이 없다면, 나는 누구일까?" 나는 훨씬 더 행복한 사람일 것이다. 우와!

나는 아내가 나를 사랑한다는 것을 깨달았고, 또 날마다 깨닫고 있습니다. 그리고 여객선에서 내린 사람들이 마중 나온 차를 타거나 걸어서 떠나고 나만 혼자 남았을 때, 나를 화나게 하고 기분 나쁘게 하고 있는 것은 혼자 남아 있는 데 대한 나의 '생각들'이라는 것을 깨달았지요. 이런 생각들이 없다면 나는 아무런 문제가 없었습니다. 아내에게 이 얘기를 들려주자 아내는 나를 바라보며 웃더니, 그 작업이 효과가 있으면 자기도 행복할 거라고 하더군요. 작업은 정말 효과가 있었고, 잠들 때까지 아내를 원망하는 마음이 들지 않았어요.

당시 나는 이 문제에 대해 더 깊이 탐구하지는 않았습니다.

몇 달이 지난 뒤, 동생이 우리 집에 와서 같이 지내게 되었습니다. 하루는 이런저런 이야기를 하면서, 아내가 늦게 마중 나올 때마다 화가 났던 이야기와 탐구를 통해 깨닫게 된 점들을 얘기했어요. 그러자 동생은 어린 시절에 우리에게 비슷한 일이 있었는데 기억하느냐고 묻더군요. 도무지 기억나지 않았습니다. 동생이 들려준 이야기에 따르면, 우리가 학교 수업을 마치면 부모님이 우리를 차에 태워 데려가야 하는데 두 분

모두 잊어버린 적이 많았다는 거예요. 나중에 우리가 직장에 처음 취직했을 때도 그런 일이 계속되었다고 하더군요. 나는 무의식 중에 이 기억을 억압하고 있었는데, 동생의 말을 듣고 나니 기억들이 물밀듯이 밀려들었습니다. 다른 아이들이 부모님의 차를 타고 돌아가고 나만 혼자 텅 빈 교정에 남아 있거나 혼자서 집을 향해 터벅터벅 걸어갈 때마다 비참한 기분을 느끼곤 했지요. 부모님이 주로 하신 변명은 "일이 너무 바빴단다"였습니다(부모님은 자영업을 하고 계셨지요). 아예 변명이나 사과를 하지 않은 때도 종종 있었습니다.

이 일을 기억하자마자, 아내가 나를 태우러 오는 것을 잊었을 때도 나에게 무관심했던 게 아니었고 나를 사랑하고 있었다는 점에 관한 다른 진실들이 새롭게 떠오르더군요. 나를 화나게 만들었던 생각들은 그저 생각들일 뿐이었습니다. 그런 생각들은 아내와는 아무런 상관이 없었지요.

이 일을 계기로 나는 날마다 탐구하기 시작했습니다. 탐구를 통해 점점 더 마음이 건강해졌고, 지금 일어나는 일들을 개인적인 것으로 받아들이는 대신 있는 그대로 받아들이게 되었지요. 이것은 대단한 영적 깨달음이 아닙니다. 나는 일상생활을 하면서도 늘 흔들리지 않는 성인이 아니고요. 하지만 이제는 어떤 상황이건 스트레스를 주는 상황이 닥칠 때마다 사용할 수 있는 경이로운 도구를 갖고 있습니다. 여전히 화를 낼 때가 있지만, 그 속에 오래 머물러 있지는 않습니다.

당신의 인정이 필요해

나는 그가 영원히 나의 애인이기를, 그리고 다른 여자 때문에 나를 떠나지 않기를 원했어요. 그에게서 수없이 많은 관심과 선물을 받고 싶었고, 영원한 사랑의 서약을 듣고 싶었어요. 내가 그의 영혼의 동반자라는 말도 듣고 싶었죠. 긴 머리가 섹시해 보인다는 그의 말을 듣고는 머리를 길렀어요. 내가 더 날씬해 보이기를 원하는 그를 위해 살을 빼서 몸무게를 13킬로 줄였구요. 심지어 그가 몰두해 있던 성경까지 공부했어요. 그를 기쁘게 할 수 있는 일이라면 무엇이든지 했죠. 한 번도 거절한 적이 없어요. 사랑은 결코 거절하지 않는 것이라고 믿었거든요. (지금은 이 말을 믿기 어렵지만 그때는 그렇게 생각했답니다.)

사실은 행복하지 않을 때도 그에게 행복하다고 말했어요.

그에게 인정받는 것이 한동안 좋았습니다. 그가 나를 현명하고 착하고 아름다운 여자로 보는 것이 좋았어요. 그는 날마다 나에게 조언을 구했는데, 그러면 나 자신이 대단해 보여 우쭐해지더군요. 나에 대한 그의 인정이 줄어들면, 다시 인정을 되찾기 위해 무슨 일이든지 했어요. 내 모든 기력을 소진시키는 끝없는 반복이었죠.

얼마 전에 친구에게서 바이런 케이티의 작업을 소개받았고, 그 친구와 함께 작업을 하고 있어요. 처음에는 나를 힘들게 만드는 생각들을 찾는 데 시간이 걸렸죠. 그 생각들이 내 삶 전체를 좌우했는데도……. 어쩌면 그래서 더욱 쉽게 찾지 못했는지도 몰라요. 마침내 내가 찾은 생각은 "나는 그의 인정이 필요하다"였어요. 그 생각에 네 가지 질문을 했죠.

이제 나는 여전히 그를 사랑하지만 더 이상 그를 필요로 하지는 않아요. 그의 인정도 필요로 하지 않구요. 내가 나를 인정해요. 평생 처음으로 그 순간 내가 원하는 것과 원하지 않는 것을 그냥 얘기하게 되었어요. 예를 들어, 그가 성경을 읽을 때 억지로 듣고 있지는 않아요. 내가 읽고 싶을 때면 스스로 읽죠. 머리도 아주 짧게 잘랐어요. 우습게도 그는 이런 내 모습을 더 좋아하더군요. 그는 내가 무척 섹시하다고 말해요. 그러면 나는 머리를 길러 볼 생각이라고 말하며 그를 놀리죠. 이제는 우리 둘 다 훨씬 즐겁게 지내고 있어요.

헤어진 옛 애인

헤어진 옛 애인이 보름 전 집에 찾아왔어요. 그가 찾아올 때마다 기분이 무척 씁쓸해요. 내가 보기에 그는 매우 멋지고 매력적인 사람이에요. 그가 올 때마다 내 마음이 힘들었던 건 그가 여전히 나의 남자이기를 바랐기 때문이었죠. 그런데 이번에는 아무것도 기대하지 않은 채 그냥 그와 함께 있을 수 있었어요. 그동안 직업을 한 덕분이었죠. 나는 "그가 여전히 나의 애인이기를 원해"라는 생각을 알아차렸어요. 그리고 그 순간 그가 여전히 나의 애인이라는 것을 알았어요. 어쨌든 그가 여기에 있었으니까요.

그런데 그는 계속해서 자기에 관한 이야기만 했고, 헤어진 부인이 얼마나 엉망이었는지 얘기했어요. 나의 말에는 관심이 없었고, 전 부인이 얼마나 못된 여자인지 얘기하는 데만 관심이 있더군요. 몇 년 전에도 내게 비슷한 얘기를 하곤 했죠. 그의 잘생긴 얼굴을 보면서 나 역시 그의 얘기에 관심이 없다는 생각이 들었어요. 그래서 방바닥에 누워 음악을 듣듯이 그가 얘기하는 소리를 그냥 들었어요. 예전과 달리 그를 위로하지도 않았고 그의 슬픈 이야기에 맞장구를 치지도 않았어요.

그는 떠나면서 나를 꺼안았고, 우리는 키스를 했어요. 그는 전화하겠다고 말하더군요. 과거에는 그가 전화하기를 기다렸고, 전화벨이 울릴 때마다 그의 전화이기를 바랐어요. 하지만 이번에는 그렇지 않았죠. 그가 전화하면 내가 어떻게 할지는 모르겠어요. 그 일이 지금 당장 일어나고 있지 않으니 모르는 게 당연하죠. 그냥 그를 사랑하는 감정만 간직하고 있을 뿐이에요. 왜냐하면 그가 어떻게 해야 하는지, 어떻게 하면 안 되는지 나는 모르니까요. 어떤 일이 일어나야 하고 어떤 일이 일어나면 안 되는지 나는 정말 몰라요. 그저 내가 지금 가진 것에 감사할 뿐이에요. 그것으로 충분해요.

용서

처음 작업을 알게 되었을 때, 나는 당시 열아홉 살이던 딸에 대해 작업했어요. 딸은 내가 그 아이를 임신하고 있을 때 마약을 했다는 사실을 알고서 나를 원망하고 있었죠. 나는 딸이 세 살 때 마약을 끊었고, 그 후로는 손에 댄 적이 없어요. 그 애가 나를 용서해 주기를 정말로 원했어요. 나는 딸에 대해 작업했는데, 내가 한 말 가운데 하나는 "과거에 어떤 일이 일어났건, 딸이 나를 사랑하기를 원한다"였어요. 뒤바꾸기는 "현재 어떤 일이 일어나고 있건, 나는 딸을 사랑하기를 원한다"였죠. 그 애가 나에게 아무리 화를 내고 아무리 나를 미워하거나 원망해도, 나는 그 애를 사랑하기를 원해요. 내가 깨달아야 할 정말 중요한 점은 바로 그것이었어요! 내 뱃속에 있던 딸을 위험에 빠뜨린 나의 잘못을 그 애가 어떻게 용서해야 할지 모를 수 있다는 점도 인정하게 되었어요. 그리고 내게 언제나 화를 낼 수도 있고, 그래도 괜찮다는 것을 인정할 수 있었죠. 왜냐하면 그것이 그 순간의 현실일 테니까요.

358

몇 달이 지난 뒤, 딸은 내가 마약 중독에서 벗어나기 위해 온갖 노력을 다했다는 걸 알게 되었어요. 그리고 마약에 찌든 아빠의 집에서 그 애를 데리고 나와 잘 키웠고, 우리가 더욱 건강하게 살기 위해 많이 애썼다는 사실도요. 딸은 내게 사랑한다고, 용서한다고 말했어요.

필요로 하지 않는 사랑

내 여자친구는 새롭게 알게 된 동성 친구를 나에게 소개시켜 주려 했어요. 그녀는 그 친구를 무척 좋아했고, 나도 좋아할 것이라고 생각했죠. 그런데 한참이 지나도 세 사람이 함께 만날 시간을 내기가 영 어렵기만 했어요. 그래서 우선 나 혼자 그 친구를 만나 보는 게 어떻겠느냐고 물었죠. 그랬더니 그녀에게 예기치 않은 온갖 두려운 생각들이 일어났어요. "두 사람은 서로 나보다 더 친해질 거야", "그는 나를 버리고 그녀와 사귈 거야." 우리는 곧바로 모든 계획을 멈추고 앉아서 이런 생각들을 함께 탐구했어요. 그리고 마침내 그녀는 자신에게 정말로 중요한 것을 한 가지 깨닫게 되었죠. "나는 당신이 필요하지 않아." 그녀는 내 눈을 똑바로 쳐다보며 말했고, 나도 역시 똑같은 말을 그녀에게 해 주었어요. 그 순간에 내가 진정으로 발견한 것도 그것이었거든요. 그것은 놀랄 만큼 친밀하게 느껴지는 순간이었어요. 한없이 드넓고 막힘없이 트인 교감이 느껴졌죠. 그것은 또 하나의 나 자신인 그녀와의 결혼 같았어요. 노력이나 약속이 필요 없는……. 마치 더없이 안전한 자궁 안에서 편안히 움직이는 것 같았죠. 그것은 이제 우리 관계의 진정한 기반인 것 같아요. 아름답고 진실한 기반. 그것을 잊을 때는 괴로움을 느낍니다. 그러면 나는 나 자신과 평화 사이에 어떤 걱정을 끼워 넣고 있는지 찾아봅니다.

여기에 소개한 사례들은 자유에 이르는 과정이 평범하다는 것을 보여 줍니다. 이 사례들을 통해 우리는 누구든지, 어떤 상황에 처해 있든지 탐구할 수 있다는 것을 알게 됩니다. 생각에 대한 질문이라는 이 단순한 비결을 알게 되면, 당신은 사랑을 느끼고, 하고 싶은 일을 하고, 사랑의 행위를 하며 행복하게 살아갈 것입니다. 혹은 장애를 만날 때 자신을 현실과 사랑의 경험으로부터 분리시키는 생각들을 탐구할 것입니다. 그리고 네 가지 질문과 뒤바꾸기는 행복하게 살아가는 법을 상기시켜 줍니다. 결국 작업은 매우 단순한 것이 되고, 행복하게 살아가는 길이 됩니다.

누군가가 당신을 사랑해야 한다는 생각을 믿을 때,
바로 그 자리에서 고통이 시작됩니다.
나는 종종 말합니다.
"만일 나에게 기도가 있다면 이러할 것입니다.
신이여, 저를 사랑과 인정, 존중을 받으려는
욕망으로부터 구해 주소서. 아멘."

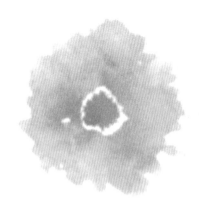

12
사랑 그 자체

사랑은 호흡 하나도 부정하지 않습니다.
사랑은 모래알 하나도, 먼지 하나도 부정하지 않습니다.
사랑은 그 모두를 껴안습니다.
당신이 할 수 있는 일은 오로지 사랑으로 존재하는 것뿐입니다.

사랑은 우리 자신입니다. 우리 자신이 이미 사랑입니다. 사랑은 아무것도 얻으려 하지 않습니다. 사랑은 이미 완전합니다. 사랑은 원하지 않고 필요로 하지 않습니다. 사랑에는 '……해야 한다'는 것이 없습니다. 사랑은 사랑이 원하는 모든 것을 이미 가지고 있습니다. 사랑은 이미 사랑이 원하는 모든 것입니다. 사랑이 사랑을 원하는 그대로……. 그래서 나는 사람들이 누구를 사랑하고 그 보답으로 사랑받기를 원한다고 말할 때, 그들이 사랑에 대해 얘기하고 있는 것이 아님을 압니다. 그들은 다른 무엇에 대해 얘기하고 있는 것입니다.

간혹 우리는 순간순간 나타나는 '스트레스를 주는 생각'을 위해 사랑을 포기하는 것 같습니다. 그것은 환상 속으로 들어가는 짧은 여행입니다. 사랑을 받으려고 하면 사랑에 대한 알아차림을 잃게 됩니다. 하지만 당신이 잃는 것은 사랑 자체가 아니라 사랑에 대한 알아차림뿐입니다. 사랑은 선택할 수 있는 것이 아닙니다. 왜냐하면 우리가 이미 사랑이기 때문입니다. 그것은 움직일 수 없는 진실입니다. 스트레스를 주는 생각을 조사하여 마음이 맑아지면, 사랑은 당신의 삶으로 밀려듭니다. 당신이 해야 할 일은 아무것도 없습니다.

사랑은 모든 것이 조건 없이 하나 되게 합니다. 사랑은 악몽을 회피하지 않습니다. 사랑은 악몽을 기대하고, 악몽이 오면 탐구합니다. 배우자에게서 뭔가를 원한다는 믿음에서 자유로워지는 것 말고는 배우자와 하나 되는 길이 없습니다. 그것은 진실한 하나 됨입니다. 그것은 복권에 당첨되는 것과 같습니다.

만일 내가 남편에게 뭔가를 원하면, 나는 그냥 요청합니다. 만일 그가 거절을 했는데 여전히 내가 문제를 느낀다면, 나는 내 생각을 살펴볼 필요가 있습니다. 왜냐하면 나는 이미 모든 것을 가지고 있기 때문입니다. 우리 모두가 그렇습니다. 그래서 나는 너무나 편안하게 여기에 앉아 있을 수 있는 것입니다. 나는 당신이 주기를 원치 않는 것은 어떤 것도 당신에게 원하지 않습니다. 심지어 당신이 원하지 않으면 당신의 자유조차 원하지 않습니다. 당신의 평화조차 원하지 않습니다.

당신이 경험하는 진실을 통해서 나는 당신과 하나 될 수 있습니다. 그렇게 하여 당신은 나의 가슴속으로 들어오고 너무나 가까이 들어와서 내 눈에 눈물이 고이게 합니다. 나는 당신과 하나 되었고, 당신은 선택할 여지가 없습니다. 그리고 나는 끝없이 노력 없이 계속해서 이렇게 합니다. 그렇게 사랑이 이루어집니다.

사랑은 호흡 하나도 부정하지 않습니다. 사랑은 모래알 하나도, 먼지 하나도 부정하지 않습니다. 사랑은 그 자체와 완전히 사랑에 빠져 있으며, 사랑은 그 자체의 현존을 통해 모든 면에서 어떤 한계도 없이 그 자체를 인정하며 기뻐합니다. 사랑은 그 모두를 껴안습니다. 살인자와 강간범으로부터 성자와 강아지, 고양이에 이르기까지 모든 것을……. 사랑은 그 자체로 너무나 드넓어서 당신을 불사를 것입니다.

그것은 너무나 드넓어서 당신이 사랑에 대해 어찌할 수 있는 일은 아무것도 없습니다. 당신이 할 수 있는 일은 오로지 사랑으로 존재하는 것뿐입니다.

아래의 목록은 네 가지 질문과 몇몇 부가 질문들이 포함되어 있는데, 지금 있는 현실에 저항하는 생각들을 조사할 때 도움이 되는 질문들입니다.

1. 그게 진실인가요?

만일 당신의 대답이 "아니요"라면, 질문 3으로 넘어가세요.

부가 질문

- 현실은 어떤가요? 그 일이 일어났나요?

이 질문은 "남편은 내 말에 귀를 기울여야 한다", "이런 일은 일어나지 않아야 한다"와 같이 '⋯⋯해야 한다'를 포함하는 형태의 생각을 조사할 때 종종 맨 처음 묻는 질문입니다. 탐구는 오직 현실 또는 실재에 관심을 둡니다. "그는 ……해야 한다"라고 생각하지만 그가 그렇게 하지 않을 때, 그 생각은 현실과 다투는 생각입니다. 진실이 무엇인지를 탐구하면, 이것은 도움이 되지 않는 생각이라는 것을 알게 됩니다. 남편이 해야 하는 일은 그가 지금 하고 있는 일입니다. 그러므로 "그는 관심을 가져야 한다—그게 진실인가요?"에 대한 대답은 언제나 "아니요"일 것입니다. 남편이 관심을 가진다고 당신이 생각하기까지는……. "이런 일은 일어나지 않아야 한다"는 지금 그런 일이 일어나고 있는 한, 진실일 수가 없습니다.

2. 당신은 그게 진실인지 확실히 알 수 있나요?

부가 질문

- 당신은 신 혹은 실재보다 더 잘 알 수 있나요?
- 그것은 누구의 일인가요?
- 길게 볼 때 그 사람에게 무엇이 가장 좋은지 당신은 정말로 알 수 있나요?
- 원하는 것을 얻으면 더 행복해지거나 삶이 더 나아질 것인지 당신은 확실히 알 수 있나요?

3. 그 생각을 믿을 때 당신은 어떻게 반응하나요?

부가 질문

- 그 생각을 믿을 때, 당신은 어떤 느낌을 몸의 어느 부위에서 느끼나요? 묘사해 보세요. 그 생각을 생각할 때 당신의 느낌들은 어떤 점들을 드러내나요? 느낌들이 살아 있도록 허용하고, 그런 느낌들이 당신의 몸을 얼마나 많이 지배하는지 알아차리세요. 그런 느낌들이 몸의 어디에 머무르나요?

- 그 생각을 믿을 때 어떤 장면들이 떠오르나요?

- 그 생각을 믿을 때 당신은 다른 사람을 어떻게 대하나요? 구체적으로 그 사람에게 뭐라고 말하나요? 구체적으로 어떤 행동을 하나요? 당신의 마음은 누구를 어떻게 공격하나요? 그런 반응들을 최대한 자세하게 묘사해 보세요.

- 그 생각을 믿을 때 당신은 자신을 어떻게 대하나요? 당신을 중독시키는 대상에 의존하게 되나요? 음식이나 술, 신용카드, 텔레비전 리모컨을 찾게 되나요? 자기를 미워하는 생각들을 하게 되나요? 어떤 생각들인가요?

- 그 생각을 믿을 때 당신은 어떻게 살았나요? 구체적으로 표현해 보세요. 과거로 돌아가 보세요.

- 그 생각을 믿을 때 당신의 마음은 어디에서 떠돌고 있나요?

- 그 생각을 믿을 때 당신은 누구의 일 속에 있나요?

- 그 생각이 당신의 삶에 평화를 주나요, 아니면 스트레스를 주나요?

- 그 믿음을 붙들어서 당신이 얻는 것은 무엇인가요?

- 그 생각을 놓아 버릴 이유를 찾을 수 있나요? (그 믿음을 놓으려고 노력하지는 마세요.)
- 그 생각을 유지할 '스트레스 없는 이유'를 찾을 수 있나요? 만일 있다면 목록을 만들어 보세요. 이 이유들이 정말로 스트레스를 주지 않나요? 스트레스가 당신의 삶과 일에 어떤 영향을 미치나요?

4. 그 생각이 없다면 당신은 누구일까요?

부가 질문

- 그 생각을 믿지 않는다면 당신은 누구일까요?
- 눈을 감고서, 그 생각이 없을 때 그 사람과 함께 있는 (또는 그 상황 속에 있는) 자신을 상상해 보세요. 그것이 어떻게 느껴지는지 묘사해 보세요. 어떻게 보이나요?
- 그 사람에 대한 어떤 판단도 없이 그를 생전 처음 만나고 있다고 상상해 보세요. 어떻게 보이나요?
- 지금 이 순간 당신은 누구인가요? 그 생각이 없이 여기에 앉아 있는 당신은 지금 누구인가요?
- 그 생각이 없다면 당신은 어떤 삶을 살까요? 그 생각을 생각할 수도 없다면, 당신의 삶은 어떻게 다를까요?
- 그 생각이 없다면 남을 대하는 태도는 어떻게 다를까요?

그 생각을 뒤바꾸기

양식에 쓴 진술들을 여러 가지로 뒤바꿀 수 있습니다. 하나는 상대를 나 자신으로 뒤바꾸고, 다음은 상대와 나의 위치를 서로 뒤바꾸며, 마지막에는 원래의 말을 반대로(부정문은 긍정문으로, 긍정문은 부정문으로—옮긴이) 뒤바꿀 수 있습니다. 뒤바꾸기한 진술이 원래의 진술만큼 진실하거나 더 진실한 세 가지 사례를 당신의 삶에서 찾아보세요. 구체적으로 최대한 상세히 하세요.

부가 질문

- 이 뒤바꾸기가 원래의 진술만큼 진실하거나 더 진실한가요?
- 당신 삶의 어느 부분에서 이 뒤바꾸기를 경험하나요?
- 이 뒤바꾸기대로 산다면, 당신은 어떻게 할까요, 어떻게 다르게 살까요?
- 원래의 진술만큼 진실하거나 더 진실한 다른 뒤바꾸기를 찾을 수 있나요?

이웃을 판단하는 양식

이웃을 판단하고, 종이에 적고, 네 가지 질문을 하고, 뒤바꾸세요.

아래의 양식을 채우세요. 당신이 아직 백퍼센트 용서하지 않은 사람에 대해 쓰세요. (자기 자신에 대해서는 아직 쓰지 마세요.) 짧고 간단하게 쓰세요. 자기 자신을 검열하지 마세요. 자신이 옹졸한 마음으로 마음껏 비난하도록 허용하세요. 마치 그 상황이 지금 일어나고 있는 것처럼 분노와 고통을 충분히 경험하려 해 보세요. 당신의 판단들을 종이에 표현할 기회로 삼으세요.

1. 당신을 화나게 하거나 실망시키거나 혼란스럽게 하는 사람은 누구인가요? 당신은 누구를 원망하나요? 당신은 그 사람의 어떤 점을 싫어하나요?

   (예: 나는 남편 때문에 화가 난다. 왜냐하면 그는 내 말에 귀를 기울이지 않고, 나를 인정하지 않고, 내가 하는 말마다 딴지를 걸기 때문이다.)

나는 _____(이름) 때문에 _____. 왜냐하면 _____

_____

_____

_____ 때문이다.

2. 당신은 그 사람이 어떻게 바뀌기를 원하나요? 당신은 그 사람이 어
   떻게 하기를 원하나요?

나는 _____(이름)이 _____

_____

_____ 하기를 원한다.

3. 그 사람이 해야 하거나 하지 말아야 할 것들(행위, 태도, 생각, 느낌 등)
   은 무엇인가요? 당신이 해줄 수 있는 조언은 무엇인가요?

_____(이름)은 _____

_____

_____

_____ 해야 한다(하지 말아야 한다).

4. 당신이 행복하기 위해 그 사람이 해야 할 필요가 있는 것들은 무엇
   일까요?

나는 _____(이름)이 _____

_____

_____하기를 필요로 한다.

5. 당신은 그 사람을 어떻게 생각하나요? 목록을 만들어 보세요.

_____(이름)은 _____

_____

_____.

6. 당신이 그 사람과 다시는 경험하고 싶지 않은 것은 무엇인가요?

나는 앞으로 다시는 _____

_____

_____ 하고 싶지 않다.

6번을 위한 뒤바꾸기

6번에 쓴 말에 대한 뒤바꾸기는 다른 뒤바꾸기와 약간 다릅니다. "나는 앞으로 다시는 남편과 말다툼을 하고 싶지 않다"는 "나는 기꺼이 남편과 말다툼을 하겠다. 그리고 남편과 다시 말다툼을 하기를 고대한다"입니다.

6번을 위한 뒤바꾸기는 당신의 모든 생각과 경험을 두 팔 벌려 환영하기 위한 것입니다. 만일 당신이 어떤 생각에 대해 저항을 느낀다면, 당신의 작업은 끝난 것이 아닙니다. 자신의 마음을 불편하게 했던 경험들을 정직하게 기대할 수 있을 때, 삶에는 두려워할 것이 아무것도 없습니다. 당신은 모든 것을 당신의 삶 속에 사랑과 웃음, 평화를 가져올 수 있는 선물로 보게 됩니다.

자신의 일에 머무는 연습

연습

당신이 화가 나거나 기분이 언짢을 때, 그리고 마음속으로 "그(그녀)는 _____해야 해, 그는 _____하지 말아야 해, 그는 _____할 필요가 있어" 등등의 생각을 하거나 말을 할 때, 잠시 멈춰서 물어보세요. 그게 진실인가? 그 사람에 대해 그게 진실인지 내가 알 수 있는가? 내가 나의 일에서 벗어나 있는가? 다음에는 "나는 _____해야 해, 나는 _____하지 말아야 해, 나는 _____할 필요가 있어" 등등으로 뒤바꿔 보세요. 당신이 다른 사람에게 주고 있는 처방전을 자기 자신에게 주세요. 그리고 무슨 일이 일어나는지 보세요.

연습

요청받지도 않은 충고를 하고 싶은 충동이 느껴질 때(소리 내어 말하거나 또는 마음속에서라도), 혹은 어떤 사람에게 무엇이 옳은지를 알고 있다는 생각이 들 때, 자신에게 물어보세요. "나는 지금 누구의 일 속에 있는가? 누가 나의 의견을 물어보았는가? 다른 사람에게 무엇이 옳은지 내가 알 수 있는가?" 그리고 자신의 충고에 귀를 기울여 보고, 그 충고가 필요한 사람은 바로 자신이라는 것을 아세요. 자신의 일에 머무르면서 행복하세요.

🌿 감사의 말

자신의 삶에 작업을 적용하고 그 결과를 이메일로 보내 준, 너무 많아서 일일이 이름을 말할 수 없는 수백 명의 사람들이 이 책에 공헌했습니다. 그분들의 이야기 가운데 일부가 이 책에 익명으로 실렸습니다. 캐럴 윌리엄스와 존 태린트는 빈틈없는 편집 기술을 발휘하여 본질적으로는 말로 표현할 수 없는 경험을 적절한 언어로 표현하도록 애쓰며 원고를 완성시켜 주었습니다. 벨린다 페르난데스는 초고를 읽고 실제 연습을 해 보았으며, 정확하고 고무적인 조언을 해 주었습니다. 편집 과정이 끝날 즈음 스티븐 미첼은 문장이 유려하게 흐르도록 수정해 주었습니다. 하모니 북스의 쉐이 아르하트는 언제나 격려해 주었고, 킴 마이스너는 편집에 관해 훌륭한 조언을 해 주었습니다. 모든 분께 가슴 깊이 감사드립니다.

378

박인재 주로 외국의 자기계발 자료 및 영성 자료를 한국에 소개하는 일을 하고 있다. 영화 〈시크릿〉의 자막을 공동 번역했으며, 그동안 우리말로 옮긴 책으로는 《호오포노포노, 가장 쉬운 삶의 길》, 《사랑과 평화의 길, 호오포노포노》, 《블립 Bleep》, 《내 마음에 다리 놓기》 등이 있다.

김윤 서울대학교 경영학과를 졸업했다. 그동안 우리말로 옮긴 책으로는 《네 가지 질문》, 《기쁨의 천 가지 이름》, 《가장 깊은 받아들임》 《지금 여기에 현존하라》 《마음은 도둑이다》, 《지금 이 순간》, 《영원으로 가는 길》, 《아잔 차 스님의 오두막》 등이 있다.

사랑에 대한 네 가지 질문

초판 1쇄 발행일 2009년 3월 25일
　　　5쇄 발행일 2020년 7월 8일

지은이 바이런 케이티
엮은이 마이클 카츠
옮긴이 박인재, 김윤

펴낸이 김윤
펴낸곳 침묵의 향기
출판등록 2000년 8월 30일, 제1-2836호
주소 10380 경기도 고양시 일산서구 중앙로 1542,
　　　635호(대화동, 신동아노블타워)
전화 031) 905-9425
팩스 031) 629-5429
전자우편 chimmukbooks@naver.com
블로그 http://blog.naver.com/chimmukbooks

ISBN 978-89-89590-15-6 03840

* 책값은 뒤표지에 있습니다.